醫仙地主婆 3

風文創 205

月色如華 著

目錄

第三十二章

寧王帶著五萬精兵趕往西南邊境。

西南之戰，其實就是內戰。

出發前他又得報，三個王爺已攻下忘川山嶺下的忘川城。

寧王臉色格外冷冰，陰沈得嚇人，身邊的人大氣也不敢出。

寧王心中殺氣騰騰。這三個曾經的王爺，曾經的二哥、三哥、五哥，當初在皇兄登基時，三人就蠢蠢欲動，後來因為皇姑母長敬公主與幾個老皇叔暗地相幫，加上鎮國將軍及時帶兵回京，三人的詭計才沒能得逞。

未料三人回到封地後，謀劃多年，收買了封地之外各地各城官員，那可是方圓三百里啊！那些拿著朝堂俸祿的狗官們竟與那三人同流合污，沆瀣一氣，暗中招兵買馬，蓄勢多年。直到去年開春，竟然封了城，駐滿了兵馬，等到朝堂驚覺已是為時已晚。

那時，他與鎮國將軍在西北邊境與夏國對戰，皇帝身體極差，王丞相與一眾大臣商議，說西南以內，人口眾多，雖不似江南那般繁華富庶，但百姓也是安居樂業，又與三王占的城池離得太近，必須先清城再開戰。

等到尚將軍率大軍抵達時，城還沒有清完，故尚將軍一劍殺了負責清城的狗官，直接開戰，一直打到忘川山嶺處。
忘川山嶺乃險惡之地，易守難攻，有了這天然的屏障，竟是打不過去。
自此後，以忘川山嶺為界，西南土地再也不屬名朝，成了蜀國。
當時王妃之事東窗事發，他與鎮國將軍帶著二十萬兵馬前去西北開戰，可夏國只守不攻。
蜀王就在此時，封城、清城，駐兵守城。這是與夏國商通好的聲東擊西之計。
而今，這三個狗東西攻下名朝境內的忘川城，忘川山嶺雖是蜀王的屏障，卻也是名朝地界的屏障，駐兵時間一久，也就鬆散了警惕，竟被攻下。
其實攻下忘川城，三王也守不了多久，但這是一個耳光甩在了名朝的臉上。
三個叛國的狗東西，定要拎著他們的人頭祭拜祖皇，才能滅他心頭之恨！
西南有三王這般可恨，西北邊境也不樂觀。環境惡劣，風沙極多，這次更是颳了七天的大風沙，駐兵失蹤很多。
這樣連年戰事，兵苦，百姓也苦，國庫更是日漸空虛。
多年來，名朝與夏國的戰爭一直就沒斷過。夏國雖小，但處西北境外，民眾身強體健，高大魁梧，驍勇善戰。這麼多年來，鎮國老將軍幾乎一直帶著精兵長駐在西北，才使得西北邊境的土地沒有失去半分。可西北邊境卻越來越荒涼，多年的戰爭，百姓流離失所，全逃去了南邊或北邊，邊境城池已空，現在除了黃沙就是駐兵。

這些年，光是駐地兵馬的糧草，就費去了多少銀兩，可守得的那片土地卻杳無人煙，沒有為朝堂獻過半點稅賦。朝中以王丞相為首的一眾大臣們，一直提議從離邊境最近的撫城地界處修建邊防。

這簡直是放屁！如果從撫城地界開始修邊防，就等於是名朝放棄了撫城向外百里的地界，等同於將這些地界送給夏國。

再荒涼，也是名朝土地。夏國，終有一天，要滅得乾乾淨淨。

寧王咬牙切齒地想著。

還有那夏國公主，那個死去了一年多的王妃，絕色的奸細，當初被那女人的容貌迷了心竅，是他一生都不願意回想的。

那是他年輕時必要經歷的一劫，這是他到了桃村後才明白的，是第二次去了桃村，看到了那個當初曾經救治過他的丫頭。

那丫頭在荒山上與他說的話，句句讓他心驚。

天涼好個秋，這句本是他說出，卻由她來解。

最後丫頭說起那句：「有時傷與病痛，本就是業力。」這句話讓他產生極為奇異之感，他身體頓時有激烈反應，疼痛無比，便想抱住她，當下就與她成就好事。可怪得很，自王妃死後，他便淡了慾望，再也沒有女人。女人不過如此，尤其是美麗柔弱的女子，卻不料一個小小的丫頭，竟引起他這般念頭。

然後，他的天命之星便升起了。

欽天監早早就說過，帝星邊上缺了一顆星，那便是他的天命之星，此星升起後，天下必將太平，帝星永輝不黯。

他便豁然開朗，如果王妃是他的業力，那麼她，林家丫頭便是他的增上緣。

寧王想到這裡，臉上浮起一絲柔情。

只是有一事不敢對她言明，就是她的大哥為邊境燒磚，沒有兩、三年哪裡能回得去？當初林兄是怕家人牽掛，才那般出言，不過有大、小白，十天半月可回桃村，林兄的磚窯建在撫城，性命安全定是無憂。

寧王帶著五千騎軍一路馬不停蹄地行軍，銀影率四萬五的步兵，跟隨在後。

寧王率先抵達西南，忘川城已被鄰近的同晉城奪回。

但是沒想到三王如此狠毒，忘川城裡所有青壯漢子全被殺掉，只留下老弱婦孺。

寧王周身怒火連十里地外都能感覺到。

看來三王早就謀算好，忘川城緊鄰忘川山嶺下，要回三王境內，只能繞山而回，山嶺下的路根本不是路，太窄，只能容一騎而過，極難行軍。三王費了那麼大功夫，攻打忘川城，攻下後便撤兵，是在嘲笑名朝不會用兵！

寧王一身殺氣，眼神像冰塊。

好，看我名朝寧王如何用兵！

曾姑娘看到從桃村運來的磚，終於停止了刻薄。魏清凡與王剛成日忙著監工建宅，魏清凌與帶來的魏家丫鬟就在酒坊裡忙碌著。

身在桃村的魏老爺早就把桃村的酒坊擴建了，也帶著一幫魏家之後在酒坊忙碌。清泉酒換了魏老爺親自監管釀造，比清凌釀的清泉酒更多了一些豪氣。

魏老爺對三個老頭感嘆道：「怕是釀造不出小女那種酒了。那時魏家獲罪，小女一腔情仇，滿腹心思，那酒也如同小女的心思一般，多有層次，諸多感慨，還有一絲憂傷，可如今的清泉酒已失了那一絲憂傷。」

於是便封了舊窖，拿來做母酒，兌著新釀之酒。這樣一來，清泉酒便比之前多了一分豪氣，憂傷若隱若現，比之前有著細微不同之感，更受歡迎。

皇帝喝了新的酒後，嘆道：「清泉酒是天人，如今是驚為天人。一個是天，一個在地，算起來，還是如今的酒朕願意多喝。以前的，多品了後，竟是有不能承受之感。」

林小寧收到了桃村的來信，得知磚窯與瓷窯還有作坊都擴建了，比以前大了一倍；荒山那邊的地都開好了，施了肥在養著；魏老爺把清泉酒銷售的三成收入交給了林老爺子；清水縣來了一個新的縣令，姓田。

還有，桃村的莊稼長得太好了。

林小寧看完信，生出了思鄉之情，交代了府中眾丫鬟、婆子，讓梅子與荷花收拾行裝，打算與梅子還有安風回桃村，安雨則留守京城醫仙府。

桃村的地是那樣肥沃，桃村的天是那樣藍，桃村的水是那樣清，桃村的人那樣讓人懷念。

林小寧抵達桃村時，寧王去了西南一個月。

西南之戰打得大快人心，寧王帶著銀影及一千精兵越山而過，大部隊則繞山前行，偷襲西南三王境內，攻下了兩座城，士氣大振。

但此時，西南的傷藥出了問題，不能止血就算，還讓傷勢更為嚴重；又正值夏日，西南邊又熱又潮濕，傷兵們的傷口潰爛得不堪入目，兵力大打折扣。

寧王飛鴿傳信報給京城，請鎮國將軍派人運送新的傷藥，同時，讓京城查探西南這一批傷藥的運送之人。

胡大人立刻主張召寧王回京城。

鎮國將軍卻不肯，主張帶兵去西南。

王丞相卻主張按兵不動，查林家、查藥。

最後，皇帝讓鎮國將軍指派親信，親自將京城存留的傷藥送去西南，而胡大人親查假藥事件。

至於查林家，大家都覺得王丞相是草木皆兵。林家幾代背景清白簡單，沒有奸細的可能，更何況製藥的是名朝的舊兵，若是為賺錢，即使用次藥也不會用假藥，更不要說林家獻出了三株寶藥，值多少傷藥錢！

鎮國將軍的十個親信，以麻袋裝藥，騎著十匹寶馬連夜趕路，一口氣不歇停，終在五日後將傷藥送到西南邊境，雖然不多，卻也解了大急。

第六日，桃村林家迎來了京城鎮國將軍派人的人馬來拉傷藥。

林家聽聞西南傷藥被換成假藥，大驚。

來人說，朝堂沒有對林家半點懷疑，林家安心做藥就是。

林小寧此時正在桃村，當下便去購買百個水袋，注滿空間水，交給運藥之人，交代說，摻上乾淨清水清洗潰爛傷口，也可飲用，一日一小口。

林家大批的傷藥與一百袋空間水送到西南，西南傷兵們的傷勢明顯好轉。

京城又傳來西南捷報，寧王又攻下一城，皇上大喜，遂派出鎮國將軍帶十萬兵前去西南助陣，定要好好滅滅西南三王的氣焰。

胡大人勸阻未果，黯然退朝。

鎮國將軍點兵十萬，前往西南。

林小寧竟然收到身在西南寧王的信。

寧王知道了她現人在桃村，便交代她一直留在桃村。他在信中說西南已一舉攻下三座城池，收復西南有望，等西南戰事一結束，他就去桃村。

最後說：「送來的藥水對傷勢有奇效，妳是我的福星。」
語氣彷彿是與多年的戀人一般自然。
這個六王爺，認為他看上的人，必然就是他的。
但林小寧心中居然很是愉悅。
看來她真是喜歡上這個六王爺了。她暗暗發笑，只覺寧王的筆跡也有著柔情。
正是酷暑天，林小寧心情很好地騎著小毛驢在田間逛著，在火熱的太陽底下，揮著手，空間水便拋灑到了莊稼地裡。
林家兩千多畝地的莊稼，連著幾日瘋狂生長，村民們瞠目結舌。
林老爺子與魏老爺把林小寧拉進主院的小廳。
林老爺子開門見山。「寧丫頭，是妳給地裡下了藥水是嗎？」
「爺爺，就是咱家後院那井水。」
魏老爺滿眼喜色。「小寧，當初清凌說過，不只釀酒用好水，妳還要用好水灌溉田地，種植五穀來釀酒，這多糟蹋好水啊！」
「可我想試試能不能讓莊稼增產。」
林老爺子自豪說道：「估計肯定要增產。」
「爺爺，如果真的能增產，那就得留著做種，佃戶糧也得全部上交，我們按市價給他們銀子，他們的口糧另外買。」

林老爺子開心點頭。「嗯，就這麼定了。老魏，回頭我們去和馬總管說一下，關於佃戶不留糧的事。」

馬總管就是村長，但他已不做村長了，現在當總管很神氣，當初做村長時就神氣過里正，現在村長也不做了，卻比之前更神氣。

馬總管神氣地發話：「秋收不要留口糧，林家、魏家全部按市價回收。」

初一，林家與方家準備好了，做了豐盛精美的食物，方家還從林家的井裡，打了好幾桶井水回去做飯泡茶。

晚餐前，林家棟與小方師父回了桃村。兩家人心疼高興、噓寒問暖。

用過晚膳後，林家人又聚在一起，聊著西北的情況。

林家棟神情自豪道：「西北邊境最近安靜得很。現在全民大力修建防禦城牆，又擴了好多窯，得將鄰城的百姓也徵召來燒磚，泥車隊還要再增加幾十輛才行。這泥太好，我們重新調配了比例，燒出的磚竟如石塊一樣堅硬，配好的泥黏得牢固無比，真能稱為天下磚王。我們在西北收到公文，方大人的俸祿加了，現在一年有二百兩，算是正式官職的俸祿。」

「大哥，有沒有辦法能提高西北燒磚的產量？」林小寧問道。

林家棟頓時開心笑道：「目前的產量已比之前提高一倍了，因為大、小白幫我們找到了煤礦。」

「大、小白這麼厲害？」林小寧欣喜地問。

「是啊，我們都沒料到，是大、小白看到我們運來的煤大叫，像對我說話似的，我就與銀夜騎著牠們，竟然帶我們找到了煤礦，牠們立了大功呢！」

鎮國將軍的大軍抵達西南時，正逢寧王又拿下第四座城池。

兩軍會合。寧王與鎮國將軍已不是頭一回合作，當初寧王十五歲掛帥去邊境平亂時，鎮國將軍與寧王初次合作，兩個人狠利、果斷，幾乎如出一轍，一直極有默契。

寧王與鎮國將軍迅速商議下一步如何乘勝追擊。四座城池不夠雪恥，這一戰，定要把三王打得刻骨銘心。

一週後，寧王與鎮國將軍又攻下靈昌城。

這是寧王與鎮國將軍多年沙場，最不可思議的一戰。這一城，不到半日就占下，三王的兵力完全不敵城下的十萬大軍，幾乎是棄城而逃，糧草還只燒了一點，便被寧王與鎮國將軍的兵力破了城門，滅了火。

至此，加上前面收回的四城，總共是五個城池，應該考慮忘川山的修路之事了。

寧王與鎮國將軍還有銀影在城中飲酒。

鎮國將軍感慨。「老夫此生圓滿啊，只是這忘川山下的路，行軍運糧太難，不然，這一戰就得把他們打回怒河以西去。」

寧王飲著城裡的酒，笑逐顏開。「鎮國將軍，我從十五歲時與您結下沙場之緣，這麼多年過去了，您老還是那樣身手矯健，寶刀永遠不老，真是佩服！」
鎮國將軍哈哈一笑，豪飲一通，突又悲嘆道：「我一生沙場，殺戮無數，這一戰竟能兵不血刃，只盼這一戰能為老夫贖些罪孽。」
聞言，寧王與銀影都沈默不語。
鎮國將軍飲醉了，捧著酒罈睡著了。
寧王與銀影抱著酒罈，躍到城牆上，看著滿天的星光對飲。
當太陽高高升起，陽光照射在城牆上，城樓裡歪躺著寧王與銀影，身邊是兩個倒著的空酒罈。
太陽下，有人跑來，慌慌張張跪下。
「安國將軍，不好了，城中發現疫症！是瘟疫！」
這是一場大規模的瘟疫，一日之間，靈昌城百姓及士兵們病倒幾百，不適者數千。
怪不得三王棄城而去。
但疫症開始了就無法控制。此疫傳染極強，後方四城也發現有人不適。到了第二天，又有幾百人倒下，靈昌城中新增不適者幾千，後方四城也在陸續新增不適之人。
寧王突地想起桃村上回送來的藥水還有一些沒喝完，讓人取來。
鎮國將軍一把攔住。「六王爺，這是什麼？」

寧王道：「醫仙林小姐所配奇藥。之前假藥時，傷兵們傷口潰爛至深，已昏迷不醒，用此藥水摻乾淨清水洗傷口，也同時飲用，傷兵很快就明顯好轉。」

鎮國將軍問道：「如此神奇？」

寧王道：「是，確為神奇，我在京城時也飲過，健康之人飲用，百病不侵。」

鎮國將軍沈思著。「六王爺，藥水分給沒病的人喝吧。」

「老將軍！」

鎮國將軍面色是從未有過的悲戚。「六王爺，殺了病倒之人，一把火焚掉，唯有這樣才能保存實力。」

「老將軍……」寧王低聲嘆息。

鎮國將軍悲嘆。「兩日間，光這一城，兵士與百姓近萬人不適，這點藥水能救他們嗎？」

「能救多少就救多少，再派人去桃村取藥水！」

按寧王的吩咐，拿出藥水摻著乾淨的清水給所有人、馬，包括疫者飲用，並拿出四袋水，讓人送去後方四城。

藥水有效果，立刻就控制了病情，服下藥的病人明顯好轉，不再發熱，但仍是有新增的病人，因為藥水太少了。

寧王與鎮國將軍看著桌上最後三袋沈甸甸的藥水。

「全分下去。」寧王吩咐。

鎮國將軍怒道：「不可，這藥水留著給你與精兵喝。」

「將軍，他們是我名朝的兵！」

鎮國將軍緩緩挨著寧王坐下。「來不及了，藥水太少，疫症傳得太快，等取回藥水，人都沒了……六王爺，你帶所有精兵先撤，我守著，定要讓你們有足夠時間撤回。」

「老將軍，只要有藥，這些人就可能治好。這是五座城池，五座！」

鎮國將軍道：「是五座疫城。六王爺，你可知道，我來之前，胡大人是不肯發兵的，並且極力主張退兵，撤回名朝境內？」

寧王又沈默了。他突然明白了。

鎮國將軍看著寧王的眼神，緩緩開口。「對，這是局，是用五個城池設下的局。先是血洗忘川城，激怒我朝派兵前來攻打三王之境；然後又換假藥，再次激怒我們再帶兵助陣。假藥事件時，胡大人就說有陰謀，老夫我卻是一意孤行，非要帶兵助陣。皇上本還思前想後，猶豫不決，但你又攻下了第三城，皇上終於同意老夫帶兵前來……三王的陰謀就是讓我們兩個帶著名朝最好的精兵，困在這裡。疫症定是人為，六王爺，我們中計了！你快撤，如果所料不錯，三王不日就會軍臨城下，這些藥水餵給疫者喝了，也不能一時間恢復戰力。撤兵要繞行忘川山嶺，需要時間，你只給我留兩萬兵力即可，我定要死死守住，保得你們安全撤兵。」

寧王低頭不語，又抬頭，看著鎮國將軍，說道：「老將軍，這一戰，我們一起戰！絕不撤兵，也絕不放棄一個兵。我們這一戰要收復半個西南！」

鎮國將軍又嘆了一口氣。「六王爺，估計夏國那邊一定開戰了，否則三王才不會這麼大方，捨五城來誘我們，必是與夏國商量好了。夏國一直想要你的性命，六王爺，還是撤退吧！夏國如不出所料會傾國而出，西北邊境有銀夜及駐兵，京城還有尚將軍，西北開戰，尚將軍與銀夜應該能敵，西北後方的兵力也會調去抵禦，我朝定是一場血戰。六王爺，明知是計，卻為何要這樣苦守著？撤兵，或還能保存部分實力。」

「我要保存所有能保存的實力，病倒的人都是我名朝的兵，我不會丟棄他們。我與他們一同殺敵無數，他們如同我的手足，我們是名朝的鎮國將軍與安國將軍，豈能棄病兵而逃？來人。」

按寧王的吩咐，銀影帶著幾十精兵往境內趕去，還沒有抵達忘川山嶺時，就聽到轟然巨響，地動山搖，然後連聲巨響。

銀影呆住了。

等到了忘川山嶺山路中段時，竟是滿目泥石，無法通過。

銀影咬牙道：「這是西洋的火藥，沒想到三王竟能搞來火藥，炸山堵路，防我軍撤退。奸細！我朝境內有奸細！」

銀影派一人去回報寧王，再將人分成幾隊，一隊去探查其他可走之路，一隊上山，查探山上情況；他一人則越山過境，前去桃村求藥水。

寧王的聲音一直在他耳邊響起。「務必在十五前到達桃村，便可讓大、小白送藥來，時間寶貴。」

銀影趕在十五月圓之時到達桃村。

到了林家門口，便從馬上跌落下來，一頭倒在地上。

安風與林家棟聞聲，立刻出院探查，林家人隨後跟出。

銀影也得了疫症。他是最輕的，他帶著的幾個精兵全病倒了，只等著取來藥水前去相救。他是強撐著到了桃村。

林家棟與安風上前，銀影昏沈沈地說道：「不要碰我，我得了疫症……西南有疫情，寧王與鎮國將軍被困，藥水對疫症有效，我來求藥水，有寧王手諭，徵用大、小白送藥去西南……」

「安風，把銀影大人抬到你屋裡去，衣物脫光燒掉，準備兩個浴桶，打後院的井水來泡澡，我再配藥水給你們還有馬喝。大哥，讓下人仔細著點，銀影大人病沒好前，不要直接接觸。」林小寧吩咐道。

空間水效果很明顯，銀影喝了一大碗又泡了澡，便開始退熱。

林小寧對傳染性疾病沒有半點經驗，但空間水有效果讓她心中大定，讓人把商鋪街藥鋪的耿大夫請來探脈。這個耿大夫的醫術在桃村有名得很，行醫三十多年，比林小寧那不到十年的學院之術要來得高明得多。

耿大夫知道是疫症，竟不敢上前，被安風一把拎上前，強迫讓他號脈。

耿大夫哆哆嗦嗦地號了半天，竟然喜道：「雖是疫症，但已大……大好，此人身體極好，於性命無礙，只需用藥三服，就能痊癒。我這就開方，三服藥下去，定好。」耿大夫言到此，臉上露出了自豪。

林家棟去了傷藥坊，讓人打包好傷藥與瘧疾藥丸。

泡完澡，一服藥下去，半夜時分，銀影恢復了精神，讓安風請來林小寧、林老爺子和林家棟。

銀影細細地把西南疫情說了，還有半路上病倒的兵馬，都窩在山裡，只等著藥水前去相救，時間寶貴，一刻也誤不得。

林小寧聽得膽顫心驚。銀影走時已是一萬多人病倒，這些天，還有多少人會病倒、病死？她想起史上那些大規模的鼠疫，心急如焚。

「爺爺、大哥，我要親自去西南，安風隨我一起去，可以嗎？」林小寧說道。

林老爺子嘆了一口氣。「去吧去吧，注意安全。」

林家棟道：「把梅子帶上吧，好伺候妳，銀影我們會照顧的。」

林小寧疑惑地看著反應奇怪的爺爺與大哥。

林家棟道：「梅子與我們說了，六王爺便是王大人，妳在京城時，為妳解了郡主強納之困。」

林老爺子又說：「丫頭啊，妳是因那六王爺的封號壓了妳的命格，妳才安然活到現在，林家才得以如此興旺，怎能知恩不報？」

爺爺和大哥真是淳樸之人啊！

京城收到同晉城裡的飛鴿傳書，得聞西南之疫。同時，銀夜也將西北的動作報到京城，胡大人撫胸大嘆，皇帝黯然不語。

第二日，京城尚將軍帶兵二十萬去西北，其中十萬是新兵，又向西南派出十萬兵。夏國，大巫師坐在祭臺上，弟子在臺下扶乩，大巫師緩緩睜眼，說道：「名朝寧王活不過十天了，去報，全國兵力準備，寧王死後，就大軍前往名朝邊境，與西北駐兵會合。」

靈昌城守城的哨兵在凌晨的寂靜中，聽到了幾聲狼嚎……

寧王從床上一躍而起。「來人，派人去叫鎮國將軍，疫藥求來了！」

林小寧、梅子還有安風停在城牆下，空氣中是西南特有的潮濕、溫熱氣味，摻著不知名的異味。

天色蒙蒙，城門被沈重地拉開，發出令人牙酸的聲音，門開了，一個散著金屬味的身影閃了出來。

「終於等到了你們。」寧王的聲音有欣喜，也有激動，在黑暗中散著屍臭的城門口響起。

安風說道：「爺，銀影也病倒了，不過已大好，在桃村養著，我帶來了傷藥與藥丸。一會兒天亮後，我再去後方城中徵藥，光有藥水不夠，還要三副草藥。」

寧王在黑暗中輕輕拉過林小寧的手，握得緊緊的。

林小寧想抽手，卻抽不開。梅子吃驚地看著兩人。

寧王說道：「沒想到妳會來。」

林小寧尷尬地嗯了一聲。

林小寧被安置在城主府中，寧王與鎮國將軍邊上的小院裡。

得知現在的靈昌城內，病倒的兵士與百姓已有近三萬人，死逾五千，這還不算後方四城的病人，她立刻吩咐送來大量水桶，關上了屋門。

等到太陽冉冉升起，城裡的人都興奮了。醫仙小姐親自來配藥水，院裡滿是水桶，全是藥水。

一桶桶的水分發下去，所有的病的、沒病的，兵、百姓、馬匹，都大口飲用。幾碗下去，眼睛就清亮，精神也煥發了。

鎮國將軍激動不已地對寧王道：「這些人馬都能好，看這樣子就能好！我們幾乎保存了所有的兵力！」

寧王在初升的朝陽之下展顏。「老將軍，現在還讓我撤兵嗎？」

鎮國將軍端著一碗水，一飲而盡。「好藥水，一碗入腹，周身疲勞頓消，竟如年輕幾歲，神藥！有此藥水，我朝兵力還懼那三個王八蛋做什麼?!」

「還有大、小白運來的糧草藥物，不用擔心！」安風此刻帶著大、小白運藥回了，大、小白身上揹著幾麻袋草藥。

安風的聲音總是那麼酷。林小寧暗自笑著。

鎮國將軍昂首大笑。「給京城送報，西南之困即將解除。」

靈昌城內架起大鍋，咕嘟咕嘟地熬煮著藥。

病兵們輪流用摻過的水泡著澡，泡完了便喝藥。

中午時分，靈昌城的病兵們，病得輕的，只要吃過藥就大好，能走路，也能做一些抬抬撿撿的事情。

林小寧只覺得累得很。她從來沒有這樣累過，並且她發現，後面的水已越來越清，不再是乳白色。當她把院裡的一百桶水再次注滿後，再也支撐不住，回屋裡栓緊門，閃到空間昏睡過去。

一覺醒來時，看到望仔在她身邊跳著，咧著嘴笑著。

林小寧伸了個懶腰，抱起望仔問道：「我睡了真久，怎麼這麼累呢？」

望仔吱吱叫了幾聲。

林小寧蹙眉道：「喔，原來是泉水用得太多，所以才累。現在的泉水也不如之前濃了，得養上一陣子，才能恢復。」

外面已是黃昏，聽到院裡梅子做飯的聲音，林小寧出了屋，問道：「梅子，晚上吃什麼好吃的？」

梅子忙碌著，頭也不抬。「小姐怎麼不多休息一下呢？六王爺與鎮國將軍說妳累壞了，讓妳好好休息，今天就不來打擾了。本來我還想讓他們在這兒吃晚飯的，我做的飯菜，那是比兵營裡的可口多了。」

「咦，聽妳這口氣，妳現在不怕六王爺了？」林小寧奇怪地問。

「不怕了。以前怕，是因為他是王大人，現在知道他是六王爺，就對上號了，反而就不怕了。」

林小寧被逗笑了。

梅子也笑，又欽佩道：「小姐，妳真神，藥水治好了這麼多人。六王爺說，明天還會叫人抬水來給妳配藥，但只要十桶就行，怕妳累著。說是現在疫情已控制了，黃昏時，病得重的也大好了。安風還說，明天去同晉城接兩個老大夫來，因為草藥對一些人效果明顯，對有些人效果不明顯。」

「喔。安風這麼厲害，知道草藥要看人體質的。」

「是六王爺說的，又說是妳對他說的。」

林小寧笑了。「梅子，讓安風去請六王爺與鎮國將軍來這吃飯。幾個月都吃兵營的飯，虧他們吃得下去。」

「安風去後方四城送藥水，還沒回呢。」

「院外有兵嗎？」

「有，是六王爺派來的，說是這幾日安風帶著大、小白跑來跑去，怕妳會不安全，派了兵來護妳。」

「妳做飯吧，我去請六王爺與鎮國將軍。」

寧王此時與鎮國將軍站在城樓上，看著城外遠處焚屍，都是病亡之人的屍體。

寧王的臉被遠處的火映得紅紅的。他想起他的母后愛哼的一首名朝小調，讓他心裡充滿憂傷。

鎮國將軍一直沈默看著。

林小寧被士兵帶到城樓下。士兵不多問一句，也不多言一句，帶她到城樓下就回了。

林小寧在城樓下，聞到一股異味，皺皺眉，再上樓一看，饒是她對著屍體面不改色，也受不住大吐起來。

遠處，是像山堆一樣的屍體焚著，火光竄上去，帶著奇怪的黑煙，火的顏色也是異常詭異，那燒出來的氣味，是世上最可怕的氣味，只覺得酷暑悶熱中，竟周身發冷。

她不怕屍體，但是她受不了這樣的焚屍。

她吐得翻江倒海，站立不住，感到身邊一陣風拂過。寧王把她扶住，輕拍著她的背。

「誰帶林小姐來的？」寧王的聲音滿是怒意。

林小寧喘著氣擺手。「是我來找你的，來叫你與鎮國將軍去我那兒吃飯。」

鎮國將軍聽了哈哈大笑。

林小寧擦淨嘴，抬眼看了看鎮國將軍。

她一直沒看過鎮國將軍，今日一來便關在屋裡注水，現在一看，便是一驚。這鎮國將軍一身剛氣與正氣還有殺氣根本不屑收斂，是以前老人家說的，陰間的鬼看了也會繞過的那種人，怪不得是鎮國將軍，一品大將軍！

鎮國將軍笑道：「小妮子，勇氣可佳，但這樣的情景，會吐也是理所當然。飯就不吃了，妳今日不適，改天老夫我定要好好與妳痛飲幾杯。」卻是半句不提蘇府與她的糾結。

林小寧暗忖：鎮國將軍實在是坦蕩之人，胸中無糾結，當然言語也無糾結。

寧王溫柔關切地摸著她的頭髮。「老將軍，我送她回去，回頭再去你屋裡。」

鎮國將軍笑道：「有好吃的，給我帶一盤子來，好久沒有吃肉了。」

林小寧行了一禮說道：「鎮國將軍，還是去我那吃吧，我吐過更餓了，也要吃些好的。」

「好痛快的小妮子！好，就去妳府裡吃。六王爺，這小妮子真真是奇女子啊。」

寧王溫情地看著她。「是的，老將軍，她是天下奇女子。」

鎮國將軍也細細打量著林小寧，心中嘆道：怪不得懷兒對她情深，這樣的女子，不是絕色，卻看著萬般舒服；衣著普通，卻比得下錦衣華服；面對焚屍吐了，卻又馬上能這樣大方示人，是奇女子。當初懷兒若是沒有被青青看中，這個女子就會是懷兒的夫人，怪不得懷兒說不納妾室，只娶一人。這樣醫術高超，如此膽識的女子，天下難尋！六王爺篤定不會困在五城中，有兩隻銀狼在，與後方同晉城日日溝通，一點困難也沒有，六王爺對這女子如此親暱，已有心意了。懷兒無福啊！

晚宴精緻又豐富，梅子被寧王叫來，坐在下方一同入席。席間，鎮國將軍與寧王兩人大塊朵頤。

林小寧只覺焚屍的氣味還在鼻端，吃得有些勉強。

寧王心領神會，也不勸。

焚屍，莫說她，就是新兵也一樣會吐。

鎮國將軍大口吃著肉塊，心下思忖：這小妮子，幸好是我朝之人，不然就一劍殺了她，絕不能讓他國有這樣的女子存在。如果夏國有這樣的好藥，那兩軍交戰，勝負立見。之前一直聽說林家傷藥好，卻不知道這般奇，我是許久沒上沙場了，竟是孤陋寡聞啊！

梅子坐在下座吃著。只覺六王爺今天吃相真好玩，鎮國將軍的吃相也好玩。像是從餓牢裡放出來的，看他們這樣吃法，倒真是一點也不怕了。今日能與六王爺和鎮國將軍同桌吃飯，是修了百年的福氣。

散席了，鎮國將軍與寧王告退。臨走時，寧王大大方方地拉著林小寧到一邊低語：「今天有軍務要相商，明日再來，晚上好好休息。」

這種老夫老妻的感覺，林小寧有些說不出來的感受，好像與他之間一直被許多事推著，拒都拒不了，但心中也是隱隱地歡喜，很喜歡這樣的感覺，便自然地點點頭。

梅子看傻了，鎮國將軍淡然而笑。

等兩人出了院子，梅子上前問道：「小姐，妳與六王爺什麼時候的事情？」

林小寧看了一眼梅子。「笨蛋。」

梅子鍥而不捨地問著。「小姐，到底什麼時候的事情嘛？」

「就今日。」林小寧笑道。

第三十三章

五日後，疫情完全控制，所有病人明顯好轉，只需再服湯藥，養上十天半月就好。

寧王與鎮國將軍率五萬精兵，開城門，衝上陣，精盔甲，好馬匹，利武器，他們要殺三王一個目瞪口呆！

這是憋了多少天的怒氣，三王如此狠毒，以疫情來困他們，不惜犧牲近十萬百姓，這本是名朝的百姓，三王竟把他們棄之如敝屣。

寧王與鎮國將軍一腔怒火，這一戰，要立威！

靈昌城，戰擂聲聲，鼓動軍心，五萬兵馬像紅了眼一般。

寧王與鎮國將軍氣勢如虹，如煞神下凡，近身者皆亡。寧王輕功高超，在大軍中如鷂鷹一般飛躍翻轉，時起時落，起落間，敵兵就倒地一片。

鎮國將軍戰得痛快，哈哈大笑，一把大戰刀如血洗過，反射刺目的光芒，傍晚時就攻下了離靈南城最近的遂縣。

這一仗，打得痛快。雖有傷亡，但數量極少，輕傷者，傷藥一敷便止血。重傷者集中在一起，由軍醫依次診治。

林小寧拿出空間的工具與麻沸散，像打了雞血一樣帶著梅子趕往遂縣。

梅子興奮地悄聲問：「小姐，真的可以在活人身上試了？」

林小寧看著梅子，心中失笑。

才入遂縣，寧王就得報前來，立刻上前拉住她的手，輕柔說道：「在靈昌城待著不好嗎？來這兒做什麼？才打了一仗，亂得很。」

「我與梅子也是大夫。」林小寧笑笑。

寧王了然而笑，說道：「來人，按林小姐的吩咐做。」

林小寧笑著瞥他一眼。寧王只覺得這笑眼風情萬種，一時失神。

林小寧果斷俐落地吩咐著：「給我一間空屋、乾淨水桶，我要配藥。然後叫幾個手腳利索的人，在重傷病者處設一間手術室，需要什麼，聽梅子安排。」

空屋裡，林小寧注滿了三桶水，兩桶送去華佗術室，又拿出一包參片，一大包三七粉，參片煎湯，三七粉外敷，讓人分發了下去。

當她做好這些時，梅子與幾個兵已收拾，出來了手術室。

「安排人煎麻藥，這包三七粉拿去給重傷兵使用。」林小寧只說了一句。

梅子興奮地安排下去。

「工具、沸水、白酒……」林小寧沈聲吩咐。

梅子歡快地與幾個兵安排妥當。

「傷者準備抬進來，淨手……」

幾個軍醫前來。「醫仙小姐，可否容我們一邊觀瞧，或可相助？」

「你們看到血肉模糊會昏倒嘔吐嗎？」

「醫仙小姐說笑了，我們是軍醫，治的就是外傷。」

「好，淨手。」

寧王一直含笑看著。

一個傷兵抬了進來。大半個時辰後，做好手術的傷兵抬出去，重新消毒工具，另一個傷兵又抬了進來……

梅子眼睛發著光，手腳麻利，兩人配合得天衣無縫，軍醫們看得眼花撩亂、目瞪口呆。

傷兵一個接一個抬進手術室。

軍中的傷者、軍醫，還有候在手術室外的打雜助手，所有人都知道這屋裡的兩位小姐是多麼可怕，就連肚子破了、腸子流出來的傷，也能把腸子洗洗再塞回去，再把肚子縫好，人竟然沒事。華佗術奇啊！眾人們百感交集。

林小寧此時心懷感激。她只是現代的一個小小中醫，依仗著西醫的理論知識，在這一世摸索出來這些外科術，因為空間水的作弊，讓她所向披靡，這種榮耀讓她有些愧意，她只是想讓更多的人離病痛遠一些。

直到天快亮，眾人還不眠不休地在手術臺前奮鬥。軍醫們成了小助手，大家埋頭苦戰著，空間水一碗碗地喝下去，保持了體力。

梅子從來沒有這樣驕傲與自豪過，這是她一生中最精彩的時候。

林小寧卻是困頓無比，一臉萎靡之色。這陣子取水太多了。

「小姐做完這一例，去休息吧。這陣子配藥太辛苦了，普通傷勢的清創與縫合我能行的，其他傷勢等妳休息好再做。」梅子說道。

「好。」林小寧感覺站著的雙腿都麻了，結束了手術後便昏昏沈沈，踉踉蹌蹌出了手術室。

寧王正在外面候著，看她出來，一言不發就把她抱了起來。

她沒有力氣拒絕，迷糊說道：「叫大、小白去接曾姑娘與蘭兒來……」便在寧王懷中沈沈睡去。

「遂縣我們駐了十萬兵力，卻被老六他們在屁股後面攆著逃！為何老六就殺不死？靈昌城中下了疫源，怎麼還有這樣的戰鬥力？難道老天就是在幫他們，我不信！」蜀王咆哮著。

老三、老五沈思道：「二哥，老六他們應是最後瘋狂，已是強弩之末。我們明日再調兵五十萬，再攻！」

蜀王冷笑。「五十萬，就去攻那幾個疫城？看來我們得換個法子來對付老六了。老六現在困到這裡，路沒通前，沒有糧草、藥品，他們蹦躂不了多久了。飛鴿通知名朝境內的接應，若是他們挖路，就繼續毀路，再在忘川山嶺上撒遍誘蛇粉，我要讓名朝最寶貝的六王爺一直困在這裡，讓老大源源不斷地派出兵力前來，一路折損，活活氣死他們！再派出刺客，伺機而動。」

老三又上前。「二哥，夏國派出多少刺客，都無功而返？」

蜀王靜了靜。「這次目的不是刺死，只要一綹頭髮。只要有一綹頭髮在手，就可行巫蠱之術。」

老五道：「怕是難，夏國那麼多刺客，都沒法近老六的身。」

蜀王冷笑。「刺客扮成百姓，不能近老六的身，就想辦法近老六部下的身——」

林小寧醒來時，已是午後了。

這個陌生而精緻的房間，估計是遂縣富戶的女眷屋子。

梅子在側間軟榻上也沈沈睡著，打著輕微的鼾聲。

林小寧沒有驚動她，閃進了空間，喝水洗澡，與望仔聊會兒天。

望仔吱吱地開心著。林小寧知道，火兒犯懶的時間過了一半了。

她摸了摸望仔，親了親睡著的火兒，便閃出空間。

這時，她才覺得疲憊全消，梳理了一下頭髮，注了一碗水，輕輕放在桌上，便推門出去。

隔壁的門也開了，寧王出來，也是滿面疲色。

「你睡我們隔壁？」林小寧吃驚地問。

「軍中沒那麼多規矩，這是縣令的宅子，環境倒是不錯，鎮國將軍也睡在邊上。餓了吧？我也餓了，我帶妳去吃些東西。」

軍營的食物實在難以下嚥，但寧王大口大口地吃著，彷彿美味佳餚一般。林小寧看著，心下便慚愧。

寧王溫柔笑笑。「不好吃是吧？軍中的飯食都這樣，將就一下，安風去接曾姑娘去了，等他回來後，再去後方的同晉城知府府上借兩個丫鬟來。三王之地的下人最好不用。」

林小寧不知如何接話，只能點頭。

「妳辛苦了。」寧王又道。

「你更辛苦。」

兩人便莫名地笑了起來。寧王伸手抱住林小寧，下巴蹭著她的頭髮。「不好吃也得吃一些，別餓壞了。」

林小寧只覺得一切真怪。從刺客出現那天起怪到現在，糊裡糊塗就這樣與他親密無間，成了戀人。

但她不願意拒絕，即使她與他之間瞭解不多，相處的時日也不多，但他身上有著特別的魅力，她拒絕不了。

這種力量或許與他的身分有關。

林小寧笑了，心想：我真虛榮，我就是喜歡他的身分。

第二天清晨，林小寧與梅子在手術室聽到了大、小白的嚎叫。

「是曾姑娘與蘭兒到了。」梅子露出欣喜。

半個時辰後，曾姑娘與蘭兒來了，已在外屋換上手術服，包了髮。

「什麼吃食，真是比豬食都不如，這是人能吃的嗎？真是的，這種吃食也敢給人吃。」

曾姑娘才進手術室就開始嘮叨，軍醫們一臉無奈。

林小寧看到一如既往刻薄的曾姑娘，覺得十分親切。這兩天就她與梅子兩人，軍醫只能打打下手，或者用他們自己的方式來治療能治的傷兵。面對那麼多傷兵，真是勢單力薄。

曾姑娘又道：「到底是我的金蘭姊妹，算妳有良心，這樣的好事知道叫我前來。我帶來了好多套華佗服，還有我新打的所有工具。」

林小寧由衷讚美著。「我的好嫣嫣，妳太了不起了，工具正不夠用呢，快去淨手。」

有了曾姑娘與蘭兒上陣，速度就快多了。

中午時，四人吃到了安風帶來的丫鬟做的可口飯菜。

曾姑娘撇嘴說道：「兩個丫鬟怎麼夠用？安風，你再去借兩個來，專門為我們四人還有六王爺、鎮國將軍以及銀影與你做膳食。」

林小寧笑了。「妳也太能享受了。這是什麼地方？都是一個城一個城打下來，肉啊、菜啊全毀光了，然後又是疫情，僅有的活禽也殺了燒了。這座城是剛攻下，才有了新鮮肉菜與上等白米，兩個丫鬟還不夠用？」

曾姑娘不以為然道：「兩個丫鬟怎麼夠用？小寧怎麼和他們男人一樣粗心，太不會照顧自己了。這個膳食啊，要吃得好，吃得豐盛，才能讓我們精力好，手術時就不會眼花手抖出錯。兩位將軍們吃好了，才能打勝仗。我們都是在為朝堂出力，所以更要注意我們的膳食，在有限的條件下做到最好，這還是妳對我說的呢。」

「我是說華佗術，要在有限的條件下，做到最好。妳不要曲解我的意思好不好。」

「都一樣，不吵了，快吃，吃完還要去傷兵營。」

晚上時，安風又帶來兩個被大、小白的速度嚇得暈過去的丫鬟，還有一隻小銀狼。

這隻小銀狼是在忘川山嶺以北找著的，銀狼是一家獨居的動物，成年的馴不了，速度又快，只有抓著這種小狼才能馴服了給人用。

小銀狼怯怯地跟在大、小白身後，看到眾人，齜著牙呼著。牠的個頭不過成貓一般大小，一點威脅也沒有，反倒把大家逗得不行。

梅子忙起身，去廚房拿出給大、小白煮的肉塊，盛了三盆，哄著那隻小銀狼前來吃。肉的香味吸引了小銀狼，小銀狼上前，小心翼翼地吃著。大、小白上前，用腦袋蹭了蹭小銀狼，嗚叫了幾聲，小銀狼就狼吞虎嚥起來，吃完了就蹭到大白的肚子下面撒嬌。

安風道：「這隻狼崽太小了，慢慢養大後才能派得上用場。」

吃完飯，曾姑娘收拾了一番，又興致勃勃地帶著梅子與蘭兒去了傷兵營。這可是她們能光明正大、理直氣壯在活人身上施展華佗術的大好機會。為了在活人身上用此術，曾姑娘還耗費過千兩銀子呢！

林小寧沒去。有曾姑娘及蘭兒在，她終於可好好休息一下了。這陣子取水過多，她的體力一直沒有恢復過來，腿軟、手抖、眼發花的，今天手術時還被曾姑娘嫌棄了好久。

四天後，在四人的努力下，手術室不再忙碌。軍醫們已學會了普通的清創與縫合，可以用她們的工具獨立做些小手術了。

四人終於休息下來。曾姑娘身著華服在軍中穿梭，聲音冰冷語氣刻薄，就像一朵帶刺玫瑰。

銀影在這天晚上回來了，找到林小寧討藥水喝，說道：「忘川山上好多毒物，肯定又是三王搗鬼，我被蛇咬了，幸好帶著解毒藥，可到了山下恢復體力，竟然遇刺。刺客是百姓裝扮，功夫雖不是絕頂，但輕功極好，行刺不成，就逃到忘川山上去了。我才解毒，不能施輕功，追不上便算了。山上毒物甚多，這廝估計也是九死一生，爺讓我來討碗藥水補補。」

「山上有許多毒物，還有蛇？」

「是啊，所以一直沒有開山路，有些麻煩。」

銀影喝完水，又寒暄了幾句。林小寧知道大哥與方大人是騎馬去西北的。銀影道：「等到下月十五，再讓大、小白去西北接他們回桃村就是，不用擔心。」

銀影離開後便去了寧王處。

寧王正與鎮國將軍商議著攻碧天城一事，占下的這六城中的存糧只能支持六到七日了，碧天城是府城，富庶而物產豐富，若是攻下來，城中的存糧能支持不少時日。

商議完後，銀影與鎮國將軍便退下。

一個時辰後，銀影又來了，說道：「爺，渴得很，給您討一些茶，我住處沒茶葉。」

寧王也醒了，微微笑著。「這還是林小姐送來的茶葉呢。你屋裡也沒開水，先泡上一盅喝了，再帶些回去。」

銀影上前泡茶，卻突然抽出腰間的匕首刺向寧王，寧王錯愕，匕首入胸。

銀影頓時呆住了，滿臉驚疑與不解，然後一頭倒地，昏死過去。

林小寧正在屋裡睡著，突然心口劇痛，頓時臉色發白，聽到空間裡的望仔在叫，馬上把望仔抱出來。

望仔跳到窗前看了半天，吱吱叫著。林小寧驚訝道：「什麼，我的天命之星剛才暗了一下，又好了？」

望仔點頭，又叫了幾聲。

林小寧緩過勁來，笑道：「喔，現在沒事了，天命之星一百年不會暗。」

望仔又點頭，高興地咧嘴。

夏國，大巫師坐在壇上，看著乩相，大惑不解。

乩相明明顯示，名朝寧王必死，剛才他的天星也暗了，正是之前推算的死相，可不一會兒又重亮起，難道乩相有錯？

「再扶乩！」大巫師道。

弟子們急急再扶乩，一時癲狂如瘋，口吐白沫，倒地昏迷。

大巫師下了壇，細細看著乩相。死，是必死沒錯！可抬頭再看天相，那顆帝星輔星仍在帝星邊上亮著，刺得他腦袋一痛，吐出大口鮮血。

等大弟子上前扶他，悠悠醒轉過來後，撫胸嘆道：「天星之相，猶活，明日再扶乩！不可發兵，靜待。」

蜀王接到同晉城內應的飛鴿傳書，大吼：「不可能！疫情才幾日工夫，就好了？兵力還無損，到底是怎麼回事？難道老六真有大羅金仙相助，這樣的疫症竟然能控制！」

老三與老五噤若寒蟬。

蜀王深吸一口氣。「再傳書派人去查，確認此消息是否準確，或是老六使的計，放出的假話！」

「二哥，還有一信，說是已拿到髮了，巫蠱術一施，老六很快就離死期不遠了。到時夏國便會出兵，老大那裡就會顧不過來我們這裡，我們還有大把機會。」

蜀王深思道：「做好準備，若是老六死了，那鎮國老兒必然會發瘋，他們肯定會來攻城，我猜他們必會先攻碧天城。傳令下去，離遂縣最近的幾個城即刻清城，物資轉移，尤其是碧天城。若是鎮國老兒來攻，守不住就燒光毀盡，不給他們留一粒米、一根草，讓他們只得空城，我們就困死他們，餓死他們！」

鎮國將軍在黎明前醒來，便去寧王住處。

老將軍大笑道：「說好今日點兵，都什麼時辰了還不起——」話一到此，頓感不妙，推門而入，卻見寧王與銀影雙雙倒地，一把匕首插在寧王的心窩上。

鎮國將軍呆住了，俯身探去，氣息幾不可探。

他神情木然地把寧王抱上床，然後又翻轉銀影。銀影此時仍在昏迷。

「來人，打一桶水來！」他大聲咆哮著。

不久，守院的兵拎著一桶水進來，鎮國將軍接過桶，對準銀影澆了下去。

銀影驚醒。

鎮國將軍一掌甩到銀影臉上。那是驚天一掌，把銀影甩得在地上滾了一下，目瞪口呆地看著他。

鎮國將軍悲戚萬分說道：「千防萬防，卻沒想到三王用巫蠱之術！銀影啊銀影，你在桃村好好養著病就是，非要趕來做什麼?使得奸人鑽了空子啊!這是什麼孽啊……」

銀影躍身而起，看著地上的血跡，又看著床上的寧王，猛撲過去。

寧王胸口上插著一把匕首，那匕首是他的。

銀影拿起牆上寧王的劍，就要自刎。鎮國將軍飛身，一腳踢向銀影的手，劍噹的一聲掉在地上，發出嗡嗡的聲音，極為淒厲。

「你我都要死，但不是現在。銀影，和我一起去把三王之地收復，然後再以死謝罪，叫人好好看護著六王爺，讓他走好。你隨我去點兵，攻下碧天城！」鎮國將軍聲音像撕裂了一般。

林小寧被這動靜吵醒了，叫著外間的梅子。「去看看，怎麼回事？」

片刻間，梅子就回來了，慌張失措道：「小姐，六王爺死了！」

「瞎說什麼呢！不怕掌嘴！」

「真的，小姐，說是昨天銀影大人中了蠱，殺了六王爺……」

林小寧心中一沈，披散著髮便衝出門。梅子隨後跟出。

寧王的門口駐滿兵，她徑直走了過去，推門而入，安風正在內屋的床邊守著。

林小寧走近，寧王躺在床上，面白如紙，胸口還插著一把匕首。

她急忙號脈，卻半天都號不出來。

安風悲道：「小姐……爺已不行了……」

「別說話！」林小寧說道，又俯身聽心跳。

曾姑娘與蘭兒還有梅子緊跟著進來，站在邊上，難以置信地看著眼前的一幕。

有極微弱的心跳，但鼻息已難探到。

「媽媽，妳來號一號。」

曾姑娘忙坐在床邊號脈，半天才道：「有一絲脈。」

「那就沒死。」林小寧說道。

曾姑娘悲傷地看著林小寧。「小寧，這是彌留之際的脈象，回天乏術了。」

林小寧看著床上的寧王沈默不語。

前世，沒有一個男人留在她的身邊。這一世，有了銀子、田地、磚窯、瓷窯、棉巾作坊，然後又有了他。她本是無意，卻糊裡糊塗地與他抱了、親了。如今心裡認了他，方覺圓滿，卻哪知道，世間之事正如月盈則虧，水滿則溢，絕不會讓人萬事遂心如意。

不是說用他的封號壓了自己的命格嗎？怎麼她還好好的，他卻出事了？她下意識地摸了摸自己的耳墜子。

望仔說過只要一息尚存，就能救活。她心中嘆息：老娘我活了兩世，不是為了男人而活，卻不能看著認定的男人就這麼被人弄死了！

「你們先出去，他沒死。」林小寧說道。

眾人悲傷地看著她，嘆息著出去了。

林小寧關上門，坐在床沿，取下一只耳墜子，把望仔從空間抱出來。「告訴我怎麼救？」

望仔看了看寧王，叫了兩聲。

林小寧把耳墜子遞去，望仔用牙咬咬，就把包著耳墜子的銀線咬斷了，然後又叫起來。

林小寧把珠子塞進了寧王嘴中，又注了一些空間水在桌上的茶盅裡。這時的空間水更淡了，幾近清澈。

她端著茶盅坐到床邊，飲了一口，便俯身下去，把水渡進寧王的口中。

然後對門口叫著。「叫梅子拿手術工具、紗布、白酒進來。」

梅子與蘭兒進來，將林小寧要的東西在桌上擺放整齊，一句話也不說，面露難言傷痛。

「出去門口候著，有事叫妳們再進來。」

她淨手，剪開寧王衣服，紗布按著，拔出匕首，沒有大量出血，馬上清創縫合，再拿出一株三七遞給望仔。「咬碎。」

望仔三兩下咬了一嘴的粉，吐到傷口上。

最後，她包紮好傷口。

做完這些，林小寧便把望仔丟進空間，又喝了一口空間水，渡到寧王口中。

寧王袒胸躺著，正如同青山上一般，那時她蓬頭垢面為他包紮傷口，他醒來後第一句話就是：「哪來的野丫頭，如此輕佻無禮。」

林小寧笑了，時光如同倒流了回去，他還是暈迷著，在山洞裡。

她才穿來這世不久，就遇上了他。他注定是她的，誰也不能讓他死。

她趴在床邊睡著了。

這一覺醒來，已是中午時分。

她再次號脈。脈象起了！再探鼻息，溫溫熱熱地噴在她的手指間。

她拉開一床薄毯蓋住寧王，然後大叫著。「嫣嫣，快來！」

曾姑娘、梅子、蘭兒、安風都入了屋內。

「妳來處方，嫣嫣，妳處方比我強。」林小寧笑靨如花。

曾姑娘疑惑上前探脈，臉上立刻現出狂喜之色，壓抑著發抖的聲音說道：「我就知道、我就知道，妳一定有不傳之法。現在不說這些，到時妳要不告訴我此法，我就與妳斷交。」

安風果斷衝到床邊，探鼻息，激動得臉色扭曲。「小姐，爺緩過來了，好了！」

曾姑娘激動點頭，號了左手又號右手，感慨道：「脈象真奇，每刻都比上一刻有力。」然後極細緻地處了方。

安風接過方子，便騎著大白去了同晉城。

林小寧輕輕撫摸了一下寧王的臉，心中感激不盡。這個世間有多少神奇，被她收在手腕上。有這樣的神奇之物，是有什麼樣的宿命？

鎮國將軍與銀影點兵八萬，先率一萬精騎兵逼近碧天城。

鎮國將軍瘋了，銀影也瘋了。這是光天化日下的強攻，一萬精兵對上碧天城，刀與刀、劍與劍、兵與兵、肉身與肉身之搏，他們都瘋了、狂了。

鎮國將軍與銀影兩個人全身是傷，人擋殺人，鬼擋殺鬼，神擋殺神！

兩人帶著一萬精兵，滿腔悲憤，不等大軍抵達，硬破了城門。

三王兵力大駭，沿城牆放燃料，火燒碧天城。

碧天城成了一片火城。鎮國將軍與銀影一身殺氣，揮刀殺掉所有的敗兵，殺到手軟，令精兵們目瞪口呆。

鎮國將軍與銀影站在碧天城外。碧天城的火光沖天，正如鎮國將軍與銀影心中之火，他們兩人身上、面上全是血，不停順著戎裝、戰刀和劍滴淌，見者觸目驚心。

兩人看著這碧天城的火光。夏日炎炎，熊熊烈火灼心灼身，兩人都陰沈著臉，如寒冰一般。

「大軍前來後，血攻南旺城！」鎮國將軍道。

夏國，大巫師坐在壇上，弟子扶乩。

大巫師胸口翻湧著血腥之氣，一直忍耐著，盯著壇下。

弟子停了手，低頭退一邊。大巫師觀看良久，大口鮮血忽然噴出，吐在乩相上。

大巫師氣若游絲，半天後，啞聲嘶笑。「名朝寧王是死相轉活！我的血，哈哈哈……」轉而又泣道：「我的血，我的血……本是死相轉活，可現在卻是我的血……讓他活相更甚從前，是天意啊……」

大巫師悲泣。「告訴皇上，不要發兵。寧王是天星不滅，死相轉活，更甚從前，是神助！」

林小寧給寧王灌服下幾口湯藥，望仔叫著撲到她懷裡。

林小寧有些哭笑不得問道：「望仔心疼那顆珠子，對吧？」

望仔點了點頭，又吱叫了幾聲。

林小寧笑道：「原來珠子一用，空間靈氣越發少了，沒有幾年養不回來。沒事，幾年工夫一眨眼就過去了，以前我們沒有那麼濃的泉水，不也開開心心的？你現在是由簡入奢易，由奢入簡難啊，學會挑三揀四了。」

望仔聽了，竟然有些不好意思地垂下了小腦袋。

林小寧忍俊不禁，摸了摸望仔。「望仔，你還有什麼本事我不知道的，說來聽聽。」

望仔又吱吱叫了起來。

林小寧數著。「看星相，會識路，會與所有的狐狸說話，會和大、小白與大黃，還有我的毛驢說話，會聽人話，我在哪裡叫你都聽得見……」

望仔說完了，自豪地看著林小寧。

林小寧笑著親了望仔一口。「你能不能叫忘川山上的毒物都撤了？」

望仔轉了一圈，叫了兩聲。

林小寧欣喜地抱著望仔。「你是說小事一樁？那你晚上就坐大白去。」

安風找到鎮國將軍時，七萬大軍已與鎮國將軍會合，正打算去攻南旺城。

碧天城一戰，一萬精兵折損近四千，安風唏噓不已。這是名朝最好的騎兵啊！哪個不是以一抵十之人？鎮國將軍與銀影此舉是失了理智。

但，寧王被林小姐救活了。

鎮國將軍與銀影聽到安風此言，悲喜交加。

鎮國將軍一口血噴了出來，腳步不穩。安風上前扶著，鎮國將軍道：「傳令，大軍就地紮營休整，銀影帶眾騎兵回遂縣療傷。兩日後，以騎兵夜襲，大軍壓後，攻破南旺城，要拿到糧草物資。」

安風與鎮國將軍坐著大、小白回了遂縣看寧王。

鎮國將軍大步推門入屋，戎裝血淋淋的，還在滴著血，散著濃濃的血腥味，像從地獄出來的惡鬼。林小寧心中大駭，便退出屋子。

寧王此時仍是不醒，但已與活人無異，脈象正常，心跳有力。

鎮國將軍一言不發，看了良久，便退了出來。一出門就直挺挺地倒地昏迷。安風急急上前察看，發現他的背部有一道巨大的刀傷。

鎮國將軍是一口氣硬撐著，確認寧王無礙後，大悲大喜又有重傷在身，終於倒下了。

「灌藥水，術前準備！叫曾姑娘來。」林小寧吩咐道。

鎮國將軍是外傷，並沒傷到內臟，只是失血過多，清洗了傷口，縫合好，安風便把將軍送回住處，讓他安睡。

等林小寧回到寧王之處，寧王仍是沒醒，林小寧急了，拴門進空間問望仔：「為什麼現在還沒醒？」

望仔吱吱叫了幾聲。

林小寧才放下心來。「原來是在養傷，傷好了就能醒。我以為能馬上醒呢。」

望仔指指參，叫著。

林小寧笑了，抱著望仔親了親。「知道了，服參湯對吧？」

林小寧在參堆裡尋著，找了一株最大的，又拿了一株三七，便出了空間，把梅子喚來，讓她熬參湯，三七交給安風，讓他搗粉、沖溫水餵鎮國將軍。

梅子拿著參與三七，心跳不止，做賊似的切片熬湯。曾姑娘看了，卻是淡然不驚。小寧還有什麼做不到的？彌留之人都能救活，這個才是重點，一定要好好問問。

軍醫看到三七，喜極而泣。「好東西、好東西，寶貝啊！醫仙小姐尋得這般寶物，還隨身帶著，是有備而來啊，鎮國將軍不日就能大好。」

到了下午，銀影率騎兵回了，騎兵攻城時，每人帶著幾包傷藥散，輕傷者都自行敷傷藥散止了血，但重兵者仍是大量。

林小寧與曾姑娘四人、軍醫以及手腳麻利的士兵們，不停歇地忙著給重傷兵上藥、止血、縫傷口……

但仍有許多救治不了、重傷而亡之人，哪一仗都避免不了。

一直忙到第二天下午，大家都困頓無比。

四個仙人般的姑娘如此辛苦救傷，讓城中的士兵們欽佩無比。

安風帶著大白到同晉城採買了許多精緻食材，讓四個丫鬟變著法子做好吃的。如此嬌弱的千金小姐，身分又尊貴，這樣的姑娘來救治他們，他們能不士氣大振嗎？

八仙桌上，擺滿精緻的食物，四個人快速吃著，都是餓壞了，曾姑娘再沒有了平日吃飯時的那般優雅。

吃飽了，人更加困頓。曾姑娘疲憊地問道：「小寧，妳怎麼把六王爺救活的？我一直忙著，也沒有機會問，但實在是急著想知道，不然就睡不著覺。快告訴我，讓我好好睡一覺。」

林小寧精神倒是要好許多，聲音有力清脆地瞎編。「嫣嫣，妳可知道舍利子？」

曾姑娘眼睛一亮。「當然知道，妳是說……」

林小寧笑道：「是的，我得華佗術時，也得到舍利子，說是只要一息尚存便能救活。我便拿來一試，果然有效。」

曾姑娘仰首嘆道：「奇啊，這般神奇！」

林小寧笑著。「嬀嬀，這下可以好好睡一覺了吧？我可愛可敬的嬀嬀，還有可愛可敬的梅子與蘭兒，我對妳們可是沒有一點藏私矇騙的。」

梅子與蘭兒連話也不想說，早也沒有初來時能在活人身上施華佗術的興奮與激動了，不過聽到舍利子時，眼睛還是亮了一下。

「那妳的藥水怎麼配的？妳之前說是你們家的藥水，帶去了京城，泡屍身不腐。可在這兒，這麼多藥水要怎麼配？」曾姑娘又問，聲音都慢了半拍。

林小寧神秘地笑著。「這個不能告訴妳，嬀嬀。當初傳我華佗術的師父道，只能我知，不可傳於他人，除非到我臨終，才可擇人傳下去。所以，妳一定要比我多活幾年，到時我一定傳給妳。」

曾姑娘半信半疑。「妳不騙我？這事是真的？」

林小寧「真誠」地說：「真不騙妳，舍利子這樣的事情我都告訴妳們了，藥水之事真不能外傳，師父就是在臨終前才傳給了我。」說到此，林小寧傷感地低下頭。

曾姑娘便不再追問，而是握著林小寧的手。「我懂，妳師父是知道藥水神奇，若被奸人得去，那便是天下大亂，所以才讓妳在臨終前擇人而傳，是讓妳用一生去尋最值得擁有此方之人啊，妳師父用心良苦！」

林小寧萬分感動。「嬀嬀，妳太聰明了！我之前還以為是師父想讓我藏私，有一技之長可保一生無憂。看來我眼界太窄了，妳看得比我深遠得多，原來是要用一生精力，去尋一個最值得擁有此方的人。」

曾姑娘正色道：「沒錯，小寧，要用一生的時間與精力去尋得後人。」

林小寧心中百般歉意，說道：「太累了，都去休息吧。我還能支撐一會兒，我再去傷兵營，妳們醒來後再換我歇。」

其實林小寧也累，但她有空間可以作弊，今天趁著兩次上淨房，在空間睡了兩回，倒是覺得能再撐幾個時辰。

「妳身體真好，比男人都強！」曾姑娘嘟囔著，與蘭兒和梅子疲倦地回屋休息。

林小寧又去了手術室，這一待就到了次日清晨，曾姑娘三人頂著黑眼圈來換了她。

她回到院中，用過早膳，洗漱乾淨便去了寧王屋裡。

寧王還在睡著，安風送來參湯，林小寧才餵下幾口，已感覺他有自主吞嚥意識，心中大喜過望。

鎮國將軍大好了，三七粉著實有效果，他再次來探看寧王。

鎮國將軍身著便服。這是林小寧第一次看到他著便服，仍是殺氣得很。

林小寧待要退下，鎮國將軍便攔住了她。「林小姐，可到小廳說話？」

鎮國將軍與林小寧到了小廳，便有士兵前來，泡了一盅茶，退下了。

鎮國將軍問道：「林小姐，我知道問妳或許冒失，但仍是忍不住。六王爺當時氣息幾不可探，根本回天乏術，所以我根本沒有召醫，妳如何救了過來？」

林小寧禮貌回答。「鎮國將軍，當初我得華佗術時，也得到了一顆舍利子，說是一息尚存便能救，我給六王爺服下了。」

鎮國將軍沈吟。「林小姐，妳為我名朝立了大功啊！」

「將軍言過了。」

「林小姐，老夫謝過林小姐獻出舍利子。」

「將軍言過了。」林小寧又道。

鎮國將軍嘆了一氣。「這趟林小姐與曾姑娘來，為我們名朝解了燃眉之急，是為大功，妳們都是我大名朝的奇女子，老夫與六王爺必會為妳們兩人請功。」

「將軍，碧天城沒攻下？」

「攻下了，但三王卑鄙，竟火燒碧天城，不留半點糧草。」

「那百姓與兵俘呢？不帶回來？我只看到我軍傷兵。」

「百姓都撤了，三王退兵火燒碧天城是清了城的，沒來得及撤走的，也都葬身於火海中……」

林小寧心中一緊，不禁嘆息。「三王是太狠毒。鎮國將軍好好養傷，西南遲早要拿下，還給百姓安寧生活。那兵俘呢？」

「兵俘被老夫我與銀影全殺了……」

林小寧呆住了，半晌才問：「老將軍，為何要殺掉兵俘？之前不是一直把兵俘關押嗎？」

鎮國將軍坐在那兒，看不出任何表情。「昨日攻城時，六王爺已是彌留之時，兵俘是為六王爺陪葬。」

「將軍！」林小寧叫了起來。「您怎能如此！」

鎮國將軍又道：「林小姐，女子聽聞戰事，激動也是難免。那三王狠毒，我軍所有敗兵，只要落在其手，哪有一人能活出生天？戰場上是這樣的，林小姐，妳不懼屍體，不懼傷口，又救得六王爺性命，為我朝立下如此奇功，但到底是女子，不與妳交談戰事了。」

林小寧看著鎮國將軍，眼前是昨天時，那身戎裝上往下滴淌的血，心中無限厭惡。「鎮國將軍，我曾敬您一身正氣，卻沒料到您竟是這樣殘暴之人。那些百姓被三王燒死在城中，已是人神共憤，而您，一品鎮國大將軍，竟然殺掉所有的兵俘，那麼多人命在你口中如此雲淡風輕？已是兵俘，沒有了反抗，就不應該殺掉，那些人一年多以前，不是名朝的兵嗎？你不怕報應嗎？」

鎮國將軍閉目。「老夫我早就一身殺業，何懼這些。」

林小寧心中像沸騰的水。戰爭流血是正常，死人也是正常，畢竟兩國交戰，可為何連無辜百姓與兵俘都不放過？當初三王血洗忘川城，殺掉所有青壯年漢子，又下疫源，讓五城得疫，死去了多少士兵與百姓的性命，這次燒死碧天城中撤退不及的百姓，就是為了不讓名朝得到半點糧草。

而鎮國將軍殺掉兵俘是一腔悲痛，要為寧王陪葬。號角一響，硝煙四起，血流成河，多少生靈塗炭。

林小寧冷冰冰說道：「鎮國將軍真是有情有義。是啊，殺人為了給六王爺陪葬，將軍可知，我不殺伯仁，伯仁卻因我而死，那些已無反抗之人因六王爺而死，罪孽誰來背？」

鎮國將軍突地立起身，怒目圓瞪。「林小姐，不要胡言亂語，我殺的，當然由我背。」

「由您背？您如何背？您在這兒對著我發怒發威，而他躺在床上，如果不是舍利子，他就會死！他若是死了，他是為何而死？就因為昨天殺掉的那些人！老將軍，是您害死了他！」林小寧惡狠狠地說。

鎮國將軍臉色極為駭人，大步一邁，突地一頓，便有大口血噴出來，噴了林小寧一身，人就直挺挺向後倒去。

安風急躍進來，扶住鎮國將軍將其抱到椅子上坐好。

林小寧全身虛軟，一身冷汗。她覺得自己太惡毒了。

安風嘆了一氣，說道：「小姐，老將軍不易啊。」

林小寧後悔極了，急掐鎮國將軍的人中。片刻，鎮國將軍醒了，竟似蒼老了十歲，緩緩說道：「林小姐，妳用了舍利子救他，他有舍利子護身，有福報……妳心善救了那麼多人，他對妳的心意我知道，妳跟著他，他便不會像我這般……」

林小寧想到了曾姑娘說的，鎮國將軍一直無子嗣，頓時愧疚難當，流下眼淚。「將軍，我是一時失言，您不要介懷，您好好養身，我一定能讓您身體和安風一樣棒。」

鎮國將軍淡淡笑了笑。「林小姐是奇女子，只可惜懷兒無福……」

「來人，三七粉溫水沖服。」林小寧號著鎮國將軍的脈，慌慌張張地喊著。

終於安頓好鎮國將軍，林小寧回屋脫了沾血的衣裳，倒頭就睡。

第三十四章

黃昏，外面傳來飯菜香，林小寧的肚子餓得咕咕直叫，溜到空間快速洗了個澡，換了一身乾淨衣服。

曾姑娘與梅子、蘭兒正在小廳吃飯，看到她，個個神情怪異，抿嘴偷笑。

「吃飯都不叫我，還怪裡怪氣的。」林小寧罵道。

「小寧，妳今天氣得鎮國將軍吐血了，竟然是好事。鎮國將軍一直有瘀血在胸，這一氣啊，竟全吐出來了。」曾姑娘笑道。

林小寧驚訝地張著嘴。

「小姐氣人也是神功，小姐真神，梅子太欽佩妳了。」梅子笑道。

「還有啊，六王爺醒了，不讓人叫妳，讓妳好好睡。」曾姑娘又笑。

「妳是說——他醒了？」

七萬大軍已撤回遂縣。

寧王醒後，就立刻派安風與三個輕功極好的人，坐著大、小白去了忘川山。

他雖然一直不醒，卻是能聽得到。他聽到了林小寧與望仔說著忘川山上毒物一事。果不其然，安風回來後報，山上的毒物基本沒了。沒錯，望仔是山靈，山上活物都聽牠的。

寧王與鎮國將軍飲著參茶，瞇著眼品著其中滋味。鎮國將軍道：「六王爺，你如果不醒，我肯定還是會攻南旺城，知道肯定只會留給我們空城，我也要殺得三王氣勢全無。」

寧王笑道：「南旺城肯定還是要攻，但不是現在。」

鎮國將軍大笑。「只要我軍解決了糧草問題，就無後顧之憂。空城也是領地，我們收一座就多一座，定讓三王悔恨不已。三王這回是得不償失啊。哈哈哈！六王爺，你怎麼知道忘川山上的毒物沒了？」

寧王嘴角上揚。「老將軍，是她做的，我雖不醒，卻是能聽到。」

鎮國將軍又是朗聲大笑。「那個小妮子太氣人，把老夫氣得，哈哈哈……」

銀影也笑。「是，老將軍，林小姐氣得您吐血，卻讓您多年瘀血吐淨了，老將軍不謝謝林小姐？」

鎮國將軍難掩笑意。「這小妮子，女子心腸，也是難免，只是說話太惡毒了。不謝，要謝也只是謝她來止疫情，拿出舍利子與千年三七與人參，還有，把忘川山嶺上的毒物給轟走了。」

寧王莞爾。「老將軍可是謝一堆了。」

鎮國將軍嘆息。「這小妮子福報甚厚，的確是奇女子，只是懷兒無福。」

寧王又笑。「老將軍，志懷現在是我的表妹夫了，老將軍還想什麼呢？」

鎮國將軍又是大笑。「我們攻城的兵力去開路，後方還有京城的十萬兵力不日便到，近二十萬人能把忘川挖出寬大道路。從此以後，六城不再是困城，西南三王不再有屏障，我們要一路橫掃，一舉收復半個西南。」

第二天，軍令傳下，通知同晉城後方，京城派來的十萬兵力從忘川城那處開路。

小白送去藥丸，以防有人得了瘧疾症。

六城中，收集所有能開路的工具，再從同晉城後方徵收大量工具送來，八萬兵力與忘川山下的陽城兵俘和百姓同時開路。不管忘川山有多高、多險，都要挖出一條道來。

遂縣哨兵加強，以防三王來攻，銀影帶著三萬駐兵留守。

大白把西南情況上報，同時，還要得到西北的情況。

林小寧與曾姑娘四人仍是在傷兵營裡沒日沒夜地待著。

八天後，終於能休息。傷兵們恢復良好，西南天熱潮濕，卻無人感染。軍醫們不再稱奇了，一個醫仙，一個醫聖，兩個小姐坐鎮西南呢！

此時，忘川山嶺已被挖開一條寬大的通道。

忘川路通，六城的糧草之困就解決了。鎮國將軍與寧王相視一笑。此後，三王無屏障，現在要坐下來好好想想，如何攻打三王。

梅子與蘭兒在廚房中與四個丫鬟忙著晚宴的準備，她們縫合過傷口的巧手，在各種食材間飛舞著。

林小寧大聲道：「要有肉，大塊的肉。鎮國將軍多久沒吃肉了，讓他多吃些。」

梅子與蘭兒聽了，低頭偷笑。

太陽終於落山了，寧王與鎮國將軍騎著大、小白回到遂縣。

鎮國將軍聞到了肉香，大笑。

晚宴豐盛無比，寧王、鎮國將軍、銀影與安風埋頭大吃。

四個人再也沒有了身分，以鎮國將軍尤甚。

林小寧、曾姑娘、梅子、蘭兒，看得目瞪口呆。他們哪裡還有一品鎮國將軍與六王爺的樣子，看到肉就像老虎見到羔羊。

林小寧偷笑，但又覺得十分可親。一品鎮國將軍也是嗜肉的，六王爺也是嗜肉的，安風那麼酷，銀影那麼殺氣，卻也都是嗜肉的。

鎮國將軍吃飽喝足，滿足嘆道：「這麼多天都在監督修路，吃的不是粗餅就是饅頭，況且大家都已熟悉至此，我們幾個莽漢也就不講究這些了，幾位小姐莫怪莫怪。」

大家抿嘴偷笑。

林小寧不好意思地笑著。「老將軍言過了，正是這樣，才是我朝名將之威。」

鎮國將軍大笑，梅子趕緊遞上淡茶。「將軍飽後不宜大笑，喝些淡茶。」

蘭兒也給寧王、銀影還有安風上了淡茶。

寧王接過茶，看著林小寧，露出溫情笑容。

四個吃肉吃飽的男子，與四位姑娘又寒暄了幾句，幾盅茶後，便各自回了住處。

曾姑娘與林小寧四人在後院消食。這是這麼久以來，四人第一次可以這樣完全放鬆下來，之前因為疫情、傷者、困城、寧王遇害，大家都繃得緊緊的，雖有調笑，但心裡卻裝著事。

曾姑娘說起了林小寧京城的鋪子。

林家在京城的茅坑鋪子，自林小寧走後，銀子滾滾而來，袁掌櫃把銀子全搬到胡大人家，讓胡大人看管著。棉巾鋪子的銀子則由曾姑娘收著，等林小寧回京城。

還有那些學華佗術的孩子們，現在大部分都認得百多種草藥了，還懂得基本的藥理、藥效。

曾姑娘把京城的事情說了一遍後，低聲對林小寧耳語。「妳要不要回桃村？我得馬上回京城了，我好像有了。」

林小寧瞪大眼。「什麼?!」

曾姑娘噓了一聲。「小聲點。我這月月事沒來，估計是有了，我得馬上回去和清凡大婚，不然就會丟人了。」

林小寧掩嘴笑道：「妳與清凡這是苟且。」

曾姑娘噘著嘴道：「瞎說，怎麼是苟且呢？我們這是情投意合，馬上就要大婚的，清凡要是知道，肯定喜壞了。我來前，他說了會催建我們的宅子。」

林小寧笑道：「妳想清凡了吧？」
曾姑娘嗔著。「是又怎麼樣。」
林小寧也想回桃村了，一邊想著桃村的地，一邊想起剛才寧王看她的眼神，一時間心下暖暖的，臉上就失了神。
暑天的夜來得特別慢，一直到天色完全黑了，四人才回了屋。
寧王卻來了。
梅子抿嘴笑著，出了屋。
寧王眼睛閃亮著，梅子一關門，他就把林小寧抱個滿懷。
寧王輕聲道：「現在，我的性命都是妳的了。」
林小寧笑了笑。「嘴上說得好聽而已。」
寧王溫柔說道：「我說的話就是我能做到的。」
林小寧笑了。「好，我知道了。你的性命是我的，你的人也是我的。」
寧王點頭笑道：「我醒來後忙著開路，妳忙著顧傷兵，終於停歇下來，我為妳泡茶。」
「淡一些吧，不然夜裡睡不著。」
寧王笑道：「睡不著好啊，可以想著我。」手上卻只是丟了幾片茶葉，泡了一盅。
林小寧心中泛起漣漪。
寧王泡好茶，涼了涼，又道：「妳餵我喝參湯，我知道的，我也要這樣餵妳喝茶。」說罷，便飲了一口茶，渡到林小寧口中。

林小寧笑著吞嚥下去。寧王也低低笑了。

「我們兩個像什麼？」林小寧笑著。「我們兩個是無媒苟合，真正白瞎了你六王爺的身分。」

「沒苟合呢。」寧王低聲笑著。

林小寧笑個不停。

院裡的大、小白與小銀狼叫著，小銀狼叫的聲音是嗚嗚的。

寧王擰眉說道：「這隻小狼仔，叫的聲音怎麼和大黃這麼像？」

林小寧噗哧而笑。「是啊，小傢伙喜歡發出狗的聲音。狼小的時候都是這樣嗎？」

寧王笑道：「妳養的動物跟人家都不同，狼本是不會這樣叫的。」

「我只養過一隻正常的動物，就是大黃。對了，這回大黃怎麼沒跟著你一起？」

「沒捨得帶牠來。西南疫症多，怕牠得病，牠在京城有小陸子他們伺候得好好的。」

「你倒是心疼大黃。」

「我心疼大黃時，就覺得是在心疼妳。我那回帶走大黃，現在想起來，就是妳送我的定情物。」

林小寧又低頭笑著。

「現在西南困境已解，妳還是先回桃村吧。在這兒妳實在太辛苦，我著實不捨。若妳不行醫，我真是願意妳同我一起打下西南。」

「我就是不行醫也不陪你打西南，我桃村還有一千頃地沒種呢，現在種的兩千畝，還要等我回去收租呢！我給莊稼澆了我家後院的好水，現在長得可好，肯定要增產。」

「增產多少？」

「不知道，要秋收後才知道。」

「妳這次回去帶小銀狼與大、小白一起回去，讓大、小白去西南接妳大哥。」

「嗯。」

「等秋收時，我一定把西南戰事穩下來，去桃村和妳一起收租，還有，提親。」

在京城時，寧王說過提親，現在又說起。

林小寧心中泛起甜蜜。她三十幾歲的靈魂，在現代物資豐富、工業發達、科技驚人，還有離婚率越來越高的時代，從來沒有被人求過婚，她終於聽到了求婚的話——當然不算是求婚，是在商議，或者連商議都不算，只是告訴她，可她覺得這樣的方式很性感。

「那你不許穿這身衣來收租。你說兵要有兵的樣子，那收租子做地主也要有個樣子，你要換一身，與我的衣服配的。」林小寧笑著說道。

「好的，我換一身粗布大褂。」寧王痛快回答。

「那倒不用，你是收租的，又不是交租的。我給你做一身金線的福祿錦袍，你穿著一定好看。」林小寧打量著寧王，很是正經地說道。

寧王忍耐不住，抱著林小寧入懷，兩人笑得直抽抽。

蜀王瘋狂地大罵。「老六沒死成，夏國不出兵，答應給我們的戰馬也只送了一半過來！忘川山被人家開了一條大路！老六的人是神兵嗎？疫病不怕，毒物不怕，六城就再也不是困城了，鎮國老兒與老六都餓不死了……」

蜀王罵了一通後，喘著氣，轉而嘆道：「那我們這次的設計虧大了，就是得了夏國的一些戰馬。我們失了六個城，還有一個碧天城成為灰燼，我們虧大了……傳信給夏國，要麼與我們同時開戰，要麼，就等著寧王滅他們！」

安風帶著大、小白先送了曾姑娘與蘭兒回京，再與林小寧和梅子一同回桃村。

林小寧一回桃村就聽到了一件大喜事，狗兒考上童生了！這是桃村第一個童生。

林小寧又去恭賀，鄭老笑道：「童生有什麼？要等到考上秀才，才能娶小香呢。」

林小寧笑得不行。

小銀狼成了新寵，大家都愛。

小銀狼到了桃村後，很快就盯上了林老爺子，成日跟著林老爺子屁股後面，林老爺子樂呵呵地給牠取了個名字叫小東西。

林小寧雖只離開桃村不到一個月，卻感覺離了很久。她生在桃村，將來也要死在桃村。

不知道是不是從西南戰事回到了桃村安逸之地，林小寧心有所感，她發現三個老頭的身體與精神越來越好，看上去根本不像老頭。小東西有時跟著林老爺子、鄭老還有方老打牌，靜靜在一邊守著，三個老頭與一頭小銀狼，竟像是畫一般。

魏老爺雖然常與三個老頭走動，卻到底年輕，不過四十出頭，實在閒不住，加上京城酒鋪的生意好得無法想像，魏老爺便帶著一幫後人，成日在酒坊裡忙活著，只有逢著閒時，才來與三個老頭喝酒聊天。

魏老爺現在是越忙越快活，他覺得，魏家在他手中落了難，卻又東山再起了，比之前更為榮耀，小兒子清凡又馬上要迎娶太傅之女；清淩雖是女兒，但釀仙封號，她功不可沒，所以他得把這個家給坐穩了，就算將來分家，也要分得一碗水端平，更是要攢下大家業。

他看中了林家千頃地邊上的地，那兒太廣了，地也好，但就是沒有人煙又偏遠。他與林老爺子商議著，明年開春，魏家也要在那邊上置些地，把那片地盤活來，盤得有人煙起來。魏家要專門種釀酒的作物，把魏家的大莊子再建起來。

鄭老在林小寧回村後，打算再燒一窯，說是給狗兒還有小孫女，還有未來的小孫子燒的，以後一年只燒一窯了。

大牛一聽到師父要燒窯了，跟得緊緊的，打著下手，手腳麻利地伺候著鄭老需要的一應物品用具，然後目不轉睛地盯著鄭老的一舉一動。

鄭老很有度，一天只在作坊待一個半到兩個時辰，多了不行，還要抱孫女、孫子，還要與兩個老頭打牌呢！

張嬸與張年兩口子現在日子過得有滋有味，有時張嬸會生張年的氣，說張年寵壞了大牛與二牛，但張年仍是一如既往地寵著，說：「那是我的娃，我不疼誰疼？」

桃村人們現在過得安逸，老是有雞飛狗跳事件發生，還有家長里短的爭吵，里正與幾個村長忙得不可開交，這時前任村長馬總管就暗自得意，只覺自己當真是急流勇退啊……

林小寧倒是覺得其實吵架都是好的，比戰爭流血死人好，這種爭吵是生活的本質。說到底，都是活生生的一堆人，有這些人在這裡，桃村才這樣生機勃勃。

林小寧讓人捎信給村長小兒馬少發，在蘇州的各個布鋪還有繡品鋪子租一小席地，用個厚些的紗簾隔起來，專門售賣棉巾，此舉還可給對方鋪子帶去眾多人氣。

十五時，大、小白把林家棟與方大人接回桃村。

銀夜收到寧王的信，擔心西北與夏國聯手攻打邊境，安排二人此次回桃村休息一陣子。

林家棟細細問了西南情況，林小寧與安風一一告之。疫情止了，只要是活著的人都治好了；忘川山嶺挖開了山路，與後方可通物資，進攻與撤退都方便。大量百姓都撤到後方幾城，開始重新建設家園，兵俘則由人看管，開荒挖地。

林家棟安心地待在桃村，看付冠月的眼神老是情深意切，讓林小寧暗自發笑。

林小寧騎著她的小毛驢去逛著桃村的地，安風帶著大、小白再去尋看看有沒有銀狼了，兩日都沒見人影，但她有小毛驢，比大白還拉風。

現在桃村的莊稼可是說是名朝最棒的莊稼，沈甸甸地彎著腰，讓所有的村民們都樂不可支，心花怒放。

在桃村，林小寧是地主，地主就要有地主的樣子，坐毛驢慢慢逛著，看著自己的產業，林家的產業，還有小香、小寶的產業，多喜人。林小寧完全放鬆，以悠閒的心情、充分的時間，坐在小毛驢背上一點點逛著。

四千畝地開好養著肥，空間中是泥與肥的氣味，是鄉間的氣味，是迷人的氣味，怪不得皇天后土，怪不得土地珍貴！

林小寧從沒有像現在這樣，細細感受自己站在一大片土地上的心情。她是離了戰事，近了安逸的感觸。

她想此刻這種心情，或許與大哥把邊境的防禦建好，與他把西南收復之時的心情是一樣的，是自豪的、成就的。

她感受著桃村的一草一木，心情極好。

逛了幾天，終於找來馬總管議事。

馬總管如今銀子有了，名聲有了，正是春風得意之時，他最擅長的就是做各種細碎的活計，一點也不手忙腳亂，有條有理，所以讓他管著林家兩千多畝地，還有商鋪街，至於磚窯與瓷窯他已慢慢撤手，以免分散精力。

林小寧笑咪咪看著馬總管。這個馬總管實在是人才，他正穿著金線的福祿錦袍，很像地主。他是識得不少字的，也是有品的，這身是他婆娘給他買的。

林小寧立刻想到了寧王，想到了說要給他做一身金線的福祿錦袍，實在忍俊不禁。有朝一日，一定要讓他著像馬總管這樣的錦袍。一定。

「村裡有會種棉花的嗎，馬總管？」林小寧問著。

「有的啊，有很多人會種，以前他們還說起這事呢，說棉花比糧食貴，說來年是不是種些棉花？結果看到今天的稻子長得這麼好，都打算明年還種稻子了。」

「把那些會種棉花的人都記下來，明年我要在那邊四千畝地種棉花。」

「可是小寧，現在我們的稻子長得這麼好，應該明年再種啊。」

「放心馬總管，種棉花也一樣，會像我們的稻子一樣。」

「那就好，那就好，」馬總管笑著，又說：「還有，那些幫我們開地的漢子說，明年想來租我們的地種。」

「我正要與你說這事呢。等秋收後，閒下來後，就得在那四千畝地上蓋屋子。要是有佃戶來，也得有個住處。不過，這些佃戶不是流民，不落戶桃村，屋子只是提供給他們住著，好安心種地。他們也可以帶家裡人來，家裡的女眷可以安排在作坊裡上工。現在桃村地多了，人就顯得少了，才不過千人，我們需要更多的人，把桃村的地全建設起來。」

馬總管沈思著。「小寧，這個我之前也是這樣想的，但現在有些麻煩。因為田縣令說了，桃村的地一開，使得其他周邊的村民都要過來，這樣其他的地就沒人種了，都來種桃村的地了。這不行。」

「告訴他，人家想去哪種地就去哪種地，桃村的地好風水好，莊稼長得好，誰都想來種，這是正常的。你問問田縣令，名朝哪條律法上寫著不准百姓租其他村裡的地來種？如今我們林家也是從四品官家了，不要懼那個田縣令。」

馬總管道：「小寧，我們的租子原是定四到五成，表現好的、做事下氣力的，就四成；偷懶耍滑的，就按五成。可現在都是按四成，老爺子說的，說大家都不易，少許偷懶的也免不了，統一了四成。」

「那不就對了嗎？別的村裡都是五成，我們是四成，那些漢子們愛種誰家的地，可不就明白清楚了，還用想嗎？」

「這樣一來，勢必清水縣周邊的地主都要減租才能留得住人，這樣怕犯眾怒。」

「那你說，不犯眾怒，我們林家的地難道開墾了就荒在這兒不成？」

「其實有個法子，就是我們請長工。我們桃村的地好，收成好，只收四成，我們可就虧了，請長工不是租地出去，也不得罪人。」

林小寧大笑起來。「請長工也行，長工也要請，但這麼多地，還有那一千頃地沒開，明年開春就得開了，我們要請到什麼時候？現在這四千畝，只要有人想來佃，我就要佃出去，我要讓名朝的佃租全部像桃村這樣，減一成。就先從清水縣開始。我就不信，這些百姓辛苦一年，交了租子就所存無幾。我們的租子是四成，收成還比別人高，還有磚屋住，讓田縣令告訴其他村的地主們，能減租，自然就能留得住人。」

馬總管道：「妳這是斷人家財路啊！我們桃村因為是荒地開出來的，地不貴，可也是養了一年啊，這些都是大量銀子。人家地價貴，減一成也不是不行，可這麼多年來都是五成的租子，四成那是親戚間租的價格。」

「地主如果少了這一成租子，會大傷元氣嗎？」

「那倒不會。」

「可百姓如果多這一成，是不是日子好過多了？」

「當然。」

「我現在就要做這事。桃村的租子四成，我們還有屋子給他們住，放話出去，想來租可以來登記，但這些人都得是勤懇的莊稼漢子，家眷可以安排在作坊上工。」

「那周邊的地主肯定要來鬧事了。」

「他們要來就來，我接招。我就不信，沒有這些農夫，他們的地怎麼種，是看著它們荒掉，還是減租？明天就去清水縣貼布告，放話出去，我現在正好沒事閒著，就來會會這些清水縣周邊的地主大佬們，看看哪個更適合做地主？」

果不出所料，村長在清水縣貼上布告的四天後，就有人來了桃村。

一群人約十來個，打頭的是一個中年地主，穿戴富貴卻不俗氣，長相也斯文，看樣子是幾代富戶，是讀書識字之人。

林小寧叫了兩個丫鬟給他們上茶，梅子在屋裡看醫書，就不叫她做這些瑣碎的活了。

一行十幾人在正廳入座後，打頭的老漢便對林小寧道：「這位姑娘，可否請一下你們家老爺，我等有要事要與你們老爺相商。」

林小寧笑了笑，身邊的丫鬟便去通報了。

林老爺子得報前來，問道：「這是怎麼回事，非得要找我？」

打頭的中年地主起身道：「林老爺，久仰久仰。是這樣的，在下是清水縣橫塘村人，姓郭，還有這些人與我都乃清水縣周邊村裡的富戶，因為林老爺家的地租一事，前來打擾商議一下……」

林老爺子笑道：「這些事你們就與我家丫頭商量吧，啊。」

郭老爺急道：「林老爺……」

林老爺子仍是笑著。「郭老爺，你們聊，我先去打牌，晚上就在這兒用個晚膳吧，叫人去給廚房打個招呼，備些菜。」

郭老爺起身婉拒，又道：「可林老爺，這租子的事……」

「郭老爺，租子的事情問我家丫頭就行，丫頭解決不了再問我吧。」

郭老爺與前來的一眾地主，有些傻眼地看著林老爺子帶著小銀狼出門了。

馬總管笑道：「各位老爺請入座。地租的事，問東家小姐就行，東家老太爺可不管這等瑣碎事情。」

郭老爺與一眾地主才把眼光重新投到了林小寧的身上。

林小寧笑咪咪地坐在正廳的主座上，身著杏色細棉布外衣，下面是藏青色棉裙，一雙黑色布鞋滾著褐色的邊，一朵花也沒有。

可全身上下，不論衣、裙、鞋，處處透著精緻。衣料是名朝最好的細棉布，薄而透氣，紡得均勻，這等棉布是有錢人家月子裡的婦人所穿，價格堪比絲綢。再看那做法，連針腳都看不見，這種做法是最好的絲綢的做法，這是付冠月請清水縣女紅最好的幾個婦人，一針針算計著縫出來的，這一套只在衣袖與領子上繡著少許花，卻是花了七天七夜，林小寧哪一身不是這樣費時費功。

郭老爺頓時覺得自己眼拙了，頭前以為她只是一個大丫鬟，後來聽得她叫爺爺，也只想林家小姐竟穿成這般模樣，再看卻明瞭，這衣著可不比哪個大戶人家的小姐遜色。這小姐更是林家能管事的，看來就是傳聞中的林家大小姐了，沒想到是這般年輕。

郭老爺再次起身道：「林家大小姐，久仰久仰——」

林小寧笑著打斷了。「郭老爺說正事吧，我為這事也一直等你們前來呢，等了幾天了，今天一看，人還不少。」

郭老爺與一眾地主們面面相覷，不知應該怎樣開口了。

林小寧端起茶盅，有滋有味地飲了一口。「郭老爺，是為佃租之事前來嗎？」

郭老爺才忙介面。「正是，林家大小姐，我們正是為佃租之事前來。」

「各位老爺，你們共有多少地？」

所有的人都不作聲，不知道如何作答，最後，郭老爺清了清喉嚨。「林家大小姐，我郭家的地也有幾千畝，這些人的地，也與我郭家相差無幾。」

林小寧喝了一口茶，沒接話。

郭老爺又道：「林家大小姐，林家去年開荒地、收流民，佃租便宜，這是善舉。可現在林家又開了新的荒地，租子還是按佃給流民的那樣收四成，還安排家眷在作坊上工，又給屋子暫住。這樣一來，我們村裡就有許多村民，想秋收佃期滿後不再佃我們的地，想來桃村佃地種。這自古以來佃租都是五成，這樣是亂了行情不是？」

林小寧又笑笑。「郭老爺，你們的地每家幾千畝，這麼多人是幾萬畝地，何懼我新開的那四千畝分流了你們的佃戶呢？」

「林家大小姐，此言差矣，妳家雖然只是新開了四千畝地，可還有兩個窯、一個作坊、一個藥坊，算下來，每家都不用佃多少地，只需要佃上三畝地，就可以在桃村暫住，還可以在農閒時到兩處窯廠上工啊，這一算下來，分流的人可就多了去了。」

「郭老爺好會算，這都算得細，倒是我不明白了，人家愛來我這桃村，我還能攔住不成？」

「林家大小姐，我們同為富戶，靠的就是那些地租過日子。妳有窯，有作坊，我們卻沒有，妳減租，我們也要減一成，那可就是傷筋動骨啊！」

「喔，那我不減租子，你們的人就不分流了嗎？郭老爺，如果我林家也是五成租子，與你們一樣，那再有人來佃地，就不干我林家的事了吧？」

眾地主都不作聲了。

林小寧又飲了一口茶。「郭老爺是讀書之人，應該明白，這事怕不是我林家佃租低的事。我林家就是五成租子，仍是會分了你們的佃戶對嗎？」

眾地主仍是不作聲。

林小寧又道：「佃戶們辛苦種田，一年下苦力伺弄，不過得到一半收成，遇到荒年更不要說了，租金都交不出，苦不堪言，大家可有想過他們的不易？」

「可一向都是如此的啊，我們的地不能白白給他們種了，沒有收租啊！」一個稍胖的，有肚子的中年地主道。

郭老爺急急打斷他的話，說道：「林家大小姐，我們在遇到收成不好的年分時，也會適當降些佃租的。大小姐，你們林家不只是地，還有兩處窯與作坊，佃戶還可去做活增加收入。我們雖然也有鋪子，但我們沒法與林家比，林家現在是清水縣的大地主，大小姐，你們林家也是頭啊，如果按林家放話，只收四成租子，那是斷了我們這些人的生活。你們明年還要再開地，我們這些地到明年，估計有近一半就會沒人種了。林家又是四品官家，不可這樣，我們的地也是祖輩辛苦攢下來的，請林家大小姐斟酌。」

「那請郭老爺賜教，我林家待要如何做，你們才能生活？」

郭老爺想了想道：「大小姐既然發話，我們就斗膽說出我們的想法。林家不減租子，再漲半成，如何……」

林小寧低著頭，飲著茶。「這樣吧，郭老爺，我讓村長帶你們去林家的地裡看看，再行商議如何？」

郭老爺與一眾地主互望著，不明就裡。

林小寧道：「備幾輛大馬車，馬總管帶他們去我們的地裡逛逛看看，再回府商議，我在這兒等著。」

馬總管得意地笑笑，帶著郭老爺與一眾地主們出門了。

林小寧看著眾人的背影，心想：看來林家得再招幾個護院了，明槍易躲暗箭難防啊。她今天這樣做，如果他們想得明白也就罷了，想不明白，怕是有麻煩呢。

半個多時辰後，馬總管才帶著這幫地主們又回了。大家仍是依次入座，林小寧讓人再上新茶。

眾地主均是不語，面色各異。

只有郭老爺顫巍巍地開口了。「大小姐，您這地是如何伺弄得這麼好？看這收成，怕是能增產近一倍啊。我祖輩多少代，守著地過日子，從來沒看到長成這樣的莊稼。大小姐，這……這是怎麼弄出來的，可否賜教？」

林小寧笑道：「這自然是有法子的。現在我再和大家說一下，我林家的地，不會減租，就四成，我說出去的話不會收回。你們要是不想減租，是你們的事。但有一點，如果你們願意減租，秋收後，我的莊稼的種子可以按市價賣給你們，這樣你們雖然減了一成租子，可收成上去了，算下來，你們沒虧，還收到了更多的租子。」

「可——」又一個地主開口了。「如果是這樣的收成，佃戶只得五成，也比往年多了近一倍的糧食啊，為何要減租子呢？明明我們可以收到更多的租子。」

林小寧淡然道：「貪心不足蛇吞象。我們既是地主，那就得要有地主的樣子。我們是給了佃戶土地耕種，讓買不起地的人有糧吃，給了他們活路。你們個個都是善人，做的都是善舉……」

眾地主一聽就有些懵了。

林小寧繼續道：「既是這般如此了，為何還要計較一成佃租？你們沒有聽過地主的責任嗎？」

「地主的責任？」

「是，郭老爺，地主是什麼？是一地之主。我們是主人，是地的主人，又是佃戶的東家。但要明白，今天你們為何前來，不正是因為你們擔心地沒人種嗎？所以，其實是佃戶在幫我們種地，為我們掙錢，就如同你們開的鋪子，請的夥計與掌櫃一樣，鋪子生意火，銀子賺得多，是不是也會給他們一些抽頭呢？掌櫃年底也會包個紅包呢？同樣的道理，也要保證佃戶們的基本利益，才能長長久久把我們的地伺弄下去，不然依桃村目前村民們的收入，哪個置不了幾畝地，我林家的地根本無人來種。」

郭老爺沈思許久才說：「大小姐高見啊……」

眾地主離去時，仍有幾個交頭接耳。「林家大小姐要做善人，非得拉上我們，這樣太不公平了。」

林小寧充耳不聞。

馬總管送走郭老爺等人，回到廳屋，問：「小寧，他們當面是不敢說什麼，背地裡肯定是不開心的。」

林小寧道：「馬總管，我要做的事，是讓整個名朝的佃租都降一成，現在只是清水縣這區區幾個小地主，我還要得罪更多的人，你怕不怕？」

馬總管奇道：「妳為何有這樣的想法？」

林小寧笑道：「馬總管，你坐下喝茶。我為何有這個想法？我自己也不知道，但覺得這才是我應該做的事。」

馬總管喝了一口茶。「小寧，這事太大了。」

林小寧道：「知道，我還會讓胡大人支持我的。馬總管，你覺得桃村好嗎？」

「當然好。」

「如果名朝所有的村，都像桃村這樣呢？我是說如果。」

馬總管眼睛閃亮。「小寧啊，這事太大了啊，但也太好了啊。」

林小寧想著，如果這事能做成，也許就是她來這世的原因？事大，怕什麼？要是事小，她還不做了呢。

想到此，便笑說：「馬總管，我們明天去僱幾個護院才行。」

第三十五章

西北邊境終於有了動作，夏國出兵三十萬，突犯邊境，撫城的人都向後撤了，桃村過去的四十個燒磚的老手，被護送到後方。

銀夜帶駐兵二十萬死守，同時，後方的兵力也上前支持。

京城得報，尚將軍點兵二十萬去了西北邊境。西北一動，名朝的米價開始上漲。

西南那邊，寧王與鎮國將軍拿下了南旺城，正在休整，聽到西北戰事，皺著眉與鎮國將軍還有銀影密談。

安風及時回桃村了，帶回了三頭銀狼。這三個傢伙凶得很，見人就齜牙。

安風也餓壞了，去了廚房討吃的。

三頭銀狼跟在大、小白後面，很警覺地看著眾人。

林小寧拿出空間水餵這三頭野性的銀狼，牠們聞到了空間水的味道，便跳上前就喝了個乾淨，喝完後，又吃掉林家為牠們準備的肉塊，才收了性子，眼神也溫和了，蹲在大、小白身邊。

這時小香與小寶回家，看到這三隻銀狼，嚇了一跳。兩頭大的長得太凶了，不像大、小白那般從小養大的，不過那隻小的，倒是與小東西一樣，長得傻頭傻腦的。

安風吃飽喝足就過來了，看著那三隻銀狼，有些得意。銀狼速度快，不好尋，可也讓他尋到了幾隻。若不是這隻小的被他抓住，這兩頭大的還不肯跟他來呢。兩頭大的暫時養著，天天好肉伺候著就行，讓牠們跟著大、小白一起，慢慢適應與人相處。

小東西好像是聞到了小銀狼的氣味，溜了回來，看到新的小傢伙，怯生生地想上前玩。那新的小銀狼一看到小東西，就衝了過來，兩個小傢伙馬上就抱成一團，在地上滾打著，把林小寧樂得不行。

梅子聽聞安風來了，還帶回了三隻銀狼，也趕過來。最近梅子苦心鑽研醫術，很有些廢寢忘食。林小寧認為她在醫術方面是有天賦的，一直支持她不再從事丫鬟的事業，改換成大夫了。

梅子看到兩隻大銀狼嚇一跳，說道：「安風，你怎麼找這兩隻凶傢伙來家裡，萬一傷著人可怎麼辦？」

林小寧笑道：「這是狼啊，哪裡會不凶？妳以為所有的銀狼都如大、小白和小東西那般嗎？大、小白那是從小養大的，小東西還小著呢，不能同日而語的。」

梅子道：「這兩隻銀狼都大了，怎麼馴啊？萬一傷人如何是好？」

安風道：「放心，有大、小白在，牠們不會傷人，慢慢就好了，銀狼生性不凶。」

「安風，我們明天帶牠們四隻大的去青山上逛逛如何？」

青山是她發達之處，還有多少秘密沒有被挖掘？如今那可是林家的產業，她要瞭解這座青山。

安風道：「好的，小姐，但妳要上山，得換輕便的褲裝。」

林小寧白了安風一眼。「用得著你提醒？小姐我以前可是獵戶家的女子。獵戶，你懂嗎？」

安風認真地回答。「懂的，小姐，就是上山打獵為生之人。」

林小寧得意地笑了。

這座青山頭，自從歸為林家的產業後，村裡人做家具、伐木，都不再上這座山頭了，而是到這山頭後面的青山群。林老爺子手握著大量的產業，過著安心的日子，偶爾上山去打打獵。

不過青山周邊還是有許多村裡的孩子們會來找些野果解饞，周邊仍是乾乾淨淨。

兩頭新銀狼，公的名叫千里，母的名叫如風，是安風取的。林小寧對取名這事覺得就只是取個代號，恨不得叫銀一、銀二這樣簡單不費腦筋名字。

青山的樹木相當濃密，進入山裡，就有清爽的陰涼之氣，非常舒適。安風健步如飛，林小寧也跟在一邊不甘示弱。安風問：「小姐，妳為何不騎著大、小白，這樣更輕鬆些？」

林小寧笑道：「不用，安風，比一比，看我們兩個人哪個速度快。」

安風一聽，就減下了速度。林小寧覺得極無趣，白了安風一眼。「真沒勁。」

安風淡淡笑了笑，不回答，保持著與林小寧一樣的速度。
大、小白與千里、如風都很興奮，四頭大銀狼在林小寧與安風身邊跟隨著。
昨天晚上，林小寧把望仔放出來，讓望仔與千里、如風玩了半個時辰。望仔是一貫的老大做派，跳到千里與如風的背上，扯著牠們脖子上的毛髮一通吱叫，把兩個傢伙馴得服服貼貼，早上吃肉時，還對送肉過來的丫鬟婆子嚎叫了幾聲表示討好，結果把幾個丫鬟嚇了一跳，等聽出來那嚎叫是討好之意時，大家都偷笑了，覺得這林府真是奇，多野的狼竟然一夜間就乖了。
林小寧與安風帶著四頭銀狼，走了一個多時辰，才到了中阛，中阛已是看不到路了。
林小寧坐到了大白背上。「大白，速度慢點，送我們到山頂，我要去山頂看看。」
安風坐到了千里背上，道：「千里好樣的，跟著大白。」
青山上有許多小野物，如兔子、山雞、狸貓之類，看到二人四狼都閃躲著。安風興起，一劍飛去，刺中了一隻山雞，小白屁顛顛地叼過來。安風讚賞地摸了摸小白。
林小寧看得傻眼。那動作真是乾脆利索，又快又準，敬佩說道：「安風，你真厲害。」
安風道：「小姐，爺與妳大哥都能這樣的，只是妳沒看到過。」
「安風，六王爺喜歡打獵嗎？」林小寧問道。
「閒時會打，京郊有狩獵的園子。」
「你和安雨跟著他很久了嗎？」

「有十年了。」

「你和安雨是兄弟嗎？」

「不是，小姐，我們是孤兒，自小被收留進了護衛營訓練，後來就派到了爺的身邊，再後來，爺就又讓我們兩個來護著小姐。」

「他身邊的護衛很多嗎？」

「不算多，有幾個是明的，還有暗衛，但作戰時，爺是不帶暗衛的。」

「銀夜與銀影也是護衛嗎？」

「不是，銀夜與銀影是爺習武時的陪練，與爺從小一起長大，跟著爺一起讀書識字。」

「安風，你知道王剛嗎？」

「知道。」

「安風，王剛才來桃村時的樣子與你有些像，都冷著一張臉。」

「小姐，我與王剛少爺不能比的，他是釀仙之家的女婿，是魏家姑爺。」

「但王剛也習武啊……對了，王剛從來沒有提過他的家人呢。」

「小姐，王剛少爺應曾是江湖中人，應該無家人。他的身法套數，看起來略有些宏遠鏢局的身法影子，應是那鏢局當家師父的弟子。宏遠鏢局當家師父多年前逝世，王剛少爺應是當時的小弟子。」

「王剛是宏遠鏢局當家師父的弟子？」

「安風是猜想。宏遠鏢局散了，那時王剛少爺正是十二、三歲的樣子，才習得皮毛，但憑一身悟性，自習成如今這套身法，卻也極有殺傷力。所以王剛少爺身法中有宏遠鏢局的影子，卻又不大像。然後，王剛少爺可能入了魏老爺家中做護院，然後又與魏小姐結為夫妻。」

「啊，你怎麼知道這些的？」

「是我猜的。王剛少爺一直住在岳父家，與魏家小姐成夫妻後又相親相愛，卻從不提家人，所以應是無家的孤兒。王剛少爺行事作風，很有些江湖之人的老練，但又有不足之處，所以猜到他應是江湖中人，但又退得早。王剛少爺雖沒與我動過手，但看他平時舉止行動，讓我看到了宏遠鏢局的影子。」

「王剛從沒對我說過他的家人與身世，我也不想多問，覺得人家不說自有不說的道理。安風你這麼厲害，能看出來這麼多？」

「小姐，我這樣的護衛都能看得出來。」

林小寧坐在大白背上，與安風有一搭沒一搭地聊著天，不一會兒，兩人就到了山頂上。青山上的凶險，因了望仔與幾頭銀狼，林小寧根本感受不到。那些大的動物也沒有出來，林小寧一直想著，那頭黑熊，如果能把那頭黑熊給殺了，倒是痛快，也算是為這個身體的父母報了仇。

大小白與千里、如風在山頂上嚎叫著，山頂是一片空地，樹木不多，風就顯得特別大。

林小寧站在山頂上，抬頭看著藍天，又俯瞰著周邊山群。青山群太大了，連成一片，除了桃村，看不到人煙，眼底全是密密的樹林，裡面藏著多少凶險。.

林小寧站在山頂迎著風。原來，高處的感覺是這樣激動。

「安風，你說這青山裡面有沒有更多的銀狼？」林小寧問。

安風笑道：「沒有，小姐，銀狼極為稀少，通常一座山只會有一家，就是像千里與如風那樣，一家幾口。」

「那大、小白的父母呢？」

「估計不在世了。銀狼速度快，但極護孩子，山上還有其他猛獸，估計當初是為了救大、小白而死了。」

「這個山裡有一頭黑熊，是牠吃掉了我的父親，搞不好也是牠吃掉了大、小白的父母呢。」

「小姐，妳大哥會把那頭黑熊給殺了，用牠的骨頭泡酒喝，再把牠的掌做給小姐與老爺子吃。」

「安風，你說得對，大哥會殺了牠。」林小寧笑著。「大白，帶我慢慢逛，看看有什麼好東西，你們平時老愛上來玩，通常是去哪裡玩?帶我去。」

大白嚎叫了兩聲，出發了，千里在一邊揹著安風，小白叼著那隻死透的山雞，與如風隨後跟著。

大約過了一刻多鐘，大白停住了。

林小寧下了大白的背，看著眼前的一切，心中狂喜。安風也驚訝地看著。

這是樂園，只能這麼說。

這是一處極大的草地，青綠的草地中間有一片嶙峋山石群，山石群前面有一處溫泉水潭，冒著騰騰熱氣。

而周邊的樹木花草也與眾不同，有蘋果樹、梨子樹、核桃樹，樹上還有猴子吃著蘋果，樹下是各種不知名的花朵，開得十分燦爛，五顏六色。

四頭銀狼到了此地，就開始撒歡起來，到處亂竄。樹上的猴子好像是認識大、小白的，衝著牠們吱吱亂叫，大、小白也歡快嚎叫著。

千里與如風估計從來沒到過這樣的妙地，不停竄著，又追著一群猴子與鳥，大、小白叫了幾聲，千里與如風好似也聽明白一般，並不發狠追，只是與猴子們嬉戲著。

不多久，猴子也熟悉了千里與如風，更有一隻膽大的跳下來到大白身邊，對千里與如風叫著。

這樣的青山中，猴子與狼和平共處，真是令人眼熱。林小寧感嘆道：「安風，這可是風水寶地啊！以前都不知道呢。有這麼好的地方，我要把溫泉建起來。」

「小姐想住在山上？做仙人？」

「是的，我要把這溫泉建起來，建在我的屋子的後面，我要建一棟大大的房子。」

「小姐，山中的猛獸眾多，建房不大安全。」

「嗯，知道，但我來想個法子。」

「小姐是說與忘川山嶺上的毒物一樣，全讓牠們撤了？」

「是。」

林小寧笑著細細地逛了一遍，有果樹、有花草、有溫泉、各種石頭，還有猴子與小兔，還有飛鳥……安風沒有出劍，許是因這地方太為美妙，不忍獵殺破壞氣氛。

林小寧心中滿是喜悅。

這真是好地方！這才是別墅，溫泉別墅，她要住溫泉別墅了！在山中獨一處，讓山上的猛獸都撤了，再鋪上一條山路，直通山上的別墅，她要把樹木整得稀一些，讓整個青山做她的後花園……要坐實了「仙」這個封號。

仙是做什麼？仙就是住深山中，不見蹤影，讓人遐想的——

下午時分，馬大總管與田縣令來了。

仍是為了佃租一事。周邊的地主們看到了林家的莊稼，誰都想要林家的種子，大家都覺得這樣的收成，不減租也等於是增收了，豈不是兩廂其好？可林家還要再開地，清水縣周邊村裡的百姓如果都來林家種地，這可怎麼辦？

但是郭老爺與幾個地主願意減租子，希望林家能賣給他們足夠的種子。於是，又分成了兩派。

田縣令出面是為了說服林家不要減租，說清水縣還有一些流民，是不是讓林家收了做長工，這樣減少佃戶的數量，也緩解一些矛盾。

林小寧想了想說道：「按定好的走，林家不會言而無信，四成就是四成，不會變。長工也要收，那些流民，你交給馬總管辦吧，馬總管識人準得很。既是長工，就是我林家的人，不是什麼人都收的，不合適的，可以做佃戶，也可以去窯廠幹活。」

林小寧這話就等於是把田縣令的話給堵死了。田縣令只是七品，當然不會得罪林家，便應下了。

林小寧又道：「佃租之事，我們過了這個秋收，再用事實說話。只要收成好，到時他們的底線都會鬆動。」

田縣令待要再開口，安風卻道：「小姐，為何為了這一成與那些人打交道呢？小姐就是不想收租子，也是小姐的事，不需要管他們樂不樂意的。」

田縣令一聽安風這話，坐立不安，便起身告辭了。林小寧也不留，馬總管笑呵呵地送他出門。

林小寧微笑地看著安風。「好樣的安風，就得是這個姿態。不過家裡得有一些護院，回頭你去辦一下。我們的姿態要坐穩了，坐好了。」

安風道：「小姐放心，護院一事我會辦妥。有安風在，小姐想做什麼都行。」

林小寧又笑了。「你把話說這麼滿，怕是你家爺的原因吧？我其實想做的事很簡單，就是減租。」

安風道：「那就減便是，不必顧及太多，小姐想做什麼事，哪須顧及他人。」

「安風，我就喜歡你這樣說話，聽著就痛快。」

三日後，安風從清水縣找來了六個護院。按安風的話，身手馬馬虎虎，但護著林家的幾個主子是沒有問題的。

從此，林家就有了護院，這表示林家由一個從四品官家，升級到了一個有護院的從四品官家。

田縣令送來了流民，有近百個。他不像胡大人會把後事也辦得清楚分明，只是把流民往馬總管手中一送就走了，也不登記，像是扔包袱一般。

林小寧也不計較。這些流民，如果是好的，將來肯定也是要辦理戶籍的，如是奸滑的，趕走便是，還省事些。

村長與安風對這些流民進行了篩選，最後只留了二十人做長工。其他人則安排住在幾間大空屋裡，去兩處窯廠與作坊做活，等觀察期過了後，再給他們落戶分房子。

同時間，林家的好事是付冠月懷孕了！

林家棟要做爹了，林老爺子就要做太爺爺了，爺孫倆高興得眼淚都差點流了下來，請來耿大夫開了膳食方子，安胎養胎。

林家棟成天守著付冠月，生怕有個什麼磕碰。

半月後，方老的大兒媳也診出有喜了。

方老眉開眼笑，大兒已有一個兒子，他盼著大兒媳再生個女娃，將來也與官家結為親家，實在是美事一樁。

二兒也有兩個兒子，雖然目前二兒媳的肚皮還沒動靜，但不影響方老的好心情，與另兩個老頭痛快喝了一通，談論著兒孫之事，三個老頭只覺得人生圓滿。

桃村裡的生活很美妙，大家都在勞作，這是一種帶動，再懶的漢子、婦人到了桃村也懶不起來了。這種有規律的生活已成了氛圍，難以被外來的奸滑者打破。所有的村民們看著自家的錢罐子越來越滿，幸福感也越來越強。

孫氏終於臨產，小鄭師父請了給黃姨娘接生的兩個穩婆來。

孫氏後來的日子，心結已解，日子富足，加上爹娘又在身邊，廚房伺候起吃食來也精心，一直嚴格按著耿大夫開的膳食方子配食。

孫氏不負眾望，折騰一個時辰，生下了一個大胖小子，鄭老抱著皺巴巴的孫兒泣不成聲。

孫氏生產的那個晚上，黃姨娘的院裡傳出了打罵之聲。

黃姨娘又嫉又恨。「又老又土」的孫氏，現在還有模有樣像個正室夫人的氣度，更是生下了兒子，她雖然年輕貌美，可只有一個女兒傍身，地位岌岌可危。

黃姨娘打罵了幾句丫鬟，便坐在屋裡發呆。她不敢鬧得大了，她只是一個妾，打罵幾句下人是沒事，但過火了，自己日子也不會好過。現在她想的是如何讓小鄭師父能多給銀子，小鄭師父現在的收入越來越高，可給她的銀子還是與從前一樣。

而馬總管的小兒馬少發讓車隊帶回了信與訂單，訂單越來越厚。信中說，棉巾已鋪到蘇州的各個布莊與繡莊，還有許多小布莊也主動來找來，希望能在他們的布莊裡售賣棉巾。

林小寧大喜過望，此法可行。

兩日後，京城的車隊來了，王剛也跟著車隊回了。

他來接魏家人去京城給清凡完婚。現在京城的宅子正在搶建，這幾日就要完工，清凡與曾姑娘也要提前完婚了。

箇中原由，林小寧心知肚明。

王剛與魏老爺入了林家，給林老爺子恭敬行了大禮，林老爺子急忙上前攔住。

魏老爺道：「老林頭，你們林家對我魏家有恩啊，如今小兒清凡即將要大婚，我得前去京城打點。本應讓小兒與嫣嫣一同來道謝，但因為京城的鋪子，還有建宅一直忙碌至今……」

林老爺子氣急打斷道：「老魏，你太不是個東西，我們幾家已是這樣的交情，你如今擺出客氣姿態來，莫不是怕我林家將來沾了你們魏家的光？」

魏老爺聽了便笑。「老林頭，我是小兒要成婚了，心下激動，想到一年多以前，又起到如今，才有此一謝。行，不謝了，我們兩家不是恩，是緣。不說別的，只王剛與清凡二人，要不是你們當初收留，也不至於有今日的清泉酒面世。」

兩個老頭話題一轉就扯起來家常了，把王剛、林小寧、林家棟、付冠月晾在一邊。

兩個老頭聊著清凡的婚事，又聊起當初撮合王剛與小寧一事，一邊聊一邊哈哈大笑。

最後定了，魏清凡是小輩，林老爺子不必去京城參加他的婚事。付冠月才有孕，林家棟難得相陪，也不用去了。但林小寧一定要去的。

魏家裝完貨後，貨車由鏢師押運即可，魏家人坐自家馬車進京，而林小寧直接坐大、小白去京城好了，省得車馬顛簸。

最後林老爺子給了賀禮二千兩，魏老爺沒推辭，大大方方收下了。

鄭老也送了賀禮，是一對瓷瓶。方老送的是一千兩銀票，魏老爺都大方收了。

桃村停滿了車隊，裝茅坑物品、瓷片與棉巾，瓷片的需求量越來越大，瓷窯得再次擴張了。

林小寧讓小鄭師父再次擴窯，小鄭師父笑逐顏開，鄭家現在越來越有錢了。

小鄭師父性子好了半輩子，現在性子還是好，但有錢了，性子好就不是窩囊，就是福氣。

小鄭師父現在有了兩個兒子，一個女兒，還有一妻一妾，雖然妾室有些刁鑽，但至少不過分，鄭老也越來越健康，看那樣子，再活個三十年完全沒問題。

小鄭師父又挑出許多村民做徒弟，還把最早跟著他的幾個徒弟提了管事，緩解一下自己的壓力。

魏家也忙著裝酒入車，百輛車隊裝了足足一天，才裝滿。

又把鄭老的瓶子小心裝箱，要運去京城的府中。

林小寧最後又把桃村的地偷偷澆了一遍空間水。

梅子眼紅紅地跑來田間，說道：「小姐，妳對梅子的恩情，梅子生生世世報不完……」然後開始抽泣，把林小寧搞得莫名其妙，好半天才明白是怎麼一回事。

原來是磚窯現在的掌事者小方師父提了梅子的叔叔做磚窯的小管事，雖是小管事，也是管事，終歸是個小頭兒，有月銀，活也輕鬆多了。梅子嬸嬸樂壞了，一得知後就來找梅子，說要讓她好好謝謝東家。

林小寧笑著對抽泣的梅子道：「妳叔叔那是自己的努力，與我無關，我都不知道這事呢。」

梅子抽抽答答地說：「我真心謝謝我的嬸嬸當初把我賣了，不然我們一家哪裡能遇到小姐，我哪裡能與六王爺還有鎮國將軍同桌同飲，還能習得醫術、華佗術。小姐，妳對我這麼好，我怕我把福氣都用完了。」

林小寧正色道：「好梅子，怕福氣用完了，就得更用心鑽研醫術，救治更多的病人，積更多的福報，就不用怕福氣用完了。」

梅子恍然大悟地笑了，聲音輕鬆帶上了歡樂。「是，小姐，梅子知道了。」

魏老爺一行人坐上馬車出發去京城時，安風讓大、小白與千里、如風，帶著大量傷藥還有水袋，去了西南，留下千里、如風在西南助寧王與鎮國將軍。

大、小白送完後再回桃村，送林小寧與梅子去京城。

安風則留守桃村，護著林家，京城有安雨就成。

大小白回到桃村時，帶回了寧王的信。信中不談風月，只談戰事，說傷藥已收到，西南又攻下了四座城，想要一鼓作氣，把三王打退到怒河以西去。最後，寧王才道，秋收快到了，到時帶千里與如風來桃村收租。

林小寧看到最後一句，忍不住笑了。

林小寧與林老爺子還有林家棟商議，打算讓大、小白送自己到京城後，仍是回桃村。

林家棟一直惦著西北的磚事，他與方大人回來了，可四十個好手卻仍在西北，他覺得有愧。想帶著大、小白去西北繼續燒磚，同時也可助銀夜。大、小白速度快，可以探敵情，也可以探路。

林家棟表現出來的是與小鄭師父不同的情懷，雖然付冠月已有身孕，但林家棟身為長孫，頂著這個捐來的從四品，心中著實不安，一直想把這從四品給坐實坐穩了，真正能立下些功勞，才能讓林家從富戶成為真正意義的官家。

林老爺子自然是同意的。林家幾代獵戶，不缺的就是熱血，長孫豪情當然能理解。付冠月也顯出無比的大度，倒是林小寧想要說服林家棟，但林家棟寵愛地說：「小寧，妳做得夠多了，現在應該是大哥來做的時候了。」

林家棟的話引出了林小寧的淚水。原來兄弟姊妹是這樣的，是大家一起努力的。自己一直在做想做的事，卻忽略了大哥的感受。他是男子，又是長孫，他多想為家人帶來榮耀並且擋風遮雨，況且這個年代，都是男兒傳承家業，哪來女子所做蓋過兄長的？最終自己是要嫁人的，林家仍是要靠大哥與小寶。

林老爺子看到林小寧哭泣，以為是林小寧心疼林家棟，笑著扭轉話題。「寧丫頭，再等開春，妳可就十五歲了，我林家的姑爺還不見影呢。」

林小寧破涕而笑。「放心爺爺，肯定給你們找個好姑爺。」

小香在門外偷聽，聽到這話就偷笑出聲。

林小寧打開門，看到小香傻笑著，忍不住嗔罵。「多大的人了，還幹這種偷聽壁角的事。」

小香做了個鬼臉道：「大姊要嫁哪個？快告訴我們嘛。」

「是啊。」林老爺子也問道：「丫頭是相中了哪個啊？我們也想知道呢。以前答應過妳，妳的親事自己作主的，但也不能不讓我們知道吧。」

林小寧笑著。「秋收時你們就知道了，秋收他會來幫我們收租。」

林老爺子與林家棟愣住了。「他來幫我們收租子？到底是哪個啊？」

林小寧笑而不語。與他之間算是私定終身，得等他來提，這個可是矜持。

林老爺子與林家棟隱隱猜到了。京城的解圍，安風這樣的高手護衛，西南疫情……兩個人對視著，沒有再問。這事太大了，得有了定數才能說。

收拾好行李，帶著新做的衣裳，林小寧和梅子，坐著大、小白去了京城。

等林小寧到京城時，魏老爺一行人還沒到呢。

醫仙府的十六個丫鬟婆子們與安雨，守著這個大府邸，相安無事。

等到林小寧入了府，眾人便驚喜地忙活開來，想盡辦法做些好吃的來讓主子開懷。

曾姑娘得到林小寧來的消息，趕到醫仙府，又叫夏護衛去通知魏清凡來醫仙府。

曾姑娘親熱地拉著林小寧眉開眼笑，說起上回至西南回後，皇上當朝誇讚她與林小寧不愧為名朝的醫仙與醫聖，說大名朝女子都可這樣報效朝廷，況且男子！名朝百年來，當屬本朝奇人最多，女子再也不能小覷！

然後又提及醫仙府後面的小宅，皇上說，一介女子都知道做這等事情，竟將這個小宅提為太醫外院，主攻華佗術，由曾姑娘與林小寧二人掌管，為太醫外院左右管事，梅子與蘭兒為助事，所需費用由朝堂下撥。

至此，那些小娃娃們搖身一變成了太醫外院裡的學生。

曾姑娘臉上散發著光彩，讓林小寧也心動，但轉念一想，不對啊，這樣一來，這本是個人的事業，卻被收編為太醫院的小外院了。

便問道：「嫣嫣，這樣一來，這事就與朝堂掛勾了呀？」

曾姑娘笑道：「是啊，所以才是喜事啊！自古以來，有哪個女子能像我們這樣，我們現在都是拿俸祿的人了，包括蘭兒，還有梅子。我以前是憑醫術，做護城軍的醫者，醫者不是官，雖然是拿了俸祿，就像軍醫一樣，不是官。但現在我們是有官職的，我們都是官了，有職務的。名朝百年來，沒有一個女子能有官職，就我們四個。」

「幾品？」林小寧眼睛泛光。

「我們兩個是七品，梅子與蘭兒是九品。」

「好低喔。」

「妳又俗氣了，官職多大有什麼要緊？重要的是女子可以為官，且不是那種什麼品階，是真正的官職，這是突破。小寧，我太高興了，爹爹說，這幾日就會頒旨。」

是啊，這樣一來，女人的身分有了重大的突破。林小寧也高興了。

曾姑娘說完好事又開始一通抱怨。她實在是不大會與人相處，當然，林小寧、蘭兒還有梅子除外。

曾姑娘抱怨著她的大宅子因為建得太急，所以花園打理得不好，又說她要大婚，娘親給她備的嫁妝，讓家裡那些庶女們爭吵了幾天，一些下人們又在背後議論著，說她是急著嫁人，沒臉沒羞……

「妳說這是個什麼事啊？小寧。」曾姑娘輕蔑地道：「這幫下人就是被那些姨娘、庶女主不主、奴不奴的人帶壞了，成日裡說長道短，搞得烏煙瘴氣。所以我絕不會允妾室進門，好好乾淨的一家人愣是被帶髒了。」

林小寧忍著笑。「嫣嫣，妳等級之分可真明顯啊，姨娘庶女不好，那妳的嫡兄呢？」

「嫡出的那幾個兄長，雖然與我不大親密，但至少不亂嚼舌根。西南之行回後，他們幾個對我態度也好了許多，這次還每人出了五千兩銀子給我做壓箱底。不說他們了，他們其實是不喜我的，但我是嫡妹，他們也不會對我壞。以前是嫌我給他們丟人了，現在又覺得我給他們爭光。好歹是兄長，算了，不計較。」

蘭兒與梅子聽著不停地偷笑。

曾姑娘抱怨完了後，又道：「我娘說，我這一輩子沒有交過一個朋友，總是孤孤單單，小時候怕我是得了病才有那樣的性子，便送我去藥承長老那兒學醫。許是我就是學醫的命，不然，也不會認識妳和清凡。」

林小寧笑道：「妳是天生學醫的，也是高貴的太傅之女，將要嫁給釀仙之後，天下最帥的魏清凡，一生一世一雙人……」

曾姑娘聽到此就格格地笑了起來，梅子和蘭兒也跟著笑出聲了。

這正是林小寧最喜歡曾姑娘的地方，曾姑娘雖然刻薄，有極強的嫡庶之分，但是執著於醫術，抱怨歸抱怨，卻不曾做骯髒之事。

她與林小寧之間一直保持良好的關係，卻不需要林小寧與太傅府過多接觸，也是因她自己覺得家宅不淨。而一品官家，林小寧又實在是不知道如何打交道，正是兩廂其好。

這次林小寧是坐著大、小白來，也沒帶什麼特產禮物相送的。這種空手的交往，讓林小寧與曾姑娘的情義更加可貴。

曾太傅知道林小寧來了，訂了一品軒的宴席送來。胡大人也派人送來了一桌宴席。送席的人帶話說：「胡大人說林小姐路途勞頓，讓林小姐好好休息一日，改日胡大人再過府敘舊。」

結果傍晚時的醫仙府，吃食擺滿了宴廳，害得林小寧愧疚不已，只好偷空去了空間，讓望仔咬了一株三七，用一只小瓷罈子裝了，交給曾姑娘。「給妳娘親與爹爹補補身體吧。」

曾姑娘一點也不客氣地收下，把瓷罈蓋打開一聞，滿臉陶醉，開心笑道：「這是至寶啊，早就應該送我爹娘了，在西南用在傷兵身上都不少呢。聽爹爹說，妳曾獻給皇上千年寶藥三株，妳手上好東西不少啊，做成粉也好，避人耳目。」

林小寧訕笑著。「我的好嫣嫣，就這點壓箱底的寶貝了，忍痛給妳了。」

曾姑娘得意地笑。「還是我家小寧對我好。」

蘭兒小心接過瓷罈放好。

魏清凡帶著幾罈清泉酒趕來了，看到幾桌宴席，吃了一大驚。

林小寧笑道：「府裡就做了許多，可太傅與胡大人一家又送了一桌，結果就這麼多吃的。」

魏清凡樂了。「太傅與胡大人怕小姐餓壞了吧，這麼多菜式。」

曾姑娘不以為然道：「名朝就這樣，官家往來，不是送玉器就是送酒席，真夠俗氣。」

林小寧卻是感動的，覺得這種作風真親切，便叫來荷花，撤掉一些菜式，帶兩個婆子送去小宅那些孩子們，給他們也嚐嚐鮮。

林小寧招呼著眾人入席。「夏護衛與安雨也來一起上桌吃，梅子與蘭兒還是老樣子，坐下方。」

梅子與蘭兒兩人交頭接耳，傻笑著入了座。

林小寧看著她們兩人就好笑。「妳們兩個傻笑什麼呢？」

魏清凡笑道：「她們兩個馬上也是官了，但當著妳們的面不敢樂，只在心中偷著樂，就笑得這般傻了。」

曾姑娘嗔罵。「這兩個小妮子，不過是個九品，就樂成這傻樣，跟著小姐，好事還在後頭呢！」

林小寧打趣道：「梅子，妳怎麼不哭了？」

梅子抬頭傻笑。「小姐不是說要更加鑽研醫術，多積福報嗎？哭又不能積福報。」

「哈哈哈。」林小寧大笑起來

「來，入席喝好酒吃好菜，一定要盡興開心！」魏清凡招呼著。

魏清凡自小離家上山習武練身，魏家免罪後，回歸魏家，有了家的魏清凡，慢慢有些不一樣。魏老爺對他的疼愛自不必多言，尤其是與曾姑娘好上了後，身上漸漸有一些溫情的氣質，對曾姑娘的小刻薄總是寬容一笑，讓曾姑娘心花怒放，也讓桌上的人偷笑不已。

他如今也二十了，在名朝這個年紀沒成婚的其實也有不少，但像他這般英俊帥氣的卻不多，又總是面露寬容笑意，倒像他才是男主人一般，熱情地招呼著桌上的人，極有風度，又招呼著安雨與夏護衛喝酒，一沾了酒，桌上的氣氛就帶動起來，三個習武的漢子們就開始聊起功夫來。

曾姑娘也不生氣，事實上，魏清凡做任何事情她都不會生氣，這就叫一物降一物。比如夏護衛，曾姑娘極信任夏護衛，卻不喜與他同桌，不是因為規矩，是因為覺得他太無趣，同桌用膳，把膳食也變得無趣了，但因為清凡，所有的事情就都有趣了。

曾姑娘不敢沾酒，勸了林小寧與梅子蘭兒喝了兩杯，自己則是飲了兩杯茶，算是祝賀自己與林小寧四人馬上就要做上名朝女官，然後就聊著小宅裡的孩子們，一桌人各聊各的，趣味橫生。

荷花伺候著大、小白吃肉，本是很怕，但梅子拉著荷花的手去摸著大、小白，大、小白溫順的模樣讓荷花不再懼怕，帶著些討好的意思，精心地伺候著大、小白吃肉塊。

最後吃飽喝足，大家就約好，明日林小寧要去自家鋪子察看，就不陪曾姑娘了。

隔日下午，林小寧去胡大人府上拜訪。

林小寧是小輩，自是要自己上門的，她可不想讓知音老頭親自登門來看自己，也太過分了些。

而魏清凡得把宅子裡的東西全置辦好，這幾天少不得一通忙碌，等到魏家人到了後，林小寧再登門去參觀魏家的新宅。

眾人都散了後，林小寧進了屋子，帶著大、小白去了空間喝飽泉水、洗澡，嬉戲夠了後，便讓牠們自行回桃村了。

林小寧屋裡，荷花早早就掌上了燈，還泡好了淡花茶，放在桌上溫著，等林小寧臨睡前可以喝一小盅。

第二日一早，林小寧用過早膳，就帶著梅子出發去了南街的鋪子，還要看看魏清凌呢。安雨備好馬車，送了她們過去。

這天是陰的，雨要下不下的，悶得很，林小寧覺得極不舒服。

馬車行到一半時，她就覺得肚子不適，好像來癸水了，只好又折返回到醫仙府中，換上新的衣褲再出門。

林家的鋪子與魏家的酒坊是南街的兩大奇景，人來人往熱鬧非凡。

林小寧先去了魏清凌的酒鋪。魏清凌看到林小寧，便拉著林小寧的手去了後院，叫人泡了茶送來。她羞答答地偷偷告訴林小寧，她有身孕了，這幾天才知道的，還是因為不適，看了大夫才確認的。

這可是一件大喜事，王剛要做爹了，可王剛還不知道呢。

魏清淩笑說：「小寧，因妳是大夫才告訴你的，不然哪裡會說。妳是個姑娘家，這等事，本不好與姑娘家說的。」

林小寧笑道：「清淩姊，我與曾姑娘兩個人是名朝最不像姑娘的姑娘家了。」

魏清淩點頭笑道：「倒是，當初我還想清凡怎麼就看上曾姑娘了，後來才明白，其實曾姑娘與妳有許多地方很像，是不一樣的姑娘家。清凡這麼大，第一次接觸的姑娘就是妳，所以他眼中只有妳這樣的姑娘家了，所以曾姑娘才能對上他的眼。」

林小寧笑道：「這要是讓嫣嫣聽到，肯定會生氣。」

魏清淩被逗得笑起來。

第三十六章

林家鋪子那兒，袁掌櫃學著蘇州的做法，組建了專門修葺淨房的匠人，每日有客戶上門就派人去對方宅子察看，再商定修葺方案。

大筆的存銀及銀票都是放在胡大人府上的，存在鋪裡不大安全。林小寧和袁掌櫃說了將棉巾鋪滿京城各布莊、繡莊一事之後，便裝上帳本，打算帶回醫仙府慢慢看。

出了林家鋪子，天還是沈沈的。

林小寧吩咐回府，梅子卻道：「小姐，妳的耳墜子少了一個，不去配上一個嗎？周記珠寶的手工巧奪天工呢。」

林小寧摸了摸空著的一邊耳朵。「好吧，安雨，去周記珠寶。」

梅子開心笑道：「小姐，我也正好想給我那小堂妹買一對小銀鐲子。周記珠寶的鐲子真漂亮，我小堂妹歡喜得不得了，可我的這對是小姐妳送的，我便想著買一對小的送她。」

林小寧擰了一下梅子的胳膊。「敢情妳讓我配耳墜子呢，原來是妳自己想買一對鐲子。有銀子嗎？」

「有。」梅子天真笑道：「小姐我的月銀從年後就漲了，叔叔嬸嬸那兒也有收入了，都不怎麼要我的銀子了，現在我不缺銀子了。」

「梅子有了銀子，說話口氣也大了呢。」

「小姐……」梅子撒著嬌。

林小寧看到梅子這樣一個名朝中最為平常的女子，因為跟了她，有了不一樣的人生，生出了滿足感。她想：她至少改變了桃村，改變了梅子，還改變了曾姑娘，她應該還能改變更多。

周記珠寶京城總鋪門面大，富麗堂皇，全是用了金漆，因為俗到極致，反正有著不同氣質，真是珠寶世家，太有錢了！裡面的首飾，花色繁雜得讓人看花了眼。

如今的梅子已成熟多了，對這樣的環境已不怯生，極自然地跟在林小寧身邊。

周記珠寶總鋪比蘇州的分鋪要略大一些，也同樣有巨大的鋪櫃擺放著各種首飾，兩邊全是小桌子，坐滿了人。每桌有專人伺候著，首飾放在墊著白緞子的木托盤上，親送到各個貴婦與小姐桌前。

梅子先是拉著林小寧大致瀏覽了一下鋪裡的首飾，然後兩人就被店裡的夥計熱情邀請坐到一邊的空桌，伺候了茶水，然後按梅子的要求，取來了各種小姑娘帶的銀鐲子，全是夠分量又精緻的。

林小寧拿下自己的耳墜子，問道：「這種的墜子，我掉了一只，想配個一樣的。」

夥計用空托盤接過墜子，細看了下。「這墜子像是晶石……但又不大像，晶石沒這樣的光澤，怕是沒有一模一樣的晶石能配上一對——」

林小寧不耐地打斷。「不求一模一樣，差不多像就行。」

夥計說道：「小姐，如果您只求差不多，那便是可以做到，只是這工藝差了些，小姐是否容我們換一種工藝來鑲嵌這墜子。」

「換一種也行，先把晶石拿來給我挑挑。」

不一會兒，夥計端著一盤晶石前來。

這時，一個又矮又胖的公子，穿著錦衣，手持扇子，挺著肚子，搖身闊步入了店裡，十分神氣。

一看到林小寧，這矮胖公子便失了神，站在那兒，話也不說，就這樣呆站著。

夥計有些尷尬，放下托盤輕咳了一聲。「少東家，這位小姐要配個晶石耳墜子。」

林小寧一看到這個矮肥公子，便立刻回想起了當初在清水縣的周記珠寶時，賣望仔從空間找到的玉石，遇到的周記珠寶的少東家周公子。這可不正是周公子嗎？

這一晃都兩年了，這周公子仍是又矮又肥，仍是一襲錦衣，手拿搖扇。

周公子醒了神，行了一禮道，有些癡傻地問：「這位小姐，請問是哪個府上的小姐？」

林小寧有些忍俊不禁。這周公子，怎麼比兩年前還要傻了？

梅子驕傲回答。「我家小姐是林府小姐，你們這兒真是，配個耳墜子這麼麻煩。」

周公子殷勤地笑著。「林小姐，我馬上著人給您配。佢兒，去把庫裡所有透明晶石端上來給林小姐挑選。林小姐果真是仙人一般，連個耳墜子都這般奇，本是想買下林小姐的耳墜子的，但得見了林小姐的面，在下卻放了這等念頭，這普天之下，哪有人能配得上林小姐的耳墜子？真是非林小姐莫屬……」

林小寧傻眼了。

梅子也傻眼了，當下就怒，又忌諱店裡的其他主顧，怕被聽了去，那真是有口難辯，便小聲罵道：「周記少東家，我家小姐可是千金小姐，身分尊貴無比！這耳墜子不配了，我們走。這周記，丟人現眼！」

梅子拉起林小寧就要出去，周公子馬上急切而恭敬地攔住。「兩位小姐，方才在下失神了，實在是看到林小姐的仙姿，失了禮。但在下到底是凡人啊，得見仙姿，失了心神，乃是正常，請容仙人小姐讓在下有個機會賠罪，仙人小姐，給在下賠罪的機會吧！」

林小寧被周公子這一席話逗得笑了，又覺得有些輕佻，便忍住笑，正色道：「不必了，周公子，謝謝你的好意。梅子，把那鐲子的銀子付了，我們走吧。」

周公子看到林小寧一笑一收，簡單髮式上只有一根簪子，一隻耳垂下缺失了一個吊墜，似乎連他的心也跟著一起缺失了，又癡呆了，喃喃道：「不用付，兩位小姐看中鋪裡的什麼，都可拿去。仙人小姐，在下一定是見過的，是在夢裡嗎？是在哪裡啊，為何小姐這般面善？」

林小寧受不了了，拉起梅子就走。「梅子，那鐲子不買了，回頭去別的鋪子買。這人是神經病，快走。」

梅子抓過鐲子，丟了一錠銀兩在桌上，就與林小寧出了正間。

周公子呆呆傻傻地跟在兩人身後。

正在外間候著的安雨一見林小寧，便起身迎上前。「小姐。」

周公子頓住了腳步，呆若木雞地目送著三人離去，直到夥計上前小聲提醒。「少東家，人都走了，丟了一錠銀兩付鐲子的銀子，還差了幾錢。」

周公子喝道：「你個沒眼色的蠢東西！你敢收仙人小姐身邊人的銀子？什麼叫還差幾錢，我把鋪子送給她們都行！」

夥計低頭。

周公子嘆息道：「叫管家來，查查這仙人小姐是誰？把她們付的銀子給我恭敬退回……我一定是在夢裡見過她。如此仙姿，卻又這般熟悉，定是夢中啊……」

嘆息完又嘆。「哪裡得見這般仙姿啊？素淨成這般，這是哪家的小姐啊……」

周公子癡癡呆呆地踱回到後室，呆坐著直到管家與夥計前來。

管家與夥計咬咬耳朵，知是少東家的老毛病又犯了，便上前小心道：「少東家，這姑娘應該只是一般人家吧，我這就去打聽，不出意外，下個月給少東家收為第十房妾室……」

周公子呆呆地搖搖頭。「錢管家，仨兒能看出來什麼？那小姐絕不是一般人家的小姐，絕對是身分尊貴的小姐，應該不是京城的人，不然我怎麼從來沒見過？」

夥計小聲道：「少東家，那小姐衣著簡單，但手工不錯，應是自己縫製的那種。耳墜子也是普通工藝，一看就是那種小鋪師父打製的，身邊跟的那位姑娘，倒是穿得體面些，卻又有些像丫鬟裝扮。她稱那姑娘我家小姐，小的猜那姑娘應是京城富戶家的鄉下親戚，前來暫住的。」

周公子似陷入夢囈一般，聲音都模糊了。「仨兒，你做夥計可是多年了，眼色還沒練出來啊……那姑娘，衣著簡單，卻是用名朝最好、最貴的細棉布。那色染得多正，墨綠色的裙子可不是普通染坊能染出來的，說不好還是專門訂製染的。再說那手工，天衣無縫……你可看到那姑娘手指，纖纖玉指，根本不是做過女紅的手，必是請女紅極好之人縫製的。再說她的耳墜子，雖然工藝普通粗糙，但墜子上的晶石卻是極奇，絕不是普通晶石。還有，姑娘頭上有一枝簪子，這枝簪子應是男子用的簪子，玉質好得出奇，工藝精緻應是出自周記之手。可見，姑娘或是有意中人，或是家中父親已去，留給她的，日日帶著，算個念想。還有，那姑娘有個護衛，那護衛一看就是高手，他看姑娘的眼神極為尊敬。」

管家小聲道：「少東家，我這就去打探。」

周公子長嘆一氣。「這姑娘把我的心帶去了，錢管家，這姑娘我不能娶為妾室啊，我要娶做平妻。這樣的姑娘，怎麼能讓她做妾室呢？我一看她的臉就覺得我的心沒了，給她掏去了。」

夥計低聲道：「少東家，是我眼拙了，不過那姑娘就算是尊貴之人，也貴不過少東家您啊，那姑娘生得是好看，可，仨兒覺得……覺得還不如九姨娘好看。」

「放肆，那仙人般的姑娘，你竟敢和九姨娘比！」

夥計立刻噤聲。

錢管家上前打圓場。「少東家，這事交於我辦就成。仨兒是小夥計，看不懂女子，哪像東家您這樣，知女子，也懂女子。」

「錢管家，你去辦吧，越快得到消息越好，知道府上在哪，就把今天付的鐲子銀兩退回去，再賠一對金鑲玉的。還有，帶上我們的透明晶石給姑娘挑，讓她挑到滿意為止，為她打製一只最好的耳墜子。」

「是，少東家。」錢管家應了，拉了小仨退下。

周公子坐在窗前，發著呆。「一定是在我夢中出現過……」

錢管家是個精明人，林小寧這樣的人，不但穿著獨特又有護衛，當時在店裡買首飾的婦人女子也不少，而其中一位正是曾姑娘的庶妹，大抵也隱隱猜到一星半點。

錢管家順著這些線索，不消一個多時辰，就確認了林小寧的身分，正是名朝所封的醫仙，又是林家淨房鋪子的東家，還是胡大人的知音。

「這清水縣桃村的林家大小姐極為奇，五品醫仙卻從不穿絲綢錦緞，一年四季是棉布衣裙。不僅這些，她還是從四品安通大人的妹妹，在京城開了林家鋪子的東家，與釀仙魏家是世交，也與太傅之女曾嫣嫣還是金蘭姊妹……」

周公子一身錦衣坐在椅上，聽得錢管家彙報，頓時呆住了。

清水縣桃村，莫不是當初賣玉石給他的那個丫頭？怪不得如此面善，一直想著是夢中得見過這般仙顏，卻原是舊日相識。兩年前，那時當真是丫頭，卻不料兩年時間出落成如此仙姿，與她一比，牡丹與九姨娘都是塵間凡物，只有她，當為天人。

周公子肥胖的身軀輕輕發抖。這是緣！他轉而又笑了，大笑起來。這姑娘怪不得入他的眼呢！這樣的緣，不娶回家，那就是錯失了緣分啊！

錢管家看到周公子這般模樣，一頭霧水。

周公子換了笑顏，感嘆道：「錢管家啊錢管家，你可知道我與這林小姐的緣分？兩年前，她曾在清水縣的周記鋪子裡賣過一塊玉石，就是我兒身上佩戴的那塊。那時，我正在清水縣，曾有過一面之緣，還有買賣交情，卻過了兩年，愣是沒認出她來。」

錢管家也愣住了，又拍馬屁道：「看來少東家與那林小姐就是緣分。俗話說女大十八變，少東家沒認出來也是正常。這林小姐從清水縣周記，到京城周記，可不就是隨著少東家嗎？她如今的身分尊貴，當可配得少東家。少東家真是有眼光，一眼就看中了她，小仨卻還以為只是京城富戶的鄉下親戚，真得掌嘴！少東家，這個女子若能娶回府裡做平妻，那東家與夫人，還有太妃娘娘，那可都是喜壞了！少東家娶了這麼多女子，相中過這麼多女子，唯有這個女子，才是真正彰顯出慧眼哪！」

周公子感嘆著，覺得全身麻麻酥酥的，神魂顛倒了，立刻吩咐。「錢管家，午膳過後半時辰，退鐲子的銀子，帶著鐲子和晶石，去醫仙府。你親自去，這事暫不要讓我爹知道，我要給他一個驚喜，把名朝的醫仙小姐娶回府！」

林小寧回了府，正是午膳時分。用過午膳後，就閃進空間洗了個澡。出了空間，乾了髮，又睡了一小覺，才起來洗漱。荷花給她梳頭，一邊稱讚著。「小姐的頭髮真漂亮，又順又密又亮。」

「只是不黑，對吧？」林小寧笑道。

荷花道：「哪會，以前都說女子要髮黑才好看，現在看到小姐，才知道，頭髮不一定要黑。就像小姐這種不算很黑，卻是覺得靈得多，與小姐的樣貌可是配極了，真好看。」

「我這種叫黃毛丫頭。」

「小姐是尊貴的醫仙小姐，怎麼會是黃毛丫頭呢？」

林小寧笑笑，梅子又上前說：「小姐，是一會兒去胡大人府上？還是晚一些出發？」

「梳完頭收拾一下就出發，晚上在胡大人府上用膳。荷花，妳給廚房打個招呼，晚上不用備我們的飯菜，但要做一些粥給我吃宵夜。」

「是，小姐。」荷花開心應道。到底也算成了貼身丫鬟了，心中竊喜。

這時又有一個小丫鬟進了屋來。林小寧在醫仙府的時間短，丫鬟婆子又多，主要伺候的人就是荷花，這個丫鬟一時還想不起來叫什麼名字。

小丫鬟急匆匆來報。「小姐，周記珠寶的管家前來拜訪，說是小姐上午買鐲子，因為周記的失禮，不能收銀子，請小姐收回。還有，又賠了一對金鑲玉的鐲子，又帶來了一盤晶石，說是讓小姐來挑耳墜子。」

「啊？」林小寧與梅子一聽又傻眼了。

林小寧皺眉道：「叫安雨去打發了……」

小丫鬟得令退下。

她收拾完畢看看天色，雨還沒下下來，便吩咐備馬車去了胡大人府上。

胡大人也悶得很，夫人回娘家探望了，這兩天朝中的事多，一直就堵得慌，看到林小寧、梅子、安雨前來，樂了。「我的丫頭，妳可是來得好，今天天氣悶得很，看到妳我就舒心了。」

「我陪你說話解悶。」林小寧笑嘻嘻說道。

胡大人開心得眼睛眯起來了。「丫頭，妳點子最多，來，幫我想個主意，如果妳家沒錢了，妳會怎麼辦？」

林小寧笑著看向胡大人。「知音大人所言有所指吧？我家要是沒有錢，自然是要想辦法賺錢的。」

「如何賺？」

「那要看沒錢到什麼程度。如是有點錢，可以做本錢，錢生錢；如果沒了本錢，還有地，可以開地，一樣賺錢。」

「喔？」胡大人眼冒精光。「丫頭，說來聽聽，有本錢如何賺？沒本錢，又如何請人開地？」

林小寧笑道：「胡大人做官都做糊塗了，桃村是怎麼建設起來的呢？凡事都可以觸類旁通的啊。如果有本錢，為何不做生意？財源滾滾的生意，自然是賭坊……」

胡大人沈吟。「好建議啊。唉，這賭坊不妥，關乎到——」

「尊嚴是吧？」林小寧笑著接過話。「不開賭坊，自然也有其他生意，就是票號……」

「票號？」

「正是，票號，皇家票號。」

胡大人樂了。「臭丫頭，我一開口妳就知道我要問的是什麼，妳這個壞丫頭。」

「那當然，我是你的知音不是？」

「不過票號是什麼？」

「就是錢莊。」

「錢莊？」胡大人疑惑問著。

林小寧笑了。這可就是中央大銀行啊，要促成了，那是多大的功德。這個年代與所有的古代都一樣，錢莊都是民間的，皇家吃稅，也發行官家銀票，但不像錢莊那麼靈活變通。如果能促成皇家票號，那就是百姓的保障，也給國庫帶來了源源不斷的銀兩，因為永遠不會有人一下把銀子全提光，永遠都有銀子在錢莊裡。

林小寧精神抖擻地把錢莊的賺錢來處，一一說清。重要的是要匯通天下，有這樣的優勢，皇家嘛，哪個城不是它的？普天之下莫非王土，每個城裡設個票號哪是難事？這樣一來，朝廷收稅不用再千里迢迢運回京城，發俸祿與軍餉也不必再千里運下去。節省了多少成本開支，更不要說皇家票號給百姓的信任與保障了。

目前名朝最大的錢莊不過就是開了十一個城，才二十個鋪面，只管存取，不管放貸，就這樣已是富可敵國。名朝大額度的交易都會用銀票，哪怕兌換不便，但攜帶方便。不過小額買賣，都仍是現銀。民間錢莊有諸多風險，百姓的銀兩得不到徹底的保障，如果皇家票號能實現匯通天下，存取都收小額費用，還可以小額放貸，收取利息，這樣促進商業與農業發展，必是名地商人與百姓之福。商業一繁華，經濟就上來了，就可以收到更多的稅收。

林小寧不是學金融的人，但電視劇「喬家大院」是看過的，這一說就說了半個多時辰，把胡老頭聽得一愣一愣的。

林小寧說完後，又道：「這是賺錢的法子，還有一種，是不用本錢去賺錢的法子。要不要聽？」

胡大人猛點頭。

林小寧又笑。「談到不要本錢的法子，我倒有一事來問大人。目前名朝莊稼的畝產是多少？只說稻子吧，我家只種了稻子。」

「三百到四百斤左右。」

「稅收是多少？」

「約一成稅。」

「那，官家的地也交稅嗎？」

「一樣交。怎麼丫頭，妳想免稅？」

「喔，可以免稅嗎？」

「有些官家對朝庭有貢獻，會用免稅來嘉賞。」

「那名朝免稅的官家多不多？」

「有許多，但通常只會免三、五、八年，不會一直免稅。以前是有世代免稅的，到了本朝，就廢了此例。如今名朝國庫空虛，不加稅就算不錯了，怎麼能再免呢？本來前陣子還討論加稅之事……這事堵得我慌。丫頭，一成的稅雖不算高，但再加稅，官家無所謂，可百姓家吃不消啊！」

林小寧飲了一口茶，笑咪咪道：「我的知音大人，你真是好心腸，我正要與你說的就是這個不要本錢的來錢法子，就是加稅！」

「妳說什麼呢？」

「胡大人，你想過沒？稅可以加，但是是加官家與富戶的稅，按階梯稅法收稅，假設一戶人均超過多少畝，就得加稅，就是階梯稅法。」

階梯稅法，聽著字面就能理解。胡大人頓時眼冒精光，不自覺地頷首。

「不僅僅是農業稅，包括經商也可以用此法。每月利潤達到多少，就得交另一種稅，不過這樣一來，監管力道就要加大，因為有的商家會做假帳，朝堂不一定能杜絕全部假帳，但至少能增加一些稅收。」

「丫頭，再說。」

「富人不差錢，多交稅沒關係，百姓則交不起，這樣一來就平衡了。還有一條，胡大人，現在桃村的地還沒到秋收之時，但那些老經驗的莊稼漢子說，今秋的畝產至少能翻倍。」

「翻倍！可是真的？」

「是的，月底或下月就可收割，到時就見分曉。不過有一事要與胡大人說，鄰縣的地主，因為我家租子只收四成，他們一同來桃村找過我。」

「那他們怎麼說？」胡大人了然地笑了。

「他們能怎麼說，說沒看過長得這麼好的莊稼，還請我加租子到五成半，不然他們的地沒人種了。到底我還有那另一大片荒地沒開呢，他們著急了，怕到時沒人租他們的地。」

胡老頭眼冒光。「丫頭是如何回的？」

林小寧嗔怪一笑。「知音大人，你都能算得出來我是什麼打算，還問什麼？租子當然不加。我允諾那幫地主老爺們，如果他們也降租子到四成，明年開春，我就把糧種按平價賣給他們，這樣一來，地主老爺們沒虧，佃戶們得的糧也多了，豈不兩廂其好？」

「丫頭，」胡老頭子定定看著林小寧。「妳是個好的，心有大善，大智……」

林小寧有些不好意思了。「胡大人，桃村現在種的只是稻子，但開好的另一塊地，明年可種些其他的作物。我問過莊稼漢子，他們說桃村的氣候也是能種麥子與棉花的，我倒是想試看看能不能也增產……」

「丫頭！」胡大人聽到這番話，突然意識到什麼。「妳是不是有法子讓作物增產？」

林小寧笑了。「知音大人，我家後院有一口井，能稱得上是寶脈之水，魏家的酒就是用那裡的水，我上回用那水澆灑莊稼試試，沒料到竟然長得這般好，說到底，還是桃村風水好啊！」

胡大人嘆息著。「桃村若是沒有林家，沒有丫頭，怕也沒有這般好的風水。丫頭，那今年秋收後的糧種，來年是不是也能增產這麼多？」

「要試過才知道，不過剛才說佃租之事，我想，如果名朝所有田租都只是四成的話，那百姓是不是都富庶了？」

胡大人笑得像狐狸。「丫頭，這可是得罪人的事啊。」

「那要得罪也是胡大人去得罪，與我這小丫頭何干？名朝繁華富庶，有錢人那麼多，從他們餐桌上的桌縫裡掉下來的點心渣，都能養活一家貧民，還會在乎那一成的租？」

「有錢人家的餐桌哪有那麼大的縫？」胡大人笑得鬍子直抖。

「知音大人，我這不是打個比方嘛！」林小寧吃吃笑著。

胡大人笑道：「丫頭胸有大志，為天下百姓算計，我又豈能不支持？況且目前邊關戰亂，光邊境的戰事，朝堂就花費多少，有錢人家出些錢買個平安不是正常？若沒有這樣的太平盛世，那些錢也頂不了用了，土地也沒人種了，還要舉家逃難，過那顛沛流離的生活……」

半夜時分，京城就下起了雨，雨一下下來，就輕鬆多了，直到清晨才停。

太陽出了兩個時辰後，又下起了毛毛細雨，可打傘也可不打傘。

醫仙府又有人登門拜訪，是周記的周少爺與管家還有一個師父，帶了所有的晶石墜子，在門口候了半天。

周少爺誠懇地對管事喬婆子道：「實在是昨日手下不懂事，沒眼色，是周記失禮。昨天下午便登門道歉，可林小姐拒不見，今日仍是為此事前來，只懇請林小姐讓在下為其配個墜子，以表歉意。」

林小寧聽了，仍是皺眉。「去打發了。」

喬婆子應聲去了，不一會兒又回來，手中還有一個托盤。「小姐，打發了，但打發不走，那周少爺說還帶了師父一起前來，只想當場為小姐配個耳墜子。老婆子看那少爺也是真心誠意地道歉呢，這不，周少爺把這些晶石和一些耳墜子的花樣讓老婆子我拿來請小姐看看，如果小姐滿意，就當下配上；如果不滿意，便馬上就走，不再打擾小姐。外面還下著毛毛小雨呢，我看那少爺倒是真心的。」

林小寧看著喬婆子如此為那周少爺說好話，估計是拿了不少好處了，便對安雨說道：「你去打發了，不要來煩我。」

梅子卻被那托盤裡的晶石墜子吸引住了，接過托盤看個不停，還挑了幾個出來。「小姐，這幾個晶石倒是與妳那個失掉的耳墜子可像，配一對倒也剛好，這些花樣可真是漂亮精緻。小姐看看吧，反正妳的耳墜子是要配一個啊，讓他來配就是，師父隨身帶來了，當場配好，安雨在邊上，還安全些。周記的手藝的確好呢。」

林小寧聽了笑罵著。「妳眼皮子真淺，幾塊晶石與耳墜子花樣就讓妳這樣了，虧妳還是太醫院外院的助事呢，丟不丟人？行了，滿足妳吧，給妳也配上一對。」

梅子眉開眼笑。「小姐，我有銀子，不用妳出錢的。」

「好了，請他們進來吧。」林小寧對喬婆子笑道。

周少爺進了正廳後，規規矩矩，禮數周全，言語恭敬，挑不出半分毛病。

林小寧挑了一個晶石，又選了一個花樣，周少爺便讓師父當場做耳墜子，又讓管家拿出一托盤的金鑲玉的鐲子出來，還有玉簪子，成色品樣沒得挑，玉質細膩溫潤，金燦燦的鑲嵌，讓梅子眼花了。

周少爺禮貌說道：「這些都是貴客區的，只請林小姐賞臉給收了，只當是在下賠罪。」

林小寧故意問道：「還有嗎？」

周公子聽了眼睛一亮。「有的有的，林小姐，在下把鋪裡的精品都帶來了。管家，快拿出來，全拿出來。」

不一會兒，十幾個托盤就擺放在桌上，梅子呆呆看著那些精緻得讓人說不出話來的首飾頭面，全是最好的成色、最精美的工藝，驚嘆著。「這些昨天在鋪子裡沒看到過啊，這麼好看，為何不擺出來呢？」

管家低眉順眼地解釋。「這些是貴客區的，不在鋪面裡擺，每一樣只就有一件，獨一無二，巧奪天工，配得上小姐與姑娘。」

梅子不捨地拿著一枝玉簪子與一對鐲子。「應該很貴吧？」

周少爺恭敬地說：「姑娘，不收銀子，姑娘看中什麼只管挑便是，這些是在下送來賠罪的。」

林小寧忍不住笑了起來。「梅子，妳手上那些喜歡的就留下來，我付銀子。」

周少爺急切說道：「不可，林小姐，這本是周記對林小姐失禮，送上飾物也是為了賠罪，還請林小姐笑納。」

安雨終是出聲了。「我家小姐付得起銀子。」

氣氛一時有些尷尬。

周少爺含蓄開口。「聽說林小姐是清水縣城桃村人氏？我周記第一家鋪子就在清水縣，不說清水縣出來的人在周記各分號買首飾，都要收便宜些，況且昨日周記失禮於林小姐，更是要賠罪不是？所以請莫要提銀子的事。」

這周記少爺倒是個機靈人兒，不提她曾在他家鋪子裡賣玉石之事，怕給她臉上不好看呢。林小寧大大方方地笑了。「是呢，可不正是清水縣桃村人氏嗎？當初還去了清水縣周記賣了一塊玉石給你，賣了兩千兩銀子，你肯定是賺了。」

周少爺沒想到林小寧直接就說出當初賣玉之事，她是清水縣城桃村人氏，在京城根本不是秘密，他提清水縣城桃村是想攀個交情，但話一出口就後悔了，怕林小寧想到賣玉石一事不高興。雖沒料到林小寧這般大方，他卻有如神助般反應敏捷，心生七竅，立刻回道：「竟沒想到與林小姐還有當年的買賣之緣，在下愚笨，竟是沒有記起來，太失禮了。這樣一來，林小姐更要多挑幾件了。當初我周記賺過您的銀子，當是補當初所賺吧！」

「你倒不是奸商，怪不得周記做得這麼大，聲名這麼響。」林小寧樂了，「梅子，給我也挑一對。」

梅子興高采烈地又繼續挑著。

最後，配好了耳墜子，換了新花式，精緻得緊，留下三對鐲子、兩枝玉簪子，沒付一個銅板。

周少爺雙眼發光，面色泛紅，心如鹿撞地被送出府去。

魏家新宅子整理乾淨，所有家具物品擺設都一應俱全後，曾姑娘在那宅子裡踱了幾圈。

她那愛挑毛病的性子，看到哪兒就是哪兒不滿意，心裡是這兒、那兒的不舒坦，臉都氣歪了。

魏清凡看著百般心疼，好說歹說哄著讓她不要想那麼多，不滿意以後慢慢修便是，可曾姑娘還是不依不饒，讓清凡送她來醫仙府訴苦。

這宅子建得太急，只有主院四進院搶建好，後面的只能慢慢再建，但也是富麗堂皇，精雕細琢，可曾姑娘心中卻是苦大仇深，一株草都能挑出一堆毛病出來。

林小寧聽得曾姑娘嘮叨了半天，那苦楚表情，訴說著將來在這宅子裡生活時那所有的不方便、不自在、不好看、不舒坦、不品質、不高貴、不清雅……大笑起來。「嫣嫣，不如我們換一下，妳與清凡住醫仙府吧？妳那新宅子，又難看又低俗又不方便，也不清雅，倒是給我這小地主婆住極合適呢。怎麼樣，換一下？」

曾姑娘愣了一下，嗔罵道：「妳壞死了。」

林小寧笑著。「嫣嫣，妳是生在福中不知福，諸多挑剔。清凡為了那些磚，光從京城找車隊從桃村運來，就花了多少銀兩與心思。雖說他不用親自幹活，可是累人啊。如果我要像妳這樣，早就活活氣死了。」

「妳那什麼都湊合的性子，能氣得死嗎？」曾姑娘丟來一個白眼。

「那可不是？我是凡事就湊合。活一世，操心生氣也是一世，快快樂樂也是一世，何必這樣折騰自己。妳還真像那些建個屋子要自己親力親為的貧困人家，為了一點意見鬧得兄弟反目、夫妻成仇，方肯甘休。」

「去去去，也不安慰我兩句。」

「我才不安慰妳呢，妳那宅子我看就很好，我可想住進去了，我還等妳和我換宅子呢。」

「我生氣了。」曾姑娘氣哼哼說道。

「嫣嫣，宅子啊，只是一個住的地方，不用過於計較。妳想想，光清凡耗費的精力與心血，就讓這宅子與眾不同了。」

曾姑娘一聽就激動了。「可不就是嘛！我以前為何不挑，為何獨對這宅子這樣挑？就是因為清凡耗費了這些精力與心血，如果不能盡善盡美，心中就是不舒坦。」

林小寧又笑。「清凡聽了肯定會難過的。妳想，他花了這麼多精力，可不就是想聽妳一聲好，看妳一個笑，得妳一個歡心呢？嫣嫣，別生氣了，就憑妳那高雅的品性，那就是住茅屋都能讓茅屋生出高雅之氣來的。這大宅子先有清凡心血融在其中，再有妳入住後沾上妳這高雅之氣，妳和清凡，將來在宅子裡花前月下，對影成雙，哪怕是一株草，你們夫妻雙雙除去或種下，可是多麼樂趣。」

曾姑娘停了嘴，看著林小寧，然後幽幽說道：「我懶得生氣了。算了，不講究這些了，說到底，其實心性是什麼樣，周邊環境就會熏習成什麼樣，我與這些俗物較什麼真啊？」

「那可不是，我家嫣嫣心性最是難得了。」林小寧笑道，心中也發笑。可愛的嫣嫣啊，真是可愛極了。

第三十七章

魏家人馬浩浩蕩蕩進了京，入了新府，忙碌著為曾姑娘與魏清凡大婚。

七月十二日，一早，曾姑娘梳裝打扮，鳳冠霞帔，百年好合金絲繡成，嫁妝一百零八抬，箱箱壓得結結實實，陪嫁的丫鬟婆子共有五十六個。

太傅與太傅夫人喜笑顏開，老閨女終於出嫁了。

胡大人與沈尚書一家也來祝賀，還有朝中許多官員。

林小寧作為曾姑娘的金蘭姊妹，自然是從太傅府中送嫁。按習俗是只送到門口，接著由曾姑娘大哥及送嫁隊伍親自送嫁到魏家，可林小寧才不管這些，到了門口又跑到魏家的迎娶隊伍中去了。

太傅雖然是疼愛女兒，可到底只是嫁女，不是娶媳，聲勢不可能太大。況且最近他隱有退位之意，多少有些門前冷落，可曾姑娘卻真心不在意這些。

太傅府與魏府不遠，一堆人馬慢慢走著，多有炫耀嫁妝之意，可也才一個時辰就送到魏府。

本以為要哭嫁，結果誰也沒哭，曾姑娘因為有孕，不敢折騰，草草行完禮就送入了洞房。

此時，曾姑娘的任命書到了，被蘭兒又扶來大廳。

一個太監當眾宣讀兩份公文。

第一份是任曾嫣嫣為太醫院外院左掌事，官位正七品。

第二份是任曾蘭兒為太醫院外院助事，官位正九品。

太傅想給女兒長個臉面，讓今天下任命書，也給這不省心的女兒撐個門面。

曾姑娘與蘭兒伸出雙手接過，行禮，道謝。

太監收了兩個金元寶，樂得合不攏嘴，笑咪咪賀道：「魏家雙喜臨門，雙喜臨門……」看了看林小寧，又道：「在下就不打擾府上辦喜事了，在下還要去醫仙府送醫仙小姐與黃梅子的任命書。」

林小寧傻眼了。莫不是要讓她回醫仙府接公文，再給紅包？便笑道：「大人，這今日不是趕巧了嗎？正逢我這金蘭姊妹大婚，您就送這任命書下來了，真是天大的大喜事兒。趁著這大婚的喜慶，我就在這兒接了任命書，正是三喜臨門。」

太監顯然是已知道四人都在的，連吃驚都不裝一裝，笑得臉上花開似的。「還真是趕巧了呢，四人都在。」便又當眾宣讀了兩份公文。

任林小寧為太醫院外院右掌事，官位正七品。

任黃梅子為太醫院外院助事，官位正九品。

林小寧與梅子雙手恭敬接書，行禮道謝。

魏清凡早有準備，與魏老爺道謝著，又遞過去兩個大紅包。太監接過紅包，滿嘴的喜慶吉祥話不要錢似的吐著。「魏家有福啊，大喜啊……」

魏家人滿臉喜氣，親自送他出了大門。

這個四個任命書比曾姑娘的婚禮要轟動多了。

名朝建朝以來，從沒有女官。迎娶與送嫁隊伍裡不知情的人都在竊竊私語，覺得這太隆重，哪有女子能做官的？女子從醫本就不體面，一些小門小戶世代行醫之家倒也有女子繼承衣缽行醫，可終是上不了大雅之堂。

唯這太傅之女除外，一品官家的千金女兒，掌上明珠一般，卻不喜禮數，自小學醫，在京城有名得很，無人敢多嘴說出難聽的話。

當年，也倒有正義知恥的言官提過，可架不住曾姑娘那刻薄的嘴，一番古往今來、巾幗英雌、凜然浩氣、義正辭嚴、通天達理，把那些言官頂得啞口無言，傳到皇上耳中，皇上樂了半天，順勢給封了個醫者的封號。

可如今，才把醫者封號換為醫聖，又被任命醫聖曾姑娘與醫仙林小寧為太醫院外院七品掌事，她們二人的貼身大丫鬟，一個曾蘭兒一個黃梅子，竟然成了九品助事。

丫鬟竟然能做九品官，這天上的太陽打西邊出來了！

所有人交頭接耳，曾姑娘視而不見，有裝模作樣之嫌。

林小寧笑得肚子疼，又看到一邊的胡大人與沈大人相視而笑。

魏老爺一行人送完人，喜孜孜地回來，熱情招呼來客，把四個升官的主角捧得高高的，喜宴與升官宴就一起擺上了，更是派人出去敲鑼打鼓，四處相告。

太醫院的眾太醫們紛紛前來道賀，魏家擺上流水宴，清泉酒一罈罈放在桌邊。

林小寧也就順勢不再另擺宴席了。她一個姑娘家，醫仙府又沒男子又沒長輩，實在也設不了宴，與魏家一同辦了倒也輕省。

胡大人也是一臉喜氣，與魏老爺抽空就私下咬耳朵，兩個人都面色感慨。

林小寧最怕生人多，這種應酬的場面，她都不知道應該如何說話，卻又不得不硬著頭皮上場。

曾姑娘正是初孕胎兒不穩之時，又有些反應，更是怕應酬時少不得要喝酒，只說是大婚，按規矩新娘子不能見客，捏著這個理由也跑到房中偷睡去了。

倒是蘭兒與梅子興高采烈，臉上泛著光彩，說出來的話也好似練過一般上得了檯面，可更多的是學曾姑娘的口氣，什麼我朝男子英勇，女子也不能輸，古往今來，巾幗英雌哪裡會少，她們幾個卻是因了華佗術才被封官，不僅是四人之大幸，更是當朝皇上聖明，女子為官只是一個形式，重要的當朝皇上是想讓失傳的華佗術發揚光大，造福百姓！

太醫院有兩個人是曾看過曾姑娘施剖腹產的，當時實在是驚嚇無比，吐得苦膽都出來了，現在一聽此話，卻有些汗顏。當初哪個不是嚮往華佗術啊？只是太驚世駭俗了，那場面……現在想起還是有些反胃。

可還有一部分太醫卻是欽佩嚮往得很，一心想著將來有機會可近觀華佗術，儘管這四人身分不過是個掌事與助事，相較他們來說，不論職位、經驗、醫術都低得多了，還是子輩、孫輩的年紀，但既然人家得了華佗術之法，恭敬還是得有的。

林小寧心裡惦著自家的糧能收多少，還剩沒多少時日就要秋收，京城的事完後，就得馬上回桃村了……

這麼想著，就偷溜著去了一邊，卻見沈公子翩翩跟來，林小寧笑著打了個招呼。

沈公子大大方方地笑道：「林小姐今日做七品掌事，實在是可喜可賀。」

「哪裡哪裡，你都知道我這性子，做不了這些事，只掛個名而已，最終還是要嫣嫣那兒出力才能做得起來。況且這種事，我也沒什麼興趣，說到底，我醫術也是半吊子，若不是得了華佗術，也不至於做上這官，實在是有愧。」

林小寧心中的確是有愧的，前世好壞也是個不錯的中醫，可在這世，卻只能與蘭兒相比。誰說古代醫術不如現代？看看太醫院的方子吧，開得那個精細，都下不了筆改動半分。她唯一的優勢就是有著幾千年智慧的結晶，由此賺了不少錢，還有一些外科理論，再慢慢摸索出來的簡單的外科術，若不是空間水的作弊，光是感染這件事，就動不了手術。說到底，自己是福大，哪敢再求這些虛名，賺飽了錢偷著樂就行了。

沈公子又道：「林小姐好智慧，好膽識。妳可知票號一事？皇上已著令開始準備，而在下正是執行操辦者之一。胡大人卻告之原是出於林小姐的主意，錢莊自古就有，卻沒哪個能想到林小姐這些細節，放貸收利息，存款付利息，通存匯兌，真是奇思妙想，令人嘆服。」

林小寧擺擺手。「沒什麼，沈公子言過了。是胡大人的想法，我只是做了些補充。不過你們真要辦，還是得再找懂經商，懂錢莊運作的人來相助比較穩妥。」

沈公子聽了只是笑笑，也不反駁。「林小姐有心了，各種有經商、錢莊經驗之人，目前就有幾十人。」

林小寧客氣回道：「那就好。不知沈公子還有何事？」

沈公子說：「上回離了桃村後，一直沒能再得見妳大哥，甚是想念。我自己備下一些禮物，打算讓妳帶去給妳大哥與爺爺，不知林小姐明日可在府中？我好送過去。」

「行，你明日派人送來便是，我在此代我哥謝謝你的心意。我這幾日也得準備回村了，莊稼要收了呢，再不回就錯過了秋收。」

沈公子笑了。「林小姐好怪的性子，在林小姐眼中，京城如此繁華卻比不上妳家的莊稼豐收？」

林小寧也笑。「那是，我是地主婆不是？地主婆就得有地主婆的樣子。」

這是什麼理？沈公子瞧著林小寧，簡單的髮髻與一枝精美玉簪，清爽至極，耳鬢間的一綹髮絲，有幾根微微擺動起來，還有兩個晶石耳墜子，便有些發呆。

這有趣的丫頭如今倒是不邋遢了，穿得乾乾淨淨，雖不好打扮，可看著眼睛不知道多舒服，真如魏家清泉酒一般返璞歸真，除卻喧鬧嘈雜，正歸於這般極致簡單……

魏家的酒宴一直喝到夜間才算結束，魏家人上上下下歡喜無比，加上王剛又得知自己要做爹了，心中那個喜啊，只是生性不大張揚，面上到是看不大出來，卻老是對著魏清淩笑。

林小寧與胡大人一直等到宴席結束，下人們收拾完畢後才告辭。

魏家人一路相送。林小寧看著王剛與魏清凡，突然想起他們初到桃村時，王剛如同自己的私人保鏢一般，幫自己做了許多事。方師父和鄭老被王剛綁啊請啊地到桃村來，還有賣參、賣靈芝，哪樣事不是找王剛與清凡做的？

如今，保鏢換成了安風、安雨，王剛與清凡也了了心結，魏家重新發展，一片欣欣向榮，真是說不出得好。

忍不住笑著偷問：「對了，王剛，我一直沒問過，當初你那靈芝是怎麼賣的？賣給誰了？」

王剛笑著低聲道：「我易了容，在臨洲城扮成一個採藥的漢子，賣給了周記的少東家周少爺。」

「哈哈哈。」林小寧大笑起來。「這周少爺，怎麼兜兜轉轉，竟是賣給他了。」

王剛又低聲道：「賣靈芝前，清凡說小姐那株參是賣給清水縣的保安堂了。妳可知道保安堂的老東家現在到了京城鋪子裡，那株參成了鎮店之寶。當初買到參後，還派人去了桃村一直打聽賣參的人家，被我與清凡給唬弄回去了，後來他們又派人來桃村的山上採藥，都一無所獲。再後來，那山頭都成了林家產業，才作罷。」

「有這回事？我怎麼一點也不知道？」

「這些事我與清凡處理就行了，小姐不用操這些心。」

「那保安堂的老東家在京城？會不會認得我來啊？」

「認得又有何妨？如今小姐的地位今非昔比，他不敢相認。」

「王剛你真好，清凡也真好。」林小寧感慨道。

王剛笑著。「小姐可是奇女子，妳可還記得妳說過，妳是天外來的仙人嗎？」

「嗯，我說過這話嗎？」林小寧一臉詫異。

清凡插嘴低聲道：「妳不記得了嗎？我們一起賣完參回村時說的，妳說妳來自天外，問我信不信？」清凡說到這兒笑了。「當時我就是信的，哪有女子能像妳這般。」

林小寧啊了一聲，訕笑著。「我以前怎麼那麼得意啊，真是小丫頭。」

胡大人在一邊聽了，也笑個不停。「如今倒是長大了些，有姑娘家的性子了。」

離了魏家，胡大人坐上林小寧的馬車，低聲道：「丫頭，讓妳那護衛看著點，有人盯梢。」

林小寧詫異地看著胡大人，掀開車簾，安雨回過頭對林小寧點了一下頭，梅子也緊張起來，全身繃得直直的，坐在車簾前面守著。

安雨不緊不慢地趕著馬車，車頭掛著的燈籠一晃一晃。

「小姐忙了一天，我把車趕得穩，安心坐在車裡，不礙事。」安雨說道。

這是暗示安全，胡大人嘆了一氣，低聲說：「丫頭，妳近日行事小心些，無大事不要出門，如要出門，一定記得帶著護衛。」

「出什麼事了？」林小寧問道。

「妳前陣去西南止疫有奇功，林家傷藥又神奇，我擔心有奸人對妳不利。」

「奸人對我不利？會是誰？王丞相？」

「很有可能。妳記得西南假藥一事嗎？當初是他主張查林家藥坊，幸好還皇上與鎮國將軍覺得此舉可笑，他也只能作罷，若不然，我還得與他對上許久口舌，少不得有些麻煩。」

「沒事大人，我這兒不用擔心，我雖然無權無勢，可自保能力是有的，對不對？安雨。」

林小寧太清楚安風、安雨的功夫了，自己和胡大人在車內這樣低聲交談，坐在簾外的梅子都聽不清，但趕著馬車的安雨卻是能聽得清清楚楚。

「是的，小姐。」安雨在車外大聲應了一聲。

胡大人鬆了一口氣，又問：「丫頭，這護衛是那六王爺送妳的對吧？妳給我說實話，妳與那六王爺是怎麼回事？」

「這個……」林小寧有些不知道如何開口。

胡大人卻是更加明白，當下心中歡喜。若說名朝當今有哪個能配得上丫頭，也就這六王爺莫屬了，從送護衛、解郡主強納之困就看出來了。

丫頭如果與六王爺婚配，倒是正合當今皇上心意。自從那奸細王妃被查出身分後，皇上對這六王爺的婚事更是小心謹慎，生怕再有奸細嫁進去。這丫頭家世背景過於單薄，林家人丁又稀少，總共也就那幾個人，卻恰好成了優勢，沒有世家與官家的複雜，一查就查得清清楚楚。

「丫頭，妳與他的事，妳有底有數嗎？」胡大人問。

林小寧笑了。「倒也不知道如何才算有底有數，反正他說秋收來桃村陪我收租。」

胡大人也樂了。這六王爺去收糧，呵呵……

又想多問幾句，卻想到趕車的護衛是那六王爺所送，到底多有不便，加上自己問一個丫頭終身大事，也是過分。不過他與丫頭之間倒不介意這些的，到底是忘年知音。

胡老頭心中暖洋洋的，丫頭有六王爺護著，就不用操心了。

林小寧又低聲道：「知音大人，明兒你下了早朝，我就去府上。」

不多時，馬車到了醫仙府，胡大人與林小寧告別後，各自回府去了。

第二日一早，林小寧吃得飽飽的，洗了個晨浴，又去了胡大人府中。她摒開梅子，讓安雨守在院外。

林小寧坐下來，把隨身帶著的包袱往桌上一放，喝了口茶就直言。「知音大人，既然那個王八蛋一直要做小人，那我們也不必客氣，我今日來就是要告訴大人，要助大人一臂之力。你如今在京城權勢正旺，可大人為人清正，錢財卻是一直不旺。若要做一些事情，可少不得錢財。我那鋪子的銀子還有一部分放在大人府中，大人不妨拿去使。我與大人知音一場，大人做事處處為我著想，丫頭我是不懂朝堂政事，可說什麼也要助大人一把。」

胡大人直盯著林小寧，嘆了一氣，竟是無比孤獨。「丫頭，妳為何不是男兒身？」

林小寧繼續道：「女子一樣能助大人。這是幾株寶藥，還有一些銀票。其實不管是太傅還是嫣嫣，還有魏家，那個王丞相是什麼人，大家心裡是明鏡。當初你回京城復職遇到的刺殺是怎麼回事，現如今還想對我不利，那大人，我們也拿出應對的辦法來，你只要敢做，我就敢幫。」

胡大人眼睛紅了，半天說不出話來。

林小寧難過地看著胡大人，這個老頭，雖然以前老是背後罵他臭老頭，不給自己找好事，可從清水縣認識他時，便知他是唯一懂自己的人。從清水縣到京城，他做哪樣事情都想著自己，明著是找事給自己做，可暗地為林家爭來的好處，是實實在在的。如今天看到他這般模樣，怕是在朝堂之上也有些力不從心了。京城風起雲湧，哪一步不是驚心動魄，若是行差踏錯就再難翻身

胡大人飲了口茶，緩了緩道：「如今王丞相的位置雖然不如從前，不能一手遮天，但丫頭說得是，王丞相把持朝堂多年，積累的人脈及銀兩是相當驚人，我一時也動不了他。況且他在皇上面前也沒有失寵，倒真是不大好辦。他做的那些勾當，只苦於沒有證據，難以說服於眾，更是難以上達啊。」

林小寧恨然道：「那就收拾了他，想個陰招。」

「我與那王丞相是死對頭，妳又與我是知音，說到底也是我連累了妳。」

「大人，既然他能做出這等陰損之事，我們就更應該收拾了這個禍害。」

胡大人咬牙說道：「當然要收拾，魏家也一直有送銀子過來的。當初魏家流放之事，就是王丞相的手筆，只是查到那賊人就斷了線索。那些奸人盤根錯節，都是用銀子打點出來的。」

「那大人就收下我的銀子。魏家發達比我家晚，清凡又大婚，下聘建宅也是花費巨大，怕是給大人的也沒能有多少。」

「丫頭有心了，今日承了丫頭的情，如今老胡我的確入不敷出，也就不客氣了。不過，這些銀子我都記上帳，將來好還給妳。」胡大人嘆氣，喃喃自語：「到了京城，卻真是懷念在清水縣城的日子。如今我身在京城朝堂，水又深又渾，想守得乾淨之身，還要能身居高位，為百姓謀福那是不可能的，我如今已也成了陰謀之人。」

「大人不必介懷。」林小寧笑著安慰。「想除奸人，那就得比奸人更奸！」

什麼？胡大人抬頭看著林小寧，激動不已。知音啊，這是他的知音！這是什麼樣的人才能說出這般話？

胡大人豁然清明，心中一片開朗，說道：「丫頭，那六王爺不是要去桃村與妳一起收租嗎？但妳才得了掌事一職就要離京回村，怕是不妥，這事我找個理由，明日給報一下。妳身邊的梅子怕是要留在京中，不能回桃村。」

「喔，還有這樣一說？我現在還不能隨時離京？」

「是啊，妳以為七品掌事能這樣隨時離任離京嗎？不過倒是無妨，報一下就成。到底只是太醫院外院，占個太醫院的名頭，又不須入朝，況且還有曾姑娘她們幾人呢，妳只管回去收糧便是。」

「嗳，好的，多謝我的知音大人。」林小寧笑嘻嘻應著。

「不過丫頭，回桃村時，一定要把昨天的護衛帶上。最近妳身邊不能離人，萬不可放鬆警惕，可明白？丫頭。」

「嗯，知道了。」

林小寧這次回桃村帶上了荷花，梅子就留在了醫仙府。荷花樂得像隻麻雀，一刻也停不下。

醫仙府的日子是好過，大家都如閒人一般，什麼事也不用做也能拿月錢，可做下人的一閒就慌，終於可以跟著小姐一起回桃村了。梅子當了太醫院外院助事，要留在京城伺候不了小姐，從今往後，自己就得貼身伺候小姐了。

荷花想著就開心，自己也能成為貼身伺候小姐的大丫鬟了，小姐走哪自己就得跟哪兒，太美氣了！看著梅子那般作夢也想不到的好前程，能貼身伺候小姐就可掙著個好前程。

馬車被荷花整理得又漂亮又軟和，路上可能要用的、吃的、喝的，荷花全都備上了，一時間指使得醫仙府的一眾婆子與丫鬟們心生怨氣。這個小妮子，要跟著小姐回去就得意得跟什麼似的，好像還真是大丫鬟一般，醫仙府裡的丫鬟們從進門起就沒分等級，月錢也都相差無幾，這小妮子得意個什麼勁？

梅子是依依不捨，但官事在身，內心又有太多喜悅與自豪，一時間情緒複雜。最後把在周記買的那對銀鐲子，及後來周少爺硬是送上門的那對鐲子交給林小寧，託她帶給自己的嬸子與堂妹。

「小姐，兩對鐲子銀的送給我嬸嬸，周少爺送的是給小堂妹做嫁妝的。」

「妳怎麼不給自己留著？一心想貼補娘家人，養妳這個白眼狼。」林小寧笑道。

梅子害臊地說：「小姐，我不是還有一根簪子嘛？我嬸子把我賣得好，我心裡是真心謝她呢，送她一對鐲子也應當。周少爺送的鐲子這麼好看，就想著給我那小堂妹，給她添個妝，也盡了心意。可那根簪子我才是最喜的，就留著給自己了。」

「白眼狼。」林小寧又笑。

周府。

周少爺突然說要回清水縣的鋪子，說是自打上回去了清水縣鋪子後，周家就萬事順利，這九姨娘又懷上身孕，周家又要添丁了，這次要去叩謝祖宗，在京城祖祠裡謝不誠，要謝就得回清水縣的舊祠堂去謝才算心誠，望祖宗能再保佑周記十年順風順水。
周老爺激動得老淚滴了下來，直道：「兒啊，終於懂事了。」
周少爺交代了一切事物，安撫了妻妾及兒子，帶上四名護衛與一個貼身小廝出發了。
只有周少爺的貼身小廝明白，周少爺哪裡是為了回清水縣叩謝祖宗？還不是聽到了消息說林家小姐要回桃村了，這才說要去清水縣的。
林小寧的馬車快樂地離了京城，後面還跟著一輛貨車，請了個趕車的漢子，車上是行李及沈公子備的禮物。
荷花坐在車廂裡，一會兒伺候茶水，一會兒伺候點心，殷勤得讓林小寧哭笑不得。還是梅子與自己相處得好，最自然不過，荷花是太想做好了，反而過了，也主要是荷花與自己相處時日不長。
「荷花，妳歇著吧，我要什麼時會吩咐的。」
荷花應了一聲，表情有些黯然。
林小寧看著又覺得不忍，便安慰。「荷花，妳跟我回桃村，會想家嗎？」
荷花喜了眉梢道：「小姐，我不想，我從小就沒有家。」
「喔，妳是孤兒？」
「不知道，小姐，反正我記事起就在做丫頭，先是做小小的燒火丫頭，後來做了掃灑丫頭，再後來大了，因為梳頭梳得好，做上了二等丫鬟，後來就又被轉賣，送到了小姐府上。」

「喔，轉賣？妳之前的主家是哪家？」

「回小姐，是京城裡的一個富商曲家。」

「曲家為何轉賣妳呢？」

荷花低下了頭，一會兒小聲道：「說是我笨手笨腳的，就轉賣了。」

「笨手笨腳？我看妳很是伶俐啊，況且，妳可是太傅夫人送來的，妳要是笨手笨腳，那牙婆子敢把妳賣給太傅夫人嗎？怎麼曲家就嫌妳笨手笨腳了，這到底是我太好說話了，還是曲家太難說話了？」

荷花低頭道：「這……反正說是嫌我笨手笨腳。」

林小寧看著荷花紅著臉的樣子，笑了。「怕那曲家不是嫌妳笨手笨腳，是嫌妳長得好看了吧？」

荷花臉紅得不行，老半天卻道：「小姐，您是我見過的最好的主子，從不打罵我們，還不讓我們稱奴婢，以前可真是想也不敢想能服伺這樣的主子。不稱奴婢，我們也是小姐的人，身契都在小姐手上呢，一生一世都是小姐的人，求小姐不要轉賣荷花，荷花會盡心盡力伺候小姐的。」

荷花說到一生一世都是小姐的人時，口吻充滿著美好的感覺，讓林小寧忍不住笑出聲來。

安雨在車外也笑了。「小姐，荷花是個聰明伶俐的。」

黃昏時分，馬車停在了一家客棧門口，林小寧等人下了馬車就入了客棧，要了房間。

不走夜路，大約八天就能到桃村。

客棧小夥計熱情出來幫著卸下馬車，給兩匹馬兒加料，得了一塊碎銀的打賞，樂得臉笑開了花。

收拾行李就去了樓下吃飯，林小寧又怕安雨與車夫不夠吃，讓他們又點了幾個愛吃的菜。

才一點完，就看得門口入了六人——一個又矮又肥的公子、一個小廝，還有四個護衛模樣的人。

這不是那周記少東家周少爺嗎？

周少爺一入了客棧，眼睛泛光，面上帶笑，驚訝道：「啊，林小姐，這麼巧，怎麼來這客棧了，這是……要回桃村？」

林小寧一聽周少爺的熱情聲音就膩，更不要說看到他的熱烈表情了，但仍是禮貌說道：「是啊，周少爺。」

周少爺連聲道：「真巧真巧，我真是要去清水縣呢，沒想到林小姐要回桃村，這可不就順路了？」

順路？林小寧心中叫苦，怎麼和這個花癡少爺順路了？

周少爺喜孜孜地走近前來。「林小姐，既是這麼巧，那可否由在下請了林小姐這頓？」說話間，眼中便充滿著期待。

「周少爺請入座吧，我請你。上回你送的那些首飾，我還承了你的人情呢。」林小寧生硬說道。

周少爺臉上立刻如沐春風一般，喜色加光彩，竟也讓這矮肥少爺的相貌生動起來。

周少爺只一人入座，四個護衛與小廝另開一桌。

周少爺入座後卻相當規矩，言語間雖略顯交淺言深，但又不失禮節，倒也挑不出什麼毛病，同時只把話題往清水縣及桃村上扯，竟也讓林小寧生出了思鄉之情，口氣便溫和許多。

安雨的臉色看不出陰晴，只是周正地吃著。

荷花對桃村充滿了好奇。那兒是小姐的出生地，聽說還是小姐發達的地方。小姐第一次帶她回桃村，對於只聞其名，從不瞭解的桃村，荷花的想像中還生出了許多更加美好的事物來。去了桃村就意味著見到小姐的親人長輩，意味著她的人生有一個新的開始，可能從此就是小姐的大丫鬟，與小姐親近，無時無刻不照顧小姐的起居飲食……

林小寧一向不喜吃飯時讓人在跟前立著伺候，尤其是布菜，極為反感。這次出門在外，更加講不了那些在醫仙府裡僅存的規矩，大家都是同桌同食。這些習慣讓荷花心潮起伏，以前這待遇可只有梅子才能享受到的。

周少爺說著清水縣的一樁樁趣聞軼事，荷花小心在一邊聽著，忍不住也問上一句。她這一問可是讓周少爺逮著了空子，就著荷花的問題仔細作答，周到無比。荷花第一次被人這樣尊重，還是這樣有錢的少爺，心中是相當激動，只是隱忍著不表露。

這是離京的第一天。

第三十八章

西南，志安城知府衙門後宅。

寧王正飲酒吃肉。前陣子實在是打得痛快，把三王打回怒河以西去了，再休整兩天就能去桃村。

他臉上起了笑意。

士兵來報銀影，一個夫子想要求見安國將軍，說是京城的舊日相識。

銀影道：「哪來的那麼多舊日相識？轟了去，這裡豈是老百姓能靠近的地方？爺豈是一個夫子想見就見的？讓他好好安生回家待著，這些城回歸了名朝，他們也是名朝百姓，該怎麼著還怎麼著，不生么蛾子，我們不會為難於他們，尤其還是個識文斷字的夫子。」

銀影進了房中，看到寧王帶著笑飲酒，也笑道：「爺，我陪你喝。」

「銀影啊，老將軍那兒還好吧？」

鎮國將軍這一勝仗打得興奮，可到底年歲大了些，勝仗之後便精神有些不大好，寧王與銀影一直都哄著他休息。老將軍也怪，從不肯認老的，這陣子卻老是愛睡，中午才吃飽喝足就睡了去。

「睡得香著呢。我說爺，老將軍年歲不小了，不如讓他回京吧？」

「我也想，可倒要他肯才行，這話你去說，肯定回你一大巴掌。」

銀影低聲笑。「爺，老將軍敢回您一大巴掌嗎？」

寧王笑道：「老將軍自然是敢的。他老人家一生戎馬，豈肯在京城貪圖安逸？萬不能再他面前提回京之事，等這一仗打完，一起回。」

門口又有人來報，那夫子轟不走，說是帶了一罈好酒，想請收回名朝失地的將軍喝。

銀影嗤笑一聲。「此人若是奸細，這使倆也太拙劣，若不是奸細，這謝意可不敢領。西南之地巫蠱之術盛行，入口之物豈能亂喝。」

士兵不敢作聲。

「關了吧，回頭查查。」銀影說道。

寧王笑了。「銀影，自那回你中巫蠱之術後，可是十年怕草繩啊。」

「爺，別提了，再提，銀影要謝罪自盡於您面前了。我還想跟著爺一直打下去呢，打回西南之地，再打回夏國。」

入夜後，知府衙門外忽然一陣鬧哄，隨後傳來女子哭叫，聲音又高又尖，淒厲無比，像是劃破夜空一般驚心，拉扯人的耳膜。

寧王皺眉。「怎麼回事？哪家女子來這哭鬧？去管管。」

外面的士兵去了。

銀影也被哭聲驚到，聽著外面士兵回報。「影首領，一個女子在外哭鬧，嗓門太是嚇人，又尖又厲，轟也轟不走，愣是山野潑婦一般，又哭得太是淒慘，說是我們抓了她的兄長，她兄長報效朝堂多年，卻被當作奸細抓去，她兄長本就身體不適幾月，這一抓去也沒個回音。如今她是生要見人，死要見屍，不然她做鬼也要日日哭訴……」

銀影怒道：「都聽到了，這嗓門，哪個聽不到?!」

外面的那女子還在尖聲怒訴。「名朝號稱仁治天下，打回城池，讓百姓們回歸，兩大將軍卻睜眼瞎，竟然有兵欺百姓之事發生！還鎮國將軍、安國將軍，我呸！我一婦道人家活到這般淒慘，什麼也不懼，只求老天開開眼，讓大家來看看這兩個瞎眼的將軍……」

這般張狂的瘋婦！銀影怒了，向城主府外走去。

鎮國將軍與寧王也出了屋來。

銀影道：「老將軍、爺，你們回屋休息著吧，我去處理，不知道是哪個瘋婦在胡鬧。」

寧王道：「她說我們抓了她兄長當奸細？」

寧王與銀影對視著，同聲道：「那個夫子！」

「去，把那夫子帶過來，我與銀影去看看這婦人。」寧王道。「老將軍，您回去休息著吧，下午銀影把一個來送酒的夫子抓了，怕是這夫子家人來鬧事。」

鎮國將軍怒道：「若不是奸細，查清自會放，這幫子西南蠻民，個個野蠻不馴。這些人眼中還有沒有王法了？這瘋婦滿口胡言亂語，氣煞老夫，把這瘋婦堵了口關兩天再放！」

老將軍最近不僅貪睡，脾氣也見長。

寧王與銀影對視苦笑。

「是，就去，老將軍回屋休息吧。」銀影答道。

城主府外，掛著兩串燈籠，明豔豔的光照著那瘋婦一頭亂髮，一靠近，聲音更如針入耳，難忍得很。

銀影上前就點了啞穴，婦人聲音一頓，戛然而止。

銀影鬆了一口氣，寧王則是下意識要去摸一下耳朵，手卻停在半空中。

那瘋婦，素面白淨，一臉哭痕，悲戚無比，被點了啞穴哭罵不得，卻是死死地盯著寧王與銀影這方向，眼睛有怒火噴出來，還有極度的悲傷。

瘋婦約二十七、八年紀，衣著簡單卻沒有補丁，淚洗過的面，在燈下泛著亮，如大門掛著的兩串燈籠，豔豔地照著婦人的強烈眼神，那眼神中的情緒活生生如有形，似是把人拉了進去一般，一時出不來了。

寧王將手放下來，頗為動容。

而銀影被婦人盯得極為不自在，乾咳兩聲，問道：「那個……妳兄長是那夫子？今日午時送酒來的那個？」

婦人不作聲，只是死死盯著銀影。

這婦人眼中悲傷與憤怒之氣如刀刃般鋒利有形，竟使銀影失態了。寧王暗自好笑，立在一邊看戲。

銀影見那婦人不作聲，又問：「那夫子是妳兄長嗎？今日午時送酒來的那個？」

婦人嘴動了動，仍是不作聲，眼淚如水一樣流了下來。

銀影看了看圍在一邊的士兵，說道：「你們退下吧。」

眾人退下，守著門邊兩排，獨留婦人站在那哭而不語。

銀影看那女人盯著自己流淚不止卻不言語，尷尬無比。這場面怪異之極，一時手腳都不知如何擺放是好，便又道：「妳兄長若是那夫子，一會兒就帶出來了……」

寧王忍不住笑出了聲。

銀影轉頭看著寧王笑，這才反應過來，頓時滿面羞愧，上前解了婦人的啞穴。

婦人晃了晃身體，連退幾步，待站得穩了，泣聲便飄了出來。「我兄長在哪？他身體不適，不能關押著啊，他不是奸細啊……」

此時兩個士兵架著一人過來，鼻青臉腫，腳無力地拖著，是斷了。婦人啊的一聲又尖厲大叫起來。「你們對我兄長做了什麼——」

銀影臉都皺了起來。「怎麼回事？」

「我們去帶人時，他就這樣了，說是在牢裡被其他關押的人打的。」其中一名士兵道。

那婦人瘋了似的尖聲高泣。「我兄長是犯下什麼事了？要受這樣的罪……」

被架著的夫子慢慢抬眼看了看那婦人，微聲道：「宛兒……」

婦人嚎啕大哭。「走開、走開，你們把他放開！」婦人哭道，也不避嫌就扯著兩個架著夫子的士兵。

兩個士兵也不知道該不該放開這個斷了腿的瘦夫子。

銀影苦了臉，心中對這兄妹倆懷著愧意，自己只是想著怕是奸細，回頭問問，怎麼還沒問，人就被折磨成這樣，這是個什麼事兒啊？最近鎮國將軍又是脾氣不大好，大家都哄著他呢，這女人還這樣高聲叫個不停。

寧王偷笑。「銀影這事是你辦的，你處理了。」

銀影還沒來得及說話，那婦人又上前一把抓住銀影的胳膊，把銀影驚了一大跳。

那婦人臉有些扭曲，尖聲哀求。「將軍，給我兄長叫大夫，快給我兄長叫大夫，求求你……」

銀影急著低聲道：「這位娘子，妳別再出聲了，妳這嗓門……我馬上叫大夫行嗎？馬上叫大夫。」

寧王忍著笑回屋。

銀影衝著寧王的背影喊：「爺，別走啊，幫一下！」

那被架著的夫子又微聲道：「我是董長清，是通政司參議……」

銀影怎麼也沒想到，這個想要見爺被他拒了的夫子，後又要送酒給他們喝，卻被他關起來，竟然是胡大人多年的幕友，同胡大人一起回京後，由胡大人舉薦做了通政司參議的董長清！

這個董參議的確是倒楣。

本是想著也不一定是奸細，只是讓人先關起來，問清楚後不是奸細就放了的，怎麼就被人打成這樣？

銀影心裡又是愧疚，又是好笑，又是生氣。

愧疚就不用說了，好笑的是這個董參議啊，要見爺就先報上姓名及原由，不就見了嗎？非得要說京城舊友，說不清道不明的，這不是自己找事端嗎？生氣的是牢裡關的什麼人，竟把董參議打成這個樣子？這事得嚴查！

寧王當時一聽這夫子那句「我是董長清」就頓住了腳，回過身看著那被架住的夫子驚訝道：「董長清？你便是那董參議董長清？」

立刻叫大夫、叫士兵，安排房間，抬著他就入了屋。

鎮國將軍也來了，他被吵著無法入睡，正氣憤不過，來質問銀影怎麼一個婦人也治不住，便得知了董參議之事。

鎮國將軍與寧王哭笑不得。

那婦人見到鎮國將軍有些發憷，一直跟在董長清身邊，低泣之聲也止住了。

銀影暗自慶幸這個董參議還不算太倒楣，隨軍大夫說好運氣，腿沒斷，只是脫臼了。身上有傷也是外傷，內腑好似沒有問題，但還得明日再診過才能確定，開了方子便讓人去煎藥了。

董長清的腿接好了，昏昏睡著。

那婦人聽聞大夫說兄長沒大礙，便說要回去，明日一早來給兄長送些吃的，由寧王安排的兩個兵士送她回了家去。

銀影暗自鬆了一口氣。幸好回去了，不然讓她那眼神一盯，就是渾身不自在，看來她就是董參議那個新寡的妹妹。

那婦人一走，銀影就去了大牢。

銀影怒火沖天。自己關個人，一句話沒問就被人打成這樣，他自記事起就跟著寧王一起讀書練功夫，與銀夜二人是寧王的左膀右臂，他與銀夜雖只是首領一職，可二人在兵營裡可是僅次於副帥的，這下還有人把他放在眼裡嗎？

一查一問，更是讓銀影怒不可遏，原是那董長清關了牢裡後，一同被關押的是一幫蠻狠的三王之兵，欺他是個瘦弱夫子，言語上諷笑嘲罵不已，只道一個夫子怎麼也被關了進來，瘦得連把刀也拎不起，能犯什麼事？

激得董長清隱忍爆發，反嘴辯駁。

董長清是文官，又是胡大人多年的幕友，那口才豈是一幫三王兵士們受得起的，這幫傢伙怒起，打得董長清只有出氣沒有進氣，還是獄卒聽到哄鬧聲，及時進來制住了，把董長清關到單獨的一間，才免了他被這幫閻王小鬼打死。

銀影二話不說，把這幫犯事的三王之兵全殺了乾淨。

本來就是階下囚，還毆打朝廷命官，殺了還省得費時費力押他們回去。

第二日，天剛濛濛亮，寧王與銀影才收拾好自己，就聽人來報說那婦人又來了，帶了一瓦罐湯還有一碗粥；又報說昨天夜裡董大人醒了一回，餵了藥，然後又睡了，這會兒還沒醒。

「帶她去董參議房間。這段時間，白天就讓她跟前伺候著吧，晚上再送她回家，我們大老爺們也伺候不周到，待董參議養好傷後再派人送他們回京。」寧王道。

來人又報。「將軍，董參議的妹妹住得實在是遠，住城西呢，要走近兩個時辰才能到。」

寧王與銀影愣住了。

「那就在府裡，離董參議房間的隔壁處再安排一個房間吧，再安排一個小廚房給她使用。告訴她，不許再哭鬧了。」門外傳來鎮國將軍的聲音。

等到日頭升起，董長清才醒轉過來，喝過湯粥，又服了一碗藥，精神好多了。

這時，寧王與銀影才得知了董長清在三王之地的悲慘經歷。

董長清原是到志安城接新寡的妹妹宛兒回京的，本來董宛兒新寡也應當留在夫家，可他這妹妹著實命苦，十六歲時嫁得志安城一富戶，可當初這富戶迎娶董宛兒時便存了心眼，指著有功名的他能出仕幫家族之後混個官職，可他雖有功名在身，卻與舊友胡大人交情甚好，做了其幕友，一直沒有出仕，讓得妹夫一家上下怨聲載道，只說她這個兄長做人幕友是為他人做嫁衣，不掙官職也不掙口碑更不掙銀兩。

這日子一長久，丈夫便對董宛兒厭倦，在董宛兒懷孕時，納了當地縣丞之庶女做貴妾。自這貴妾進門後，董宛兒不久後便流產，又因失寵，再無身孕。貴妾卻得一子二女，董宛兒的日子便越發難過，比下人都不如。

最後，胡大人被貶到清水縣做縣令後，這家喪了天良的人滅了最後的一絲希望，恨不得日日罵上董宛兒一頓才解氣。

董宛兒給娘家去信卻如石沈大海，她哪知道娘家人都因董長清安排，全遷離老宅了。又不過幾個月，就是胡大人回京復職前三個月，她那相公又因病去了。婆家便以她剋子剋夫的罪名休了她，連當初的嫁妝都沒給她帶出來，淨身出戶。

等到董長清接到消息時，已是輾轉好幾個月之後。他妹妹也聰明，看著去了信到娘家沒消息，猜著可能是兄長做了安排。被休後便去了信到清水縣，又由當時在任的蘇大人轉遞到了京城。董長清才知道這個最小的妹妹正是四面楚歌，雖新官上任幾天，也急急告了假，帶著銀票來接妹妹回京。

這一接，就逢三王封城造反，再也回不了京城了。

董長清不敢說自己的官職，西南已是三王的地盤，這參議一官是殺身之禍，便拿著銀票在城裡置了宅子，才安頓下來，又被董宛兒前夫家得知，派幾個混混找個由頭把董長清打個半死不活，夜裡又偷搶了銀票。

董長清只得賣了新置的宅子，在城西租了一家小宅，慢慢養傷。傷好了，銀兩沒了，就乾脆在租的宅子裡做起了夫子，賺些微薄銀兩度日，一心只等著西南收復之日。

寧王與銀影聽到董長清這般遭遇，心下唏噓。城西是貧困百姓居住之地，極為偏遠，而昨日董長清的妹妹回家後，還要煲好湯粥，於清晨再送來城主府，算算時間，基本是整夜沒睡。

董長清說道：「在下本不想打擾安國將軍與鎮國將軍大人，但聽聞三王之地打下來後，在忘川山的路口設著關卡，沒有官府的手令不得入名朝境內。我去哪裡辦官府的手令，現在城裡各個衙門都是空的，全是駐兵，我如今只是一夫子，開口就被人往外轟。」

寧王苦笑道：「董大人，叫我六王爺便好，胡大人一向這般稱呼我，你也不必見外。在忘川路上設關卡實是不得已之舉，如今三王雖退至怒河以西，可各地各城的官職都在等名朝派過來，都多是空缺。並且現在戰事才停不久，不知道哪天又打起來，為免一些奸細趁亂入境鬧事，才出此下策。」

銀影忍不住還是說出心中所想。「董大人，您想見爺，直報姓名就是，您要是報上姓名與官職，斷不會生出這般誤會啊。」

董長清驚訝道：「報上姓名？我雖識得安國將軍、鎮國將軍、銀影大人，可將軍大人你們識得我嗎？知道我的姓名嗎？我不過做上參議幾日，朝中怕也沒幾個能記得我相貌，何況是六王爺和鎮國將軍這般身分。但我記得前幾年還沒貶到清水縣時，在京城胡大人府中曾與安國將軍有過一面之緣，才想著拜見安國將軍，或許安國將軍能記得下官那一面之緣，也是幸事……」

寧王與銀影大笑起來。

「董大人，還是叫我六王爺吧。」寧王笑著強調。

「董大人，如今京城哪戶官員不知道你董大人的姓名啊。」銀影也笑道。

董長清迷茫地看著寧王與銀影。

銀影又笑了。「董大人現在在京城可是太有名了，哪家不知董大人才高八斗，學富五車，做了半輩子的幕僚，一朝為官，卻不過幾日就困在三王境內，實是天生福薄……」

寧王咳了兩聲，銀影住了嘴。

寧王溫言道：「董大人，胡大人一直求皇上把參議一職給您留著，說是三王之地歸於我朝之時只在不久，不久董大人即可歸位。現在看來，胡大人還真是料事如神。董大人好好養傷，傷好後，我派人送大人與令妹回京。」

董長清全身顫抖，兩行清淚便滴落下來。

寧王又道：「董大人，塞翁失馬，焉知非福。你身處困境，又豈知京城也是暗潮洶湧；胡大人在京城幾次遇刺，你走後不久就遇到一次，胡大人還差點失了性命。你困在此地，雖然苦楚頗多，卻再是安全不過，避開了那些險事。」

「胡大人現下可安全嗎？」董長清問道。

「安全，皇上給胡大人配了兩個暗衛，後來幾次都是有驚無險，董大人不必擔心。」寧王安慰道。

「董大人聽聞胡大人遇刺好像並不吃驚？」銀影道。

董長清也笑了，一笑起就扯著臉皮，又痛得吸了一口氣。「安國將軍不知，我與老胡從清水縣回京的路上就遇過一回了，還是因為那林丫頭送來了鄭老的花瓶，用了大木箱子裝著，剛好擋住了飛鏢。說起來，那丫頭真是我們的福星。」

寧王聽得董長清說到林小寧，心中生出暖意，口氣更加溫和。「董大人，說了叫我六王爺便好。」

寧王三番誠心強調，董長清便也不再堅持，不好意思道：「六王爺，那您也就叫在下長清便是了。長清有個不情之請，在下租的居所在城西，實在太遠，宛兒兩頭奔波太過辛苦，可否懇請六王爺派人送在下回居所，好方便她對我照顧一二？」

「董大人放心，令妹的房間與小廚房已著人去安排了，若要用什麼食材，給門口的兵說一下便是。」寧王說道。

離京第四日了。

林小寧唉聲嘆氣。

自第一日「可巧偶遇」回清水縣的周少爺後，一路上，周少爺鞍前馬後、無比精心地討好賣乖，吃哪家住哪家，非得派了一個護衛前去探路，看哪家味道好，哪家客棧乾淨安全等等……

又一路上非要掏銀子，說是兩人可是老鄉，他出了銀子就是沾了林小姐的治病救人的功德……

三天下來，連安雨都翹了嘴角偷著樂了。

林小寧大窘，周少爺那點心思是眾所周知，只恨自己心軟，沒有一開始就拒了他一同上路。這周少爺臉皮夠厚，怪不得俗話說烈女怕纏郎。

這一處客棧靠著山，再往前走就得繞過這好幾座山，不再有客棧可以休息，所以現在雖然是日頭還沒完全落下，也要在此休息一夜。

一行人入了客棧，馬匹貨物什麼的拉到後院。因為嫌卸貨裝車麻煩，貨車就只拉到後院空屋處，由車夫夜裡守著，馬匹則由夥計拉去馬廄裡餵食。

周少爺的小廝深得主子意，一下馬就快速打點得妥妥當當，吃食、餵馬等事根本不用林小寧等人的操心，竟是多了一個下人了。

荷花一路上基本沒有什麼事，除了每日早晚打水服侍林小寧洗漱，簡直就快成了第二個小姐了。

荷花又喜又憂。這樣的待遇平生未享受過，醫仙府就是小姐不在，太傅家的千金也是時常來的，大家雖然省事卻不敢絲毫懈怠。

可是這樣的待遇後果是什麼，不可預知，但看安雨的臉色充滿陽光，荷花這個心眼通透得也少了擔憂。

只是林小寧臉色有些難看，安雨的嘴角卻翹得更高。

林小寧便惱了，拍桌子遷怒道：「安雨，你的主子是哪個？」

「是小姐。」安雨強扯下嘴角，臉都酸了。

「那你不知道規矩嗎？怎麼能一直讓周少爺出銀子，吃個飯也就算了，怎麼餵馬打賞什麼的，也讓周少爺出銀子，我給你的銀子你是想藏私還是怎麼著？」

周少爺急急打著圓場。「林小姐莫要生氣，安護衛是好心做善事啊，是為了讓我家中的四個護衛也沾一些福氣。馬兒載了林小姐，是沾了福氣，我的護衛出銀子餵馬什麼的，可不是沾了馬的福氣嗎？」

林小寧實在忍不住笑了。

周少爺好像從第一天同桌一頓飯後，就一掃最初周記珠寶的花癡症與傻勁，一下子變得口若懸河、侃侃而談了。

周少爺自己也覺得受天神相助，這林家小姐是仙女，對仙女動心思是大不敬，所以就狠心想：他不是要娶她回去，他只要跟在她身邊，讓她能舒心一笑或嫣然一笑或開懷一笑，就此生足矣。

這般一來，竟真的除了情怯，便能言善道起來。

只是這林家的仙女滿身都讓人無盡想念。

想著她笑，想著她皺眉，想著她進食的樣子，還想著她吐痰的樣子……今日在車窗內不留神，看到林家的仙女小姐從車窗簾後探出頭，露出那仙人般的臉頰及脖頸，然後就……吐了一口痰。

那痰飛得老遠，喔，他的魂都隨著那口痰飛得老遠了。有哪家千金小姐似那般吐痰，能飛得那般遠，真是妙趣橫生啊……

周少爺呆呆想著，又癡了。

銀影打聽到城裡有個知名的大夫，擅看暗疾與內傷，比軍中擅長外傷的大夫要高明得多，便請了來給董長清探脈。董長清這般體質，又幾次被人毆打，萬一落下什麼毛病可不好，到時胡大人心痛，又引得胡大人的知音丫頭難過，那丫頭難過了，爺肯定也不開心。

老大夫來給董長清探脈，董宛兒感激不已。這個大夫可是城裡知名的大夫，一般人家根本請不起，兄長一年前被街頭混混打得身體極為虧損，如今定能大好。

董宛兒此時只想兄長快快康復起來。自兄長來接自己，就被困此地，害得兄長受盡苦楚，那惡毒的賤婦害自己流產，還有薄情的公婆及相公，要不是他們早就隨狗縣丞一同逃了，必定要上門手刃毒婦方解心頭之恨。

銀影扭扭捏捏地跟在董宛兒身後，董宛兒客氣說道：「多謝影大人記掛我兄長，影大人可還有什麼吩咐？」

董宛兒若是不扯著嗓門說話，聲音還是很動聽的。

銀影扭捏道：「董娘子，這兩日看妳給董大人伺候的飯食，十分可口……」

董宛兒立刻會意。「若將軍大人們不嫌民婦廚藝粗鄙，民婦願意……」

銀影歡喜說道：「我們不嫌不嫌，高興還來不及呢，成日裡吃那伙夫的飯菜，都吃噁心了……」

董宛兒又客氣說道：「其實民婦開始便把大人們的飯菜一併做好，但後來一想，大人們入口之物不可隨意，便作罷了。」

銀影很窘。這董娘子一介民婦，如今也不扯嗓門叫喚了，怎麼言辭間還讓他這般不自在呢？「董娘子，都是誤會……是誤會……」

老大夫給董長清探過脈後，言道：「脾臟受損，又因氣憒鬱結在胸，舒肝健脾即可，只須附子中加味，一個月可癒。無大礙，我這便處方，娘子放心就是。」

看完了董長清，銀影與寧王私下議了幾句，就又帶了老大夫去給鎮國將軍探脈。

哪料鎮國將軍怒道：「老夫哪來的病，滾！」

老大夫看了看鎮國將軍的怒容，便出了屋。

「爺，您看，老將軍這還不是病嗎？怎麼就成這樣了呢？好似之前被林小姐氣得吐了血後就慢慢脾氣見長，並且嗜睡起來，這到底是怎麼回事呢？曾姑娘不是說，老將軍多年積鬱的瘀血給吐了，於將軍來說是好事，怎麼又變成這樣了？」銀影與寧王低語。

老大夫一旁聽著，突然問道：「兩位大人，將軍大人吐過血後服過什麼藥材？」

「服過人參湯，約千年分，還有三七粉沖服，也是千年分的。老大夫可是看出什麼端倪了？」寧王問道。

「所謂瘀血不去，心血不生。將軍大人積年瘀血在胸，一朝吐出，又有千年藥材滋補及時，現下正是養心血之時，自然嗜睡；而軍中吃食又不好，心血難養，自然脾氣就差。將軍年歲大了，養血更難更慢，平日裡多吃些黑豆、紅棗之類的補血之物，再加上四物雞湯……」

「四物雞？是什麼雞？可從沒聽過說。」銀影奇道。

老大夫笑道：「兩位大人，剛才那娘子自然是知道的，四物是四種藥材，與雞一同燉成湯，好滋好味又補身，多是用於婦人補血之湯。眼下此湯用於將軍身上是再好不過。多睡，多吃，吃好，如此一來，不須服藥，也會大好。」

「大夫，您的意思是將軍大人真沒病？您還沒給將軍大人號過脈呢！」銀影道。

「本來就沒病，何須號脈？將軍大人只要養心血便是，兩位大人沒瞧見將軍大人滿面紅潤，皮膚細膩，聲如洪鐘嗎？」老大夫說道。

銀影驚訝。「是啊，將軍大人這些變化是有的，可我們一直以為是病症引起的。軍醫怎麼沒看出來呢？」

老大夫笑笑。「軍醫擅長外傷，與老夫所擅長不同，自是看不出。」

京城，王丞相冷著臉。

「是打算今天出手嗎？」

「都安排周密妥當，八個高手對一個護衛，就算是這護衛功夫多厲害，也不會出事。」座下的黑衣人道。

王丞相陰冷地笑著。「可別給我出什麼差錯，這點小事。」

黑衣人道：「都是從沒露過臉的，必不會出差錯。」

王丞相冷哼一聲。「下去吧。」

黑衣人告退。

王丞相輕聲自語：「夏國國主，你可要記住我送的這份大禮……」

這時，門口傳來嬌媚女聲。「丞相大人，牡丹給您送湯來了。」

只見一道曼妙身影捧著托盤，嫋嫋婷婷走進屋來，看著王丞相，眼波流轉，又妖嬈上前，把托盤放在桌上，一雙修長白皙的手揭開盤裡的湯盅蓋，輕輕柔柔遞上去。「不燙，大人現在喝剛剛好。」

王丞相愉悅地笑了，抬手摸著牡丹的手，低頭喝湯。牡丹瞇著眼笑著小心餵著。

「嗯……好喝。」

「大人，這是牡丹親自燉的，一直看著火，可是辛苦了好幾個時辰呢。」說話間放下喝了大半的湯盅，扭身就坐到了王丞相腿上，嬌滴滴地又說：「大人要怎麼賞牡丹呢？」

王丞相開懷而笑。「牡丹想要什麼就賞什麼。」

「牡丹想要一套頭面。」

王丞相大笑起來。「我就是喜歡妳這樣，討起賞來一點也不害羞。」

牡丹嬌聲笑著，眼波蕩漾。

王丞相摸了摸牡丹的下巴，搖頭嘆道：「這天下若說還有比妳更絕色的女子，也唯有死去的寧王妃了。」

牡丹眼睛瞇起來。「大人，那現下，牡丹是不是天下最絕色的女子？」

「當然，小心肝，把妳納回來，就是要把妳這絕色容貌擺放在我身邊，日日瞧著、疼著。」

牡丹扭了扭腰肢，起身一屁股坐到書案上，抱著王丞相的腦袋靠近胸前。「大人，您聽，牡丹的心。牡丹就是為大人而生，牡丹的心裡全是大人，大人可聽得到？」

「聽到了……聽到了。」王丞相骨頭都酥了。「我的心肝……」

牡丹放開抱在胸前的腦袋。「大人，牡丹自從跟了您，心裡才真正踏實了，才知道原來男人是這樣威嚴，帳內又是那般多情，是牡丹有福。」

「心肝，再賞妳一顆夜明珠，嵌在頭面上。」王丞相開懷大笑。「來，妳最近老是和花滿樓那兒的人走動，可是又想回去了？」
牡丹從書案上滑了下來，靠到了王丞相座上的扶手邊，媚聲道：「哪有，牡丹就是想聽聽花滿樓的樂子，牡丹成天在院裡待著，悶死了。」
「有什麼樂子？說來聽聽。」
牡丹嫣然而笑。「大人，您說樂不樂？聽說周少看上了醫仙小姐，還揑著回清水縣謝祖的理由，後腳就隨著醫仙小姐一起上路了。」
王丞相笑著挑起牡丹下巴。「喔？我的心肝不吃醋？當初是那周少爺為妳贖的身，還給妳置了宅子……」
「大人……」一聲大人，尾音拖得長長的。
王丞相笑了，極為享受。
牡丹嘟起豐潤的嘴。「大人這般說話，可是大人吃醋了？那周少為牡丹贖身不假，可那周少不過就是年輕獵豔，哪有大人這般知冷知熱，疼愛牡丹？牡丹雖然出身煙花，卻不是傻的，心如明鏡一般，大人才是真疼牡丹，大人剛才還聽過牡丹的心……」
王丞相聽得全身上下都舒坦，信不信牡丹的話另說，一個煙花女子，不過是水中浮萍，有利自然就有百般情義，哪來的真情義？但她容貌生得的確絕色，又風情入骨，實教人難忘，且話說得十分甜蜜。
「我的心肝，大人知道妳的心。這事，大人我也知道，說起來這花滿樓的消息也的確是又多又快呢。」王丞相笑道。

牡丹嗔怪一眼，又道：「當然，京城最多趣事的地方，莫過於花滿樓了。不過，還有，花滿樓裡有一個龜公……」牡丹皺了下鼻子，把王丞相挑得忍不住抬手刮了一下，牡丹吃吃笑著。「這個龜公啊，看上菊花了，成日裡跟在菊花後面打轉兒。他一個龜公，竟然想染指菊花……」

「喔？」王丞相也樂了。

「這個龜公合著賭坊的人把一個外地人的錢全騙光了，分了一些銀子，說要菊花伺候他一夜，就給菊花十兩銀子，菊花叫人把他打了一頓，說是十兩銀子讓他親娘伺候他去。」牡丹笑得滿面生輝。「大人，那個被騙的外地人還是這個龜公的同鄉，不過也算不得同鄉，只是他們都是桃村人……」

「桃村人？」王丞相來興趣了。「說來聽聽。」

「這個龜公啊，說是桃村最早一批的村民，但被那醫仙小姐趕出村了。他說，他騙的這個人是後來落戶到桃村的，叫黃老漢。黃老漢的女兒是桃村那戶燒瓷的鄭家姨娘，所以黃老漢有的是錢，不騙白不騙。最好笑的是，黃老漢也看上菊花了，說要給菊花贖身呢。」

牡丹吃吃笑著。「大人，您猜怎麼著？那龜公把那黃老漢帶進自己住的屋子裡，好吃好喝地供著。大家都知道這個龜公還要哄著黃老漢再拿錢出來，可菊花說那錢她也要得一份，不然就告訴黃老漢實情。結果，龜公與菊花為了分多少成的銀子又吵了起來，後來還是老鴇出面，才把這事平息。」

「那龜公叫什麼名啊？」

「誰知道呢，只知道他姓于。」

第三十九章

星光升起，林小寧進了客棧的房間休息，荷花與安雨的房間在她左右兩側。

林小寧嘆氣。這個花癡周少爺，不犯癡時還是說得過去的，一犯癡就讓人頭大。明天一早要早些起來，與安雨、荷花先行上路，甩開這個周少爺。

她栓緊門，閃身進了空間。

望仔看到林小寧吱吱興奮地叫著，她抱著望仔問：「火兒怎麼樣了，犯懶快完了吧？」

望仔點點頭，樂呵呵地咧開了嘴。

林小寧抱著望仔進到小木屋裡，看著火兒懶洋洋的樣子，實在是媚態可掬，把火兒也抱起來親了一口。「快快睡完懶覺，以後與望仔天天陪著我。」

林小寧陪著望仔與火兒聊了一會兒天，然後泡在湖裡，一身舒坦。

望仔在湖邊叼了一顆草莓遞過來，林小寧接過吃著，幸福滿足地瞇起了眼睛。「小望仔，你真是我的小心肝，再來一顆。」

望仔便叼來一株，上面結了好多顆，林小寧一邊泡著澡，一邊慢慢吃著，幸福地嘆氣……

泡完澡，林小寧把濕髮梳整齊，靠在床上，等著頭髮乾透，一邊心裡計劃著。

荒山那邊的四千畝地已開好，開春就種麥子與棉花，還得留下一些畝試種各種五穀，看看能不能增產。

還有，那遠處的一千頃地，春忙後就得開墾了，要大量的人。屆時不僅僅是開墾，還有蓋屋子，蓋鋪面，得要先規劃。這地方太大，開墾起來成本也高，不是承擔不起，這木屋後面堆著的人參寶藥什麼的，不能一下子拿出去現世……

所以明年得再開幾個分鋪，其實林家可以養一隊人馬，專門用來送貨，反正那一千頃地足夠大，圈一個馬場也無妨。

還有傷藥坊，得再擴大一些，除了外傷藥，再做一些其他的成藥……

林小寧計劃著，望仔就趴在她的懷裡，火兒也躺在她的腿上……

突然，望仔吱吱亂叫起來，林小寧抱著望仔出了空間，頭髮半乾半濕地披散著。房間點著油燈，昏暗的光一閃一閃地照著房間裡的擺設，一切安靜如舊。

望仔竄到窗前，吱吱叫著。

林小寧慌慌張張地打開了窗子，望仔便一溜煙沒影了。

窗外是月黑風高。林小寧感覺到心驚膽顫，覺得很不舒服，此時，門外有壓低的喊聲傳來。「小姐，在裡面嗎？」

「在的。」是安雨的聲音，林小寧心中頓時踏實，一邊應著一邊開門。

門口，安雨拎著劍，臉上出奇地凝重。

林小寧心中一沈。「怎麼了？」

「不對勁，怕是有刺客。小姐，隨我去隔壁看荷花。」

隔壁，荷花傻傻地看著林小寧與安雨，道：「今天沒有月亮，我正打算睡呢。」

林小寧做了個噤聲的動作。

荷花住了口，跟在林小寧身邊，一陣風聲傳來，呼呼吹著房間的窗框。桌上的油燈晃了晃，似要熄了，卻沒熄。

荷花打了個哆嗦。

「屋裡不能待，小姐，得罪了。」安雨低聲道，將林小寧與荷花一手一個抱起，身形動了幾下就躍到了樓下。

安雨仍沒放手，又繼續向後院衝去。

後院有一塊空地，中間有水井，右側是貨房與大鋪房，左側是廚房還有柴房與馬廄。

安雨在柴房邊上鬆了手，柴房的門破得根本關不上，虛擋著屋裡的柴垛。

「荷花，妳在柴房躲著。妳只是丫鬟，沒人會為難妳，明日天亮妳隨貨車與周少爺一同上路。」安雨吩咐。

「那你們呢？」荷花急了。「我要跟小姐一起。」

「妳別管，快進柴房。」

「不。」荷花壓抑地泣聲道：「我要與小姐在一起，小姐在哪我就在哪。」

「蠢貨！」林小寧低聲怒道：「到桃村會合。」

荷花捂著嘴，抽泣著走到了柴房的破門後。

林小寧其實很慌。她從沒面對過這樣的事件，安雨的表情讓她的心沈沈的。

「安雨，現在怎麼辦？」

「刺客想在我們房間下迷香，我追出來就逃了，他身形極快，是高手，我擔心還有同夥。」安雨沒有正面回答林小寧的問題。

「不能叫周少爺那四個護衛來幫忙嗎？」

「沒用。」安雨回答。

「刺客功夫很高？」

「嗯。」

「我們是不是有麻煩？」

「放心小姐，不會有事。」

「刺客會是誰？」

「目前不知道。」安雨頓了頓。「小姐，如有同夥，我可能對付不過來，一會兒我揹妳逃，小姐不要介意。」

「不介意，現在逃吧。」林小姐急急看著黑色夜空，心中喚著：望仔，快回來，有危險。

又一陣風吹來，隨著風吹來的，還有一個黑暗的身影，林小寧只感到安雨身形一動，就擋在了她的前方。

只聽得噹的一聲，而後兵器相交的聲音不絕於耳，安雨與那個黑身影已打在了一起。

客棧的房間一間間亮了，人聲與腳步聲響起。

「什麼人啊？」有夥計舉著燈來到後院，話音未落，人就莫名地倒地了。

一陣香味傳來後院，然後，客棧就再也沒半點聲音發出。

又有三道身影竄過來，纏住了安雨。

一個瓶子扔到了林小寧腳下。「小姐，是迷香，聞這個一下便好。」

林小寧拿起瓶子開蓋聞了聞，一股強烈的臭味。柴門動了動，荷花貼著牆出來，在後面悄悄扯著林小寧的衣裳。林小寧才要躲進去，卻見一個身影衝了過來。

林小寧魂飛魄散，驚叫起來，瓶子掉到了地上。她只覺得腰上一緊，人就騰空而起。

「小姐，是我。」

是安雨，林小寧鬆了口氣。

安雨抱著林小寧飛奔跳躍著，身邊的風呼呼颳著。

但是，安雨又停住了，客棧前方的路上，有四個人站在中間。

「小姐，妳不會有事。」安雨說道，把林小寧揹到背上。「小姐，抓緊我。」

林小寧聽到望仔吱吱亂叫的聲音。望仔在說：剛才聽到，他們不想傷妳性命。

林小寧鎮定了。「安雨，放我下來。」

安雨怔了怔，是了。小姐如此尊貴之人，怎麼能逃？

「我去殺了他們，小姐在這兒等著我。」安雨決絕說道。

安雨衝了上去，一時間又是刀光劍影。客棧那邊也傳來了兵器聲。

「小姐——」是荷花的聲音。

「林小姐、林小姐——」是周少爺的聲音。

林小寧心裡問：望仔，他們不會有事吧？

望仔不知道在哪裡，只聽到有吱吱的聲音傳來，是望仔在說話。不知道，我只知道他們要妳活著。

「混蛋！蠢貨！」林小寧怒得開口大罵。

望仔沒敢出聲了。

安雨的悶哼聲傳來，怕是受傷了。

林小寧怒火沖天。本來可以逃，卻因為這個死望仔的一句話放棄了，害得安雨他們可能會死在此地。

混蛋，你給我滾出來，再不出來，我拔光你的毛！林小寧心中罵道。

荷花飛跑過來。「小姐，可還好？」

周少爺氣喘吁吁地跟在荷花後面。「林小姐，還好嗎？」

林小寧慘然一笑。「好得很。」

「沒事了，林小姐，我的四個護衛與後院的刺客對上了，一會兒就沒事了。」周少爺喘著氣道。

周少爺的小廝也跑來了，手中還抱著個小茶壺。「少爺，喝茶。」小廝很狗腿地把茶壺遞上前。

周少爺接過茶壺，風度翩翩地對著茶嘴抿了一口。「茶不錯，回去賞你。」

「多謝少爺。」小廝開心得笑開了臉。

這些人可能都要死的。

望仔，你再看看，他們會不會死？林小寧在心中黯然問著。

望仔的聲音過了一會兒才響起。真不知道。刺客只是不想要妳的命。

荷花上前給林小寧整理著衣服與頭髮，說道：「小姐，那個瓶子真是好用，我撿了去找周少爺，幸好周少爺他們房間門沒關。」

「之前是關了的，聽到後院的動靜才開了門，哪知道一開門就全暈了過去。」小廝說道。

「荷花。」林小寧神情複雜地叫道。這樣可愛伶俐的荷花，可能一會兒也要死。

「周少爺。」林小寧又說道：「此事與你們無關，你們走吧，別留在這兒了。」

「走？少爺我活了二十幾年，沒哪個人會刺殺於我。」周少爺又抿了一口茶，英姿勃勃說道：「噯，前面的好漢，是哪路人馬？爺我有錢，爺給你們雙倍的錢，別打了，有什麼事大家坐下來喝茶聊聊，哪有什麼不能解決的問題……」

沒人理他。

但後院的聲音忽然停住了，沒了動靜。

周少爺乾咳了一聲又道：「看，前方的好漢，後院的四人都應該被解決了，你們也不要打了，坐下來談談……」

四個人影衝了出來，不是周少爺的四個護衛，是那四個刺客。

「我的四個護衛呢？」周少爺喃喃道。

「哼，殺了。」一個刺客回答。

小廝呆呆地站立著，周少爺瞪著眼睛，手中還握著茶杯。

荷花慘白著臉，喃喃自語道：「周少爺，你不是說那四個護衛功夫天下第一嗎？」

「別殺他們。」林小寧開口了。「我聽你們的，你們帶我走，不要殺他們！」

安雨的悶哼聲又傳來。

「別再打了——」林小寧大叫。

沒人理她。

林小寧瘋了，上前對著這邊的一個刺客就一耳光，刺客一把就抓住了她的手腕，一陣劇痛傳來。

林小寧大叫道：「你們聽到了沒？說了不要再打了！想抓我不是嗎？我在這兒，別再打了，前面那四個，不要再打了！」

「小姐……」安雨撕裂般的聲音傳來，一聲悶響，纏著安雨的刺客就倒下一個。同時，一小團白色的影子竄出來，剩下的三個刺客被衝散了

「媽的，什麼東西咬我？」傳來三個刺客的罵聲。

是望仔！望仔好樣的，再幫一下安雨。林小寧心中喜道。

一團白色的影子在安雨與三個刺客中間閃來閃去，緩解了安雨的壓力。

又一個刺客倒在安雨劍下。

「見鬼了，都上去，殺了他！」刺客說道，然後一劍架在林小寧的脖子上。「住手，不然殺了醫仙小姐！」

同時，另三個刺客衝向安雨。

「小姐。」安雨轉身看到這一幕，身形一滯，一柄劍就刺穿了他的胸膛。劍又被抽了出來，聽到一聲悶聲，是刺客一腳踢了去，安雨被踢過來幾米遠，摔在地上。

林小寧呆住了。安雨死了？

「這傢伙太難纏了，功夫這麼高，害我們失了兩人。」刺死安雨的刺客說道。

林小寧呆呆地看著躺在不遠處的安雨，夜色黑沈沈的，客棧門前掛著一盞風燈，昏黃黯

淡。

但是，有一團白色的毛絨球，正趴在安雨的胸口。是望仔。

刺客伏身就要抓，望仔竄遠了，沒入夜色中。

安雨死了……林小寧眼淚滴了下來。

沒死。望仔的吱聲傳來。我吐了口水在他傷口上，快餵他泉水，敷三七粉。

泉水、三七粉！林小寧腦子轉了千萬轉，大哭起來，一把抓住用劍架著自己的刺客的胸口，狠命地搖晃捶打著。

「讓你們不要打了，你們非要打，你們殺了他，你們殺了他……」林小寧大哭著扭動，長髮飛散，狀若瘋狂。

「都說了讓你們不要打了，都說了我聽你們的……」林小寧大哭著揮動拳頭不斷地亂打，如潑婦一般。

刺客愣了下，拎著劍的手便橫在胸前擋著，林小寧藉機奔向安雨的「屍體」。

刺客一把去拉沒拉著，因為荷花又抓住了他，不斷撕咬著。

林小寧撲倒在安雨的「屍體」上大哭，一邊偷偷讓手腕的那朵胎記壓在安雨的嘴上，心念一動，泉水就流了出來。

周少爺手中的茶杯滾落在地，呆傻傻地看著眼前的一切，抬首悲戚道：「原來如此，我知道她為何不給我一個正眼，原來如此……」

小廝白著臉上前。「少爺，您還有九姨娘，九姨娘比林小姐更漂亮。」

周少爺喃喃道：「如果是天人下凡，我有緣得見，卻為何又如此緣淺？如若她也能為我這般傷心，我死也值了。」他眼睛突得冒出奇異的光。「你們殺了我吧，殺了我吧。求求你們，殺了我吧……」

小廝手忙腳亂地勸道：「少爺，別這樣……」

荷花哭著鬆開了刺客，又奔到林小寧身邊，抱著林小寧繼續大哭。「小姐……」

幾個刺客面面相覷，哭笑不得，只把他們幾個圍成一圈。已是落網之魚了，能翻出什麼亂子來。

林小寧一邊哭著，一邊感覺到安雨在吞嚥，心中一喜，泉水流得更急了。

荷花在邊上哭得快要斷過氣去。

一個刺客不耐煩地上前來拉起荷花，林小寧的手立刻伸到安雨身下，心念一動，一株三七被藏在了安雨的身下。

刺客把荷花與林小寧像拎小雞一樣拎起來了。

「放我們下來！」荷花道：「小姐身分尊貴，豈容你們這般相待？」

刺客陰冷地笑了。「身分尊貴？都被我們抓住了，還身分尊貴。」

周少爺正氣凜然道：「就是被抓了也是身分尊貴的人，要以禮相待。」

刺客不耐地一劍刺向周少爺，林小寧幾人同時尖叫，周少爺呆呆看著自己胸前的劍，堪堪刺破了他的衣服。

「別殺他。」林小寧祈求著。

周少爺眼神迷濛，看著林小寧。「來，殺了我。林小姐，我死後，妳可願為我哭一場？」

「別殺他，我跟你們走。」林小寧再次說道。

周少爺深情地看著林小寧。「林小姐……」

「周記珠寶的少東家……」刺客嗤笑著，收了劍。

「你知道我？」周少爺道。「知道就好了，好漢放了我們就兩清了，不然我周家會散盡所有銀兩請江湖高手來追殺你們……」

蠢貨！林小寧怒從心頭起，一掌摑向周少爺的胖臉。

清脆的聲音響起，周少爺不可思議地看著林小寧。

那一耳光……她打的？

周少爺胸中情緒翻滾。是她打的，真是她打的，周少爺心中似是起了無限的溫暖喜悅感傷情懷。

「林小姐……」周少爺伸手摸了摸自己的臉，如作夢一般輕聲喚著。

刺客陰森森笑著。「現在就是想放你也不放了，留你在手就是無盡的銀兩。」

周少爺又悲又喜。「對，帶著我，我周家富可敵國，有無盡銀兩，我就是無盡銀兩……」

林小寧在心裡嘆了一口氣。太蠢了！

「我是小姐的貼身丫鬟，小姐在哪，我就在哪。」荷花跟著道。

小廝也跟上前。「少爺要人伺候的……」

林小寧無奈地笑了，深深嘆了一氣，道：「你們抓我，又一直不願傷我性命，必是我有值得活的好處。我沒什麼本事，就是會治個小病，做個藥什麼的。我猜，你們就是為了讓我給你們製藥吧？」

「少廢話！」刺客喝道。

「不可這樣與林小姐說話。」周少爺道：「林小姐身分尊貴，又有仙術在身，豈容你等凡人粗言相待。」

刺客一掌摑到周少爺臉上，周少爺半個臉就腫了起來。

「不要打他！」林小寧怒道：「他手無縛雞之力，不過是個紈袴少爺，你們這等高手，打他不是失了你們的高手身分？」

「受不了了。」刺客說道：「這幾個人腦子不清楚，得讓他們清醒清醒。」

「乾脆把那胖子殺了吧，別節外生枝了，他就算值錢，也是個麻煩。」另一個刺客道。

「你們若殺了他，我也不會活！」林小寧惡狠狠說道，一雙眼睛像吃人一樣瞪著這個刺客。

周少爺呆若木雞，竟然嚎叫了一聲。「福生，你聽到了沒……」

「你給我住嘴！你再說話，我弄死你。」林小寧氣暈了頭罵道。

她又說：「我們四人要一輛車，你們派個人跟著他。」手指向小廝。「去把周家的馬車套好，我們這就跟你走，一路上乖乖的聽你們的，但你們不應該再傷人性命。要銀子什麼都好說，周家銀子到了，便放他們走吧。綁票也有規矩的，莫壞了江湖規矩。」

幾個刺客又是面面相覷。

「他們這是有病嗎？」一個刺客問道。

「沒病，天下萬事躲不過一個理，就是禮尚往來。你們劫我，必是讓我去製藥，不是要我性命；你們綁了周少爺，是要銀子，也不是要他性命。你們如果以禮相待，我們自然會好生合作。我林家傷藥的神奇，想必你們都聽過的。去備車吧。」

林小寧急了。她聽到望仔說安雨不多久就要醒了，如果被這幾人發現，安雨鐵定就沒命了。

「快去！」她一腳踢向那個叫福生的小廝的屁股，福生一個踉蹌，急急跑向後院，一個刺客也衝著跟了過去。

周家的馬車又寬大又豪華，坐四個人一點問題也沒有。

馬蹄聲陣陣在車廂外響著，幾個刺客的聲音也傳來。「給上面報一下，這個胖子，是殺了，還是留著收銀子。」

望仔，給安風去報信，來救我們。林小寧心中說道。

周少爺坐在車廂內不說話，卻是深情無比地看著林小寧，林小寧起了一身雞皮疙瘩。

車廂的前簾半開著，兩側的窗簾也開著，月亮這時出來了，地上一片銀輝，是好兆頭。

車廂一角掛著的風燈照著周少爺深情的臉。

荷花這時彷彿才感覺到了害怕，哆嗦問道：「小姐，他們會帶我們去哪裡？」

林小寧拍了拍荷花的背，算是安撫，但沒出聲。她要安靜一會兒，整理下混亂的情緒。

剛才上車前，刺客從懷裡掏出兩個小瓶子，倒出液體在他們兩個死去的同夥身上，就起了一陣難聞的氣味，不多時，兩具屍體就化成了水。

太噁心了。

林小寧生怕他們也倒在安雨身上，但他們卻沒倒，也不收拾，一聲口哨發出，就有八匹馬跑了過來。

是了，他們是刺客，為何要收拾？目的達到了就行，至於兩個同夥的屍體，怕是被查出蛛絲馬跡，才這樣以防萬一吧。

荷花見林小寧沒理她，又哆嗦地問著叫福生的小廝。「他們會帶我們去哪裡？」

周少爺用口形無聲地讀了「夏國」二字。荷花驚瞪起一雙大眼睛，用手捂著自己的嘴。

周少爺倒也不算笨。林小寧暗哼了一聲。

周少爺看著林小寧披散的髮，對荷花道：「給妳家小姐把頭髮整理一下吧。」

荷花跪上前來，從隨身帶著的荷包裡取出了木梳，給林小寧梳起了髮。林小寧隨了荷花擺弄。

車身晃了晃，周少爺大聲叫道：「車趕穩一些，裡面林小姐在梳頭呢！」

刺客怒聲傳來。「死胖子，信不信我現在就殺了你！」

周少爺說道：「你信不信你報給你主子，一定是讓我活著，你們哪裡知道周記珠寶的少爺值多少銀子？」

外面的刺客沒有聲音了。

周少爺又道：「好漢們，我是做生意的，就信一句，出門在外靠朋友，還信一句，不打不相識。好漢們，你們只要以禮相待，把我們好好送到你們主子手中，你們絕對是立了大功了。福生，煮茶，好漢應該渴了，一會兒也得潤下喉嚨。」

周少爺的車廂有儲物的夾層，裡面各種用品一應俱全，福生屁顛顛地應著。「好勒，我這就煮茶，好漢們也嚐下這天下第一的銀葉茶。」

福生手腳麻利地拿出各種工具，搬到車廂外面煮上了茶，一邊還與趕車的刺客聊著天。「好漢，你車趕穩些啊，我點火煮茶，一會兒大家都潤下喉嚨。」

「銀葉茶？」刺客問道。

「可不是嗎？好漢自然是見多識廣的，知道這銀葉茶天下難尋。我動作快得很，一會兒就能喝上了。」福生笑道。

「一對活寶。」林小寧小聲哼道。

荷花的手還在林小寧的頭上盤弄著，她沒有簪子，抽下了自己頭上的一枝固定好林小寧的頭髮。「小姐，梳好了。」

周少爺坐到林小寧身邊，林小寧皺眉往邊上挪動了身體。周少爺道：「福生，你煮茶的炭氣衝進來了，把簾放下。」

「好的，少爺。」半開的前簾被放下。

周少爺伸出手掌，用右手在左掌心寫字：新手。

林小寧吃驚地看著他，周少爺點點頭，她忙在自己的手掌寫著：為何？

年輕、敢露臉、功夫好、招式狠，人卻不果決，尋機會。

林小寧搖搖頭，寫下：安雨沒死。

周少爺吃驚地看過來，林小寧點點頭。

不可能！

我是醫仙。

周少爺吃驚地盯著林小寧，突然悟了一般，快速寫著：之前妳哭是為他治傷？

林小寧寫著：別折騰了，我有救兵。

他們能找著我們？

林小寧笑了。我的人可不是新手。

周少爺又寫：之前是為了治傷？

林小寧瞪了周少爺一眼，閉上眼睛，不再理會他。

周少爺呆怔怔地想了半天，低聲嘆道：「林小姐是菩薩心腸，到底是仙人啊……」

茶是一樣好東西，況且還是天下第一的好茶。銀葉茶一喝後，刺客很顯然就放鬆了情緒。

林小寧靠著車廂沈沈睡去，待到日頭出來時，全是山路，前不著村，後不著店的，根本不知道在何方。

刺客丟進來一包乾糧。周少爺也不鬧，安心接了，分給大家。吃完後，又喝了茶，周少爺才道：「好漢，一會兒可否能找個有吃食的地方休息下，乾糧太委屈兩位小姐了。」

「若是好漢們不答應，便是有鹽也行，打個獵物來，我烤的肉好吃極了。」福生接話。

中午時分，刺客把車停了。

「出來烤肉。」刺客凶巴巴地喊著。

「好。」福生樂呵呵地跳下車，手腳麻利地收拾著丟在地上的幾隻兔子。

「荷花，下來幫一下。」福生叫道。

荷花這時也平復了心情，下了車，在一邊相幫著。

一頓烤兔肉下肚，一個長得最難看的、年紀稍長些，估計是打頭的刺客打了個飽嗝，粗聲笑道：「味道是不錯。」

「要是再有些其他的香料就更好吃了。」福生狗腿地說道。

林小寧只吃了一個腿就吃不下去了。荷花打水給她與周少爺洗手。

另一個刺客笑道：「有錢人家的小姐、少爺真是會享受。」

行了幾日路程，一直是在不見人煙的地方，幾天下來，福生盡心盡力把六個刺客的吃喝伺候得好好的，天大的脾氣都給伺候順了。

長得極難看的那個刺客說道：「小子，看你這幾天伺候得不錯，我就告訴你，你家主子的命是保住了，上面傳信說是要活的周少爺，讓你家主子拿個信物交過來。」

桃村的糧提前豐收了。

桃村從來沒有這麼熱鬧過，清水縣附近的地主幾乎都來了，想要親眼證實桃村的糧能產多少。

林老爺子、鄭老還有方老都滿面紅光，身邊兩頭小銀狼團團打轉，是小東西與千里、如風的孩子，現在叫小南瓜。

寧丫頭說過秋收要回來的，還說要帶個孫女婿回來幫著收租的……卻哪知道桃村的秋收提前了。林老爺子想著，笑道：「可惜魏老頭還沒回來，不然這種事，當是魏老頭最開心了。這麼漂亮的穀子，釀出的酒會是何等滋味啊……」

在眾目睽睽之下，前任村長老馬與林老爺子計算，畝產在八百到八百四十斤左右。

外來的地主們吃驚得合不攏嘴，桃村的村民們則樂得合不攏嘴。

安雨到達桃村時，是遇刺的十四個時辰後，這時桃村正是在興奮了幾日後的甜美夢鄉中。

他醒來後，四下查探一圈，雖然聽不懂望仔的話，也不知道林小寧怎麼救他，但刺客以林小寧來威脅，只為殺他，可見目的便是擄人。

加上曾姑娘大婚那天聽到胡大人所言，因西南止疫及林家傷藥奇，怕有奸細對林小寧不利，於是馬上就猜到，不是夏國便是三王所為。

然後他發現了客棧中周少爺四個護衛的屍體，周少爺也不在了，都被帶走了，這是想人財兩得。

便揣著望仔和一株用了一截的三七，馬不停蹄地趕往桃村。

他的傷太重了，一顛簸就流血，望仔只得不斷用口水混著咬成粉的三七給他敷上。

望仔吱吱叫著，牠在說：我都把我的口水給你用了，可比什麼藥都管用，你不會死，不用拚命趕。

但是安雨聽不懂望仔的話。

這時桃村一片安靜，月光像水一樣灑在桃村的土地上。

安雨進了村後，虛弱地對望仔說道：「我知道你聽得懂人話，去把安風帶來，別驚動他人，尤其是小姐的家人。」

第四十章

林小寧被劫的第六天。

刺客的路線是一直繞著人跡而行，行得很慢。在周少爺與荷花的力爭下，每日晚上，必能停留在人口簡單、離群索居的農戶或獵戶家中，有時也會找個人跡稀少的廟休息一夜。這些地方，通常是給些銀子借宿，銀子當然是周少爺出。

周少爺這幾日只作著英雄救美的綺麗之夢，成日盯著周邊的環境，尋機會想要逃，並且要逃得漂亮，把這個讓他魂牽夢縈的醫仙小姐一起救了去。

只可惜，周少爺一直沒尋到任何機會。

林小寧一直不願意也不讓周少爺節外生枝，她心裡清楚，安風他們一定會來的，有望仔在，她走到天涯海角，望仔也能找著。

尋機會？笑話，這幾個刺客哪個不是高手，天天跟在身邊，能偷跑得掉才怪呢！不如老實待著，省得刺客看出什麼來，小命不保。

這世脫貧才多久，福還沒享夠呢，安心等安風他們前來才是正理。

林小寧仔細想著這些天的路線，包括借宿的那些人家。她有一種感覺，第四天借宿的，在山腳下的那個獵戶，不出意外應該是刺客的同夥。因為她發現了有餵養鴿子的玉米粒，當然玉米粒也可以說是拿來吃的，可她半夜還彷彿聽到山上的林子中有鴿子的咕咕聲。

林家就是獵戶出身，獵戶打來的每一隻獵物都是換銀兩，那戶人家裡外都看著清貧得很，哪會有那閒心養鴿子？

怪不得這些刺客聯絡起「上面的人」那般方便迅速，看來夏國是花了大量的精力來構建情報網。

林小寧心中充滿了期待。他們要如何把自己運到夏國呢？一定有不為人知的路線。

平靜的日子很快就結束了。

這天中午時分，林小寧的親戚來造訪了，這一下子讓她手足無措，一點準備也沒有。

荷花紅著臉，結結巴巴與刺客交涉了半天也沒表達清楚，刺客惡狠狠地威脅道：「少整些什麼么娥子，看妳這樣子就不老實……」

林小寧聽著這話，就在車裡沈下了臉。這次親戚來得凶猛，還有些隱痛，大約是因為被劫受驚，環境惡劣的原因。

福生與周少爺好像感覺到了什麼，也去與刺客交涉。

林小寧在車廂裡聽到荷花斷斷續續的聲音，還有福生和周少爺討好的話語，刺客們喝來喝去，看著這三人低頭百般懇求，很是得意。

林小寧沈著臉下了車。深色裙子後面有幾塊濕印跡，她心中生著一小團火焰。

她站在那個喝呼著的刺客面前道：「今天我們得去鎮上，我要去買些東西，還得洗個熱水澡，換身新衣……」

刺客笑著看著林小寧，身邊的其他刺客也跟著下流而猥瑣地笑著。

林小寧心中的火燒得旺了。安風怎麼還沒有來？都過去六天了，又想著那個西南的男人，她出事，安風肯定會想法通知他的。

他還說要來幫她收莊稼的，結果現在卻是她帶著大姨媽，與刺客在這荒郊野外……

他娘的你們笑個屁啊！綁票了不起啊！有功夫了不起啊！就是山上的土匪綁票，也是好吃好喝相待，有你們這樣沒有職業道德的人嗎？

林小寧脾氣隨著大姨媽的造訪怒火中燒，腦子一熱，就衝上前去抽刺客的臉。

林小寧從沒習過武，來這一世也沒想過要習武，她覺得有功夫在身的女子很酷，但再酷她也不想辛苦自己。雖然有空間的調養，她的身體好過絕大數女子，身體也相當靈活，可到底比不過這般的高手刺客。

刺客不過一閃身就避過了，抬手就還給她一個大巴掌。

那聲音響起時，荷花與周少爺三個人都呆住了。

林小寧被打了一個踉蹌才站穩，只覺得左耳嗡嗡直響，左臉火辣辣地疼，她的眼淚在眼眶中打著轉。她從沒被人這般欺辱過！

她嚎叫一聲，聲音高得都破了音。「你他娘的有種現在就殺了我！」她凶狠地撲上前，一把就把刺客的臉給抓花了。刺客吃痛著捂著臉，把她甩開，一臉猙獰。

荷花臉煞白，哭著奔過來把她抱住了。

林小寧其實不怕刺客，敢這樣動手打刺客，主要是知道自己有空間可以隨時進入，那空間給她勇氣與安全。但不到萬不得已，她不想進入空間。最早遇劫時，就可以躲過，可她沒有，一是安雨受重傷，二是身邊的這幾個人。周少爺不是傻子，這樣一來太容易暴露了，她得把這個秘密帶到棺材裡去。

荷花悲傷驚恐地抱著林小寧大哭，此時林小寧臉上的表情卻不亞於被抓花臉的刺客，她惡狠狠地衝著被她抓花臉的刺客叫道：「我告訴你，我沒見過像你們這樣沒有一點職業道德的綁匪！他娘的還有沒有人權啊？這般欺辱女子，有種現在就殺了我！不然我活著就一直詛咒你們不得好死，斷子絕孫，千刀萬剮……」

刺客看著林小寧如此發狠又口吐惡言，作勢又要打人。

林小寧甩開荷花，又衝上去，一口咬住刺客的手腕。那刺客吃痛，另一隻手便一把揪著林小寧的頭髮。

林小寧一痛之下咬得更狠，同時手就伸出去，用著她精心打理過的指甲狠命地抓著刺客所有沒被衣物遮擋的地方。

她心中只有一個想法：真欺負我沒脾氣？

刺客或劫匪這種職業絕不是功夫高就能當得了的，之所以遇刺那天，林小寧能勉強抓住主動，乘機救了安雨，以及後來周少爺、福生對待刺客那種嬉笑討好，在這些天裡都保持和平，都因為這幫刺客正如周少爺所說，是新手。

刺客被林小寧咬著手，臉上又被林小寧給抓出了幾道血印，一怒之下，就失了理智。本來他可以點穴以制住林小寧的，但沒這麼做，而是與林小寧肉搏起來，原因就是這樣的方式才痛快，以便狠狠侮辱這個腦袋有些毛病的死丫頭。

除了與林小寧扭打的那個刺客外，其他的刺客都驚呆了。

周少爺與福生的嘴張得大大的。這個披頭散髮、張牙舞爪，滿臉猙獰與瘋狂的女子是醫仙小姐嗎？

荷花在驚異後立即清醒過來，哭叫著撲到刺客身上，拚命掰著刺客抓著頭髮的手指，卻根本沒用。荷花哭著跪在地上，拚命磕著頭哀求道：「求求你，放開我家小姐，求求你……」

周少爺這才反應過來，上前拉著刺客的胳膊，語無倫次地求著。「話說這女子一到這時候，脾氣就大得很……都這樣，我家那麼多妾室，一到小日子的時候，那火氣都能把我府裡給燒了。我們這一路上林小姐可不是一直都很配合嗎？從來不生事端，有什麼吃什麼，從不發小姐脾氣，是吧？好漢，你鬆手吧，啊，求你了，林小寧身嬌肉貴，禁不起你這般扯著……」

荷花到底是林小寧的僕，說起來主僕久了，是連性子都一樣了。或者說是荷花有樣學樣，一下子腦熱，就發了狠，也不哀求了，爬起身就一口咬了抓著林小寧頭髮的那隻手。

刺客又一吃痛，鬆了手。林小寧則硬是咬下了他手腕上的一塊肉。

荷花一見刺客鬆了手，及時扶著林小寧退後了好幾步。

周少爺與福生便急著上前勸著。

林小寧像凶獸一樣，嘴上滿是血，「噗」的一聲，吐掉口中的肉……

所有的刺客都愣住了，盯著被吐在地上的一小塊肉發愣，包括那個被咬掉肉的刺客。

周少爺與福生也呆呆地看著那一小塊肉。

林小寧兩隻眼睛像餓極的狼閃著光，看著刺客凶狠說道：「改道去有人跡的鎮上或村裡，我要洗熱水澡，換乾淨衣服……」

一個多時辰後，林小寧泡在了熱呼呼的浴桶裡。這是一個極小的鎮，有一間不大的客棧。周少爺要了幾間房間，又叫了飯菜，安撫好刺客。荷花交代客棧老闆的兒媳去買「事物」，但這個小鎮沒有「事物」賣，最後，荷花讓她去鎮上的店裡買了些棉紗布及一些上等棉花，還有針線，她自己做。

刺客現在看了林小寧一行人，表情嚴肅多了，留著一個人守在林小寧與周少爺的房間中間。五個人進了林小寧隔壁的房間，交頭接耳商議了半天。

林小寧洗了熱水澡，換上乾淨的衣裳，又用上了荷花做的棉巾，吃過了荷花端進來的熱飯菜，才心滿意足地躺在了床上。

荷花則在一邊忙碌著多做一些棉巾備用。

「荷花，妳怕嗎？」林小寧溫柔地問道。
「怕。」荷花後怕地打了個冷顫。
「妳是個機靈的，打從刺客出現，妳想找周少爺就看出來了。雖然周少爺那幾個護衛沒個屁用。今日又看出妳是個狠的，不愧是我的人。」
「我永遠是小姐的人。」荷花羞澀地笑了。
「好樣的，妳跟了我，將來必不讓妳吃虧。」

第二天，天剛濛濛亮，一行人就開路了。這是林小寧被劫持的第七天。
車廂裡鋪著新置辦的褥子，還有昨天洗淨烘乾的衣物，一大包吃食。刺客們也換上了新衣裳，反正花的都是從周少爺那得來的銀子。
一路上，刺客再也沒有與周少爺和福生調笑過。行車急得很，也不停車做飯食了，只吃乾糧，顛簸得林小寧一行人全身快散架了。
晚上，他們停留在一座山下的道觀中，很小的一個觀，只有一個老道人和一個小道士。老道說老也不算老，看起來應該比林老爺子還要年輕一些，看起來道骨仙風。
「貧道名號天玄道長。」老道士很有仙氣地對一眾人等行了個拱手禮，眼底閃過精光。
小道士大約十二、三歲的樣子，黑黑瘦瘦，因為長期營養不良，嘴唇稍微發白，兩隻眼睛倒是很大很靈活，在黑臉上卻是襯著有些可笑。

小道士看到一行人，忙上前來招呼，一張嘴就知道是個心眼通透的。

按照一直以來的說法，他們說是護送少爺與小姐回老家奔喪，給了老道人供奉的銀兩。小道士給他們安排了僅有的三間空屋，讓了林小寧一行人進去休息。

末了，小道士還不肯走，站在門口，口中麻利地說道：「居士姊姊有什麼需求只管吩咐，喚我十方就好。」大眼睛略有些癡傻地盯著林小寧。

林小寧知道那是想要打賞，可她身上沒有銀兩，便示意荷花，荷花從隨身的小荷包裡掏了好久，才掏出一小粒碎銀。那是荷花自己攢的，沒被刺客搜去。

小十方雙手接過荷花遞去的碎銀，高興得咧嘴笑，乾裂的唇笑得滲出了一絲絲血，便舔了舔，又給林小寧揖了一揖，口中歡快地說道：「謝居士姊姊打賞，謝居士姊姊打賞。」

荷花安頓好林小寧後，就與福生去做飯燒水。仍是有一個刺客跟隨在一邊，盯著他們兩人不出什麼「么蛾子」。

道觀裡的廚房很大，小十方得了打賞便像小尾巴似的跟在荷花後面打下手，說是師父交代的。

廚房的水缸水有些混濁，十方的小黑臉上滿是歉意道：「居士姊姊，前日下了雨，山下流下的泉水便有些濁，還帶了股泥腥味，燒開了就不會壞肚子的，平日裡這山上的泉水可是甜呢。」

那隨在一邊的刺客眉頭就凝了起來，神色謹慎。小十方卻是笑嘻嘻地說：「居士大哥，這水我生著喝也不會鬧肚子，只是居士姊姊身體嬌，才得燒開喝。山上的泉水可甜了。」說完就拿起瓢，舀了一些水咕冬咕冬喝了個乾淨。

刺客臉上的凝重便散了開來。

福生麻利地燒好了開水，便給大家依次泡上茶，茶是銀葉茶，周少爺全貢獻出來，已沒剩多少了。

林小寧在屋裡一喝茶水，只感覺有一股淡淡泥腥味讓口中不適，便吐了出來，拿過一只空杯注入空間水喝了。

望仔啊，你能找到我，對吧？林小寧心中喚道。

道觀是遠離村落的，周圍一片安靜，背後是山，能聽到蟲鳴聲。

荷花與福生做了一大鍋菜，用了觀裡自種的蔬菜，加上昨日在鎮上購得的一些肉乾。

荷花的手藝讓肉香與蔬果香味相得益彰，飄香四溢，引得小十方咕咚咕咚直嚥口水。

荷花盛了一大份飯菜，示意小十方送去給老道長，又偷偷在小十方耳邊道：「快去快回，我給你留一份飯菜，有好多肉片。」

小十方眼中一亮，端著飯菜跑去觀堂了。

吃過晚飯後，林小寧用了泥腥味的水洗漱後，便百無聊賴地坐在桌前發呆。

荷花殷勤地小聲說：「小姐，哪怕他們把我們帶到天邊去，我也會把小姐伺候妥當的。小姐不要難過，我一直在小姐身邊。」

「我難過？」林小寧納悶了。

「小姐不是想家才會這樣嗎？」荷花小心地問道。

「呵呵……」林小寧被荷花的樣子逗笑了。

「小姐……」荷花不知所以地茫然叫著。

「放心，他們帶不了我們去天邊。小姐我心裡有數。」林小寧拉過荷花耳語道。

「小姐，可是真的？」荷花的聲音充滿著恐慌與激動，身體也有些發抖。

「莫怕。」林小寧繼續耳語著。「第一天時，我就有數了，妳沒看當時我與周少爺在手上比劃著嗎？」

「周少爺？」荷花湊近林小寧的耳邊道：「小姐，不行。那周少爺手無縛雞之力，哪裡能？」

「不是周少爺能救我們。安雨根本沒死，他會派人來救我們的。」

「不可能！」荷花的反應與當天周少爺的反應如出一轍。

「呵呵。」林小寧笑了。「我是醫仙。」

荷花的眼睛濕潤了。林小寧摸摸她的臉，扶起她坐在凳子上，又俯過身去耳語。「一直沒告訴妳，是擔心妳年紀小，怕被他們看出來。我估計也就這幾日了，妳鎮定些，平時是怎麼樣還是怎麼樣，莫要讓人發現不對來。」

荷花把哽咽聲吞了下去，直堵著臉上有些發白，才出了一口氣。「小姐放心，荷花就是死也不會讓人瞧出不對來。」

林小寧摸了摸荷花的臉，輕聲說道：「我的荷花長成這般花容月貌，心靈手巧，將來是要給妳配好人家的，他們那幫不得好死的傢伙，一路上還讓妳伺候著，他們有那福氣嗎？沒有，所以啊，荷花，他們會遭報應的。」

荷花有些惶恐道：「不是的小姐，他們是綁了妳才會遭報應的。」

林小寧笑了。「他們綁我許是我命中劫數，可本來沒妳與周少爺的事，你們卻摻和進來了。妳是肯定有好命的，還有那周少爺，那是什麼樣的金貴少爺，一路上對他們討好賣乖，所以他們這幫傢伙鐵定是要遭報應的。」

「啊……」荷花有些犯迷糊。這是什麼理？

門外響起福生的聲音。「荷花，我泡了些淡茶，給小姐喝一些再入睡。」

「好的，福生有心了。」荷花便上前開門。

「茶很淡，小姐，只是為了壓一下那泥腥味，不會影響小姐與荷花休息的。這種水，真是委屈小姐了，將就喝喝吧。」福生屁顛顛地倒著茶。這幾日下來，已摸到林小寧的生活習慣，晚上臨睡前喝的是只放幾片茶葉的、極淡的茶。

福生走了後，不多會兒，後窗響起幾下極輕的敲打聲，停了一會兒又響起壓低的聲音。

「居士姊姊，居士姊姊……」

「是小十方。」荷花嗔道：「這小東西，怎麼敲起窗來了？」

荷花帶嗔的語氣讓林小寧有些想發笑。荷花看到林小寧的表情，立刻肅然道：「從門口進來，十方。」

窗外沒動靜了。

林小寧便取笑著。「荷花，妳是不是看上這個小十方了？我明天問問老道長，看看這個小十方能不能賣給我，能的話，我就把十方買下來，給妳做童養夫。」

「小姐。」荷花臉紅了，急急分辯道：「十方是個小孩好不好？我是看他可憐。」

「好，不打趣妳了，那小十方真是個機靈的孩子。」

「可不是嘛，眼睛大大的，很是討喜，估計他來找是為因為晚上那碗肉。」荷花抿嘴笑道。

「什麼肉？」

「我做晚飯時，他給我打下手，我就給了他與他師父飯菜吃，他的那份菜裡我多盛了一些肉。」

「我說呢，怪不得人家來找妳。」林小寧笑道。

荷花也笑了。

「咦，那小十方怎麼還沒來呢？」林小寧奇怪問道。

「是啊。」荷花也奇道，打開門看了看，一個刺客正不遠不近地守在對面，看著她們與周少爺的兩扇門。

「那個……你看到小十方了嗎？」荷花問道。

「沒有。」刺客回答，沒有惡語相向。在外就宿時，刺客都表現得像家丁護衛的態度，只是生硬了些。

荷花關上門，坐回桌前。

「門外一個漢子守著，估計十方不敢進來吧。」林小寧笑道

「倒是，小姐，喝茶。」荷花恭敬地把茶盅往林小寧面前移了移。

「這水味真受不了。」林小寧笑著。

荷花端過另一盅茶，吹著慢慢喝了下去。「小姐，水味其實還好，有了茶葉壓味，喝不出來。小姐身體嬌貴，喝好水是喝習慣的，自然受不了。以前在那曲家時，逢到下暴雨時，井水也差不多是這個味。」

「荷花，我就把十方買下來好了。」

「可是小姐，我們現在都在……他們手上。」

「無事，等我們脫身後再回來買就是，我滿喜歡他。」

一對主僕低聲私語的樣子，讓荷花心裡極為親密，感覺自己前程似錦，一片湖光秀色。

「早些休息吧，那小十方鐵定是不敢從門口進來的。」

荷花笑著起身伺候，卻突然一下軟倒在地上。

「小姐，我渾身沒勁兒……」荷花驚嚇地說著。

不對勁。

林小寧頓時一驚，一把抱起荷花，放到床上，小聲問：「全身無力？」

荷花點頭的氣力都沒了，驚恐地看著林小寧。

林小寧放好荷花，拿過空杯注上空間水，回到床前。「這是藥水，不知道能不能對付，妳試著喝一些。」

荷花連張嘴的力氣也沒了。

林小寧把荷花的嘴用手指撬開，再用茶盅蓋子塞到齒間固定著，倒了些空間水進去。荷花的喉嚨動了動，終是嚥了下去。

林小寧又倒了些，荷花慢慢又嚥了，一直把一盅空間水餵完。

不知道是不是要人性命的毒藥，自己為何沒事？對了，剛才的茶……幸好自己嫌水不好沒喝。難道因為昨日之事，這幫刺客打算撕票了？

林小寧看著荷花淚汪汪的樣子，又暗自著急隔壁的周少爺兩人。

這幫子歹毒的刺客啊，天良喪盡，實在應該千刀萬剮，萬剮千刀！要人性命竟然非得等吃過飯後，可憐我們這幾個人，臨死前還要伺候你們最後一回。

林小寧怒火熊熊，又焦急萬分，轉念一起，不對，這事不對勁兒，應該不是刺客下的毒。

會不會是安風他們來了，怕人多打不過，所以乾脆下迷藥全迷倒？這樣的話刺客應該也被迷倒了。

一定是這樣，好聰明的安風。

林小寧笑了，心中喚道：望仔，我在這兒，快來。

好久沒有動靜，也沒有聽到望仔的吱叫聲。林小寧迷惑了。

不好，這是黑觀！林小寧突然驚覺，急急推開門，對面守著的那個刺客癱軟在地上。

完了！安風他們救兵還沒到，刺客也中招了。刺客不想要她的性命，她們算是安全的，可半路殺出程咬金，竟入了黑觀，現在可真是危險了。

一幫子沒用的刺客，連個肉票都保護不好，活該你們要被謀財害命，還連累了我們，奶奶的！林小寧咬牙切齒地暗罵著。

她跑到刺客的那間房，推門一看，果然，五個人東倒西歪地趴著、倒著都有。

完了，真是陰溝裡翻船了！

又跑到周少爺的房間裡。屋裡，周少爺與福生兩個都昏倒在桌前，周少爺是趴在桌上的，福生是撲在周少爺的腿上。

她什麼也來不及考慮，心念一動，想把兩人送進空間。

送不進去！林小寧色變。難道空間只能她自己進去？還有望仔牠們？

她再一次送兩人去空間，仍是送不進去。

林小寧急急關上門，將兩人放平在地上，倒出空間水把一個茶盅涮了涮，加滿空間水，然後像餵荷花那般把周少爺的嘴撬開，固定後，把盅裡的水一滴滴地滴進去周少爺口中。

接著又同樣餵福生。

然後，輕手輕腳地開了一道門縫偷看外面，並沒有人，四周安靜得很，蟲鳴聲讓人心神不寧。

她可以找個沒人能看見的地方，進入空間，可荷花、周少爺、福生三個怎麼辦？林小寧心急如焚。

不管了！先看看態勢再定奪，估計老道長就在附近守著呢。

「周少爺，你們自求多福吧，現在就我一人能動，這是黑觀，那個道長如果知道你身家值錢，估計不會真要了你的性命。我的藥水不知道有沒有用，但我也只能幫到此了。」林小寧小聲說著，也不管周少爺是不是能聽見。

然後把周少爺與福生推到了床底下最裡面，這才一溜煙回到了自己房間。

荷花仍是躺在床上不能動彈，林小寧拍拍她的臉，荷花輕聲道：「小姐……」

林小寧做了個噓聲，貼近荷花耳畔問道：「藥有效對吧？」

荷花點點頭。

林小寧又倒了一盅空間水，扶起荷花來，才餵了一半，門就被人推開了。

那個仙風道骨的天玄道長走了進來，手中的拂塵一甩，陰沈地看著林小寧笑道：「妳沒喝水是嗎？呵呵，小居士，今天能得遇妳實乃老道運氣啊，老道有這般機緣，這就叫天命所歸。」

林小寧心情起伏不定。「我……還沒來得及喝。道長，我們一行人與道長無冤無仇，不知道長為何要這般害人性命。」

「莫急，小居士，不是毒藥，是一種讓人幾個時辰內全身無力的疏骨散。那藥散就是有一點腥味，而前日剛好下雨，水有泥腥味，可不就是命該如此嗎？妳說是不是貧道我的運氣與機緣呢？」老道得意地甩著拂塵，悠然地在桌前坐下了。「要不是看你們那六個護衛著實有些本事，我還懶得用藥呢，就你們少爺、小姐的，我一個指頭就能搞定。」

「你是想要銀兩嗎？」林小寧鎮定下來，決定拿出周少爺對付刺客那一套，那套方式雖然狗血，但有效。

老道士大笑起來。「銀兩？哈哈哈，小居士，銀兩有什麼用處？」

「那道長想要什麼？」

老道士陰森森地看著林小寧，答非所問道：「小居士，妳看老道我今年多大？」

「不到五十吧。」林小寧也懶得糾結了，遂大大方方在床沿坐下。

「錯。」老道長笑咪咪地說。「老道我今年一百二十七歲了。」

林小寧冷笑。

「小居士，妳可知道，貧道我最是擅長養生長壽，可即便這樣，也壽元將至了。除非有百年難尋的靈胎心頭血做藥引，加八十八味藥石，則可煉成轉命丹。妳剛好就是靈胎，轉命丹煉成後，就能把妳的壽元轉給我，如此一來，我至少能再活上個……」

老道說到此，眼睇起來，陰陰地打量著林小寧。「看妳這小模樣，大約能再活個百歲吧，若再加上我的養生之道，估計我再活二百年應該沒問題。」

「道長是說我是靈胎？」林小寧心中驚慌。靈胎是什麼？難道是她有了空間的原因？

「沒錯，小居士正是靈胎。」老道陰冷地笑著。

林小寧平了平心情，問道：「道長，什麼是靈胎？」

「靈胎就是有天命之星的人。」

不是空間。林小寧鬆了一口氣。「好吧，道長，你非要是說我是靈胎，又要我的心頭血，要幾滴，給你就是了。」

「呵呵呵……有意思的小居士，不是一滴，是一碗，取了妳的心頭血，妳就沒命了。不過小居士不用怕，妳還能再活一些時日。如今時間不對，要九月初九的子丑交會之時，再入妳的心頭血才行，現在妳跟我走吧，我會好吃好喝養著妳的。」

林小寧又鬆了一口氣。九月初九，還早著呢，自己有空間，是沒有危險的，關鍵是荷花與周少爺他們，得等到安風他們前來才行。

「那我的大哥他們呢？你打算怎麼處理他們？」林小寧叫周少爺大哥時有些生硬。

老道陰冷道：「他們都去死好了。」

「道長，我是活不了了，我認了。可我大哥他與小廝還有我的婢女，你就留他們的命吧，我乖乖地聽你的就是了。」

「哈哈哈！」老道士狂笑起來，也不說話，拎著林小寧去了刺客的房間，手中拂塵一拂，門就開了，只看這老道左手拿過拂塵，空出的右手便操起桌上刺客們的劍，抽出一柄劍，身形在刺客面前晃動著。

老道長的動作著實漂亮，那劍在他手中像游龍一般，不過眨眼，聽到唰的一聲，是劍入劍鞘的聲音。

再一看，幾個壯志未酬的刺客就全部被劍穿心而過，翹辮子了。報應吧！報應吧！我說了你們會遭報應不得好死的，一點沒錯！

老道撫著拂塵，感慨道：「近一百年沒摸過劍了，還是你比劍好用，可又不捨讓你沾了血。」

真矯情凶殘的老道！林小寧咬咬牙，緊跟著老道急切道：「道長，他們是護衛，殺了他們你也放心了，可我大哥是我們家的嫡子，你反正只要我的心頭血，又不是要我大哥的。我家人有我沒我也不當回事，我只是個庶女，不受寵。」

老道士不置可否地冷哼了一聲。

「道長，我說的都是真的，我求你了，我肯定聽話，好生助你成就大事，只求你放了我大哥他們三人。」林小寧苦苦求道。

「小居士死人都不怕，自然不怕死，可死到臨頭不想著多拉幾個親近的人去陰曹地府相伴，卻想留他們的性命？」老道長的表情陰森，聲音詭異。

有戲，老道士這話絕對有戲。

林小寧露出悲苦的表情。「道長有所不知，我家是富商之家，枝繁葉茂，有錢有地有莊子有鋪子，可我卻只是通房丫頭所生。我從小就膽大無雙，從沒有過讓我害怕的事情，又本就是賤丫頭所出，這樣一來，家人便視我為怪胎，沒人看得起我，我成了父親大人與嫡母的恥辱。」便哭了起來，眼淚就那樣心酸無比地流了下來，她是為了自己陰溝裡翻船而心酸。

她傷心地泣訴著。「我小時候常被家中嫡姊們欺負，沒有首飾帶，沒有好衣穿，連院裡的婆子都敢對我大聲喝斥。可我又性子倔，用嫡母的話來說，就是不知道天高地厚，常被嫡母罰跪祠堂，一跪就是一日，跪著腿痛不說，還沒有飯吃。我雖膽大，可我怕餓啊，是我大哥常在嫡母面前為我說好話，恐我餓著，還派人偷送點心給我……家裡就大哥一人對我好，我的婢女也是大哥指派給我的，對我也好，若不是大哥在外行商帶上了我，怕是我早就，早就屍骨無存了……」

這老道太狡猾，林小寧不敢有半點破綻，悲切哭著，完全入戲，越說越聲情並茂。「我念著我大哥的情，反正自己一生悽苦，就是死了也無所謂，只是想換得他們幾個性命無憂，也算報答我大哥對我相護的恩情……

「道長你看，我大哥穿的是上好的綢緞，我卻著樸素布衣，這是因為我要回家奔喪，我大哥怕落下口舌給家中派來的護衛，才讓我又換上了從前的衣著。要知道，道長，我穿上綢緞衣裳才不足一年啊。」

林小寧面露難耐的痛苦與懷念。「那緞子面料，是上好的面料啊，手摸上去滑滑的……那麼好的料子，好幾身是我大哥給我置的，我還沒穿到一年。道長，我的話都是真的，你難道沒看到我婢女穿的都是綢緞的……」

老道士下意識地看了看林小寧千年不變的棉布衣裙。

「道長，你剛才還說得此機緣，既是得到這般機緣，何不留上一線善緣，這樣百年後，你或許因這善緣再得另一番機緣。說不好，你今日得我這機緣，也是百年前你曾留下的一絲善緣之故。」

林小寧悲悲切切的淚眼望著老道士。

老道長沒哼聲，但是林小寧感覺最後這段話，讓老道長的表情鬆了下來。

「道長，你若怕意外，等九月初九你大事成後，再放我大哥他們走便是，可好？」林小寧神情哀傷地期盼地看著老道士，聲音都有些嘶啞。

只要保得他們三人在九月初九前不死，就可以等到安風來了。

老道長不哼聲，走到守在門對面那個刺客面前，腳一動，那刺客就被踢起來。老道大手抓著刺客的腦袋一擰，最後一個刺客也含恨而亡了。

老道士拎起了林小寧，徑直去了觀堂後面。

觀堂後面，側邊有一排屋子，老道推開其中一間屋，放下林小寧，把林小寧推入屋內，才踏步進去。

林小寧四下環視著，這間屋子四周無窗，只是屋頂處開了個天窗。門口的牆側木几上放著一排燈盞，其中三盞燈亮著。

屋中有一個爐鼎，約現代的大湯鍋一般大小。靠左邊是一面牆，還有一扇門，應該還有一個裡間，在門口處臥有一個人，蜷縮成一團不停地顫抖。

老道向那發抖著的人走了過去。

那人抬起臉來——那是怎樣的一張臉，滿臉脹成紫色，青筋暴起，整張臉全部扭曲變形，十分痛楚的模樣，極為可怖，一雙大大的眼睛無限痛苦地看著老道。

那是小十方！

小十方身上打擺子似的不停抖動著，喉嚨裡發出「咯咯」，極為怪異可怕的聲響，好像這樣就可減少一些痛楚似的。

林小寧大駭。

正要開口求情，老道用腳對著小十方的身體狠踢了幾處，小十方一下子就癱軟了身體，還長長嘆了一口氣，那口氣充滿著解除痛楚後的放鬆。

「謝師父開恩……」便沒了聲息。

林小寧駭然地看著小十方，但看他胸口仍有起伏，便知道人還活著。

老道看著林小寧，嘿嘿笑了起來。「這會兒知道怕了？我當妳真是膽大無雙呢。妳乖乖聽話，別想著出什麼么蛾子，不然我多的是辦法讓妳求生不得，求死不能。」

林小寧的臉色慘白。小十方敲了她的後窗，是想要通風報信吧，因這一念善意，竟連累他遭到如此慘絕人寰的折磨。

「還想說什麼？」老道壓抑的聲音在屋子裡陰然響起。「妳當我真白活一百多歲？自入了觀來，六個護衛眼中只有妳，從沒讓妳離開過他們的視線。妳那大哥與小廝對妳體貼討好，妳的婢女對妳精心呵護，車廂內的褥子都是搬到妳的房間。妳婢女對妳大哥沒有對主子的恭敬，只是客氣。所有人都穿綢緞衣裳，唯妳只穿棉布衣裳，那是想掩人耳目！妳膽識過人，臨危不亂，還極擅作戲，妳才是家中嫡女吧，還最被重視的那個嫡女。所以，他們三人都不能活，省得壞我大事。」

林小寧絕望了，面如死灰。

老道笑了。「不過，妳倒真是有趣得緊，老道我一百年沒聽過戲了，妳剛才的戲很有意思，很好聽。」

「道長，」林小寧一把抓住道長的袖子，死死揪著。這次，她絕望的神情與目光流露出的期待是那樣樸素動人，沒有絲毫華麗之感。

她給老道跪下了，聲音悲傷嘶啞。「道長，我不求其他，只求你讓我們兄妹幾個，一起活到九月初九，讓我們一同下黃泉，有個伴……」

老道無動於衷地甩開她的手。林小寧只感覺到握著的袖布傳來一股力道，雙手一麻，就鬆了手。

老道拂袖推開左邊裡間的門。

林小寧一把抱著老道的大腿。「就只一日，道長，只要一日……」她已泣不成聲。「讓我們兄妹訴個離別之情，求你了道長……」

老道哼哼一笑。「念在妳剛才唱了一齣好戲的分上，給你們一日，就到明日日頭落山之時。」便把林小寧拎起，往裡間一推，關上門。

裡屋裡傳來老道的聲音。「滾！明天開始起，你伺候她。」

「是，弟子知道了。」小十方的聲音虛弱。

然後就聽到腳步聲，便再無動靜。

四下一片安靜，裡屋沒有燈，林小寧感受到從沒有過的挫敗，無比的寒冷。這間屋也是開了個小小的天窗，可以看到屋頂小天窗灑入的月光。

她的大姨媽越發凶猛了，可棉巾在那個房間裡沒帶來，連替換的都沒有。

她呆呆地想著：她有空間可以消失得無影無蹤，只求明天日落之前，安風能來，或還能救荷花與周少爺三人性命……

這時，門口門栓響動，門開了，一個小身影站在門口。「居士姊姊，師父讓我把妳的被褥送來。」

林小寧看著站在門口的小十方，抱著一床被子，是昨天在鎮上時置辦的新被，放在她之前房間裡的。

林小寧上前接過被子。「十方，可以在這屋裡放盞燈嗎？」

小十方轉頭去了外間，把案几上的燈拿過一盞，放到桌上。

林小寧感慨萬千地看了看小十方，把被子放到床上，輕聲問道：「你師父讓你送的？」

「是的，這個房間只有一條薄被，師父說妳在九月初九前不能生病。」

林小寧喔了一聲，把被子鋪開，卻赫然發現中間包著一條乾淨柔軟的白帕子，帕子裡面是排得整整齊齊的三條棉巾。

荷花！這只能是荷花的手筆！小十方去拿褥子，荷花就把這些打包塞到褥子裡。荷花能動了！

林小寧一下子激動了，有些結巴地問道：「十方，他們……他們現在怎麼樣了？」

「師父把他們的房門落了鎖，明日他們醒來後就會帶過來。」

林小寧定定地看著小十方，一時不知道應該再問些什麼，怕說出哪句不對，又牽連了這個可憐的小十方。

小十方大眼閃閃地看著林小寧，說道：「居士姊姊，他們明日都會來的，師父說，留他們明日與妳最後聚一場，一直能聚到太陽落山之時。」

小十方的神情顯然是話中有話。林小寧詢問地望著小十方。

他又說道：「居士姊姊休息吧，很快就能見到他們了。」然後禮貌地退了出去，關上門，落鎖。

小十方走了後，林小寧飛快地用帕子清理了自己，並換上乾淨棉巾。

荷花，只要妳不死，妳會有好命的，我發誓。

第四十一章

當天窗灑入的月光暗下的時候，正是黎明前的時分。

桌上的燈一直沒滅，林小寧一直沒能入睡，心中祈求著明天安風能來。

這時，她聽到外面的門栓有著輕微的響動。

林小寧屏住了呼吸，仔細聽著。

門無聲地開了。

林小寧猛然起身，小十方的瘦小的身影在燈光下。

「姊姊，跟我走。」小十方的聲音又慌又急。

「去哪？」林小寧跳下床，心怦怦直跳。她身上衣裙沒脫，鞋子也在腳上。

「找妳大哥，快點。」

「你師父呢？」林小寧的心都要跳出來了。

「我下了藥，妳那杯茶，荷花姊給了我，我混在他的茶裡了。沒混多少，不知道有沒有效果，我們動靜小點。」小十方的聲音發著抖。

「走。」林小寧拉著小十方的手飛快跑出門外。

一直跑到客廂房那邊，小十方用顫抖的手掏出一把鑰匙，緊張地開著荷花的門。

荷花在門內悄聲問：「十方？」

小十方手一抖，鑰匙掉了下來，林小寧連忙伸出雙手一把接住了。「我來，是哪一把？」

鎖開了，荷花淺紫色的綢衣在夜中反著淡光，一閃而出。

「小姐。」荷花聲音低低的。

「十方，去開我大哥的門。」林小寧低聲道：「荷花，我們來收拾下路上要用的事物。」

「都收拾好了，在包袱裡。」荷花仍是興奮不已，眼睛亮得出奇。

「好樣的荷花。」林小寧低聲誇著。

「小姐，那個……我跟十方說妳早就打算帶他走的。小姐可好的人呢，天天有肉吃，十方也是好人……那個妳沒喝的茶水，十方他救了我們。」荷花有點語無論次，但仍是大致表達清楚了。

「嗯，肯定是要帶他走。」林小寧果斷說道。

荷花眼中淚光閃閃。

周少爺與福生還有小十方，三道身影快步過來。「林小姐……」周少爺與福生異口同聲地低喚著，聲音激動不已。

「那個臭老道呢？」周少爺來不及思考，直接問道。

「十方給他下了藥，我們去備馬，都動靜小些，手腳儘量輕。」林小寧說道。

「等等。」周少爺的眼睛在夜色中熠熠生輝，激動的啞聲顯得很怪異。「既然下了藥，為何不乾脆去殺了他？」

林小寧猛地扭頭看著周少爺，眼中也熠熠生輝。對，殺了他！那個惡毒變態的臭老道，殺了他！

「不可。」小十方連連擺手。「那茶水我只摻了一點點，真不知有多少效果，萬一生出意外，我們可都活不了，我師父功夫很高很高的。」

「算了，回頭再找他算帳，我們去備馬吧。你們都會騎馬嗎？」林小寧立刻說道，心想現在一刀殺了那老道還便宜了他呢，得千刀萬剮才解恨。

「我和少爺都會。」福生低聲回答。

十方與荷花沈默著。

「我也會騎馬，福生，一會兒你帶著十方，我帶著荷花，周少自己騎，我們騎馬比坐馬車快多了。」林小寧安排著。

「嗯。」福生應道。

黎明前的黑暗過去時，天微微亮了。

道觀的門被打開了，五人牽著三匹馬出了道觀。

「福生帶著十方打頭陣，讓十方帶路。十方，」林小寧低頭溫柔輕撫著他的腦袋。「我帶你去享福。」

「十方，天天有肉吃，大塊大塊的肥肉，一咬就出油，噴得衣服上到處都是。」荷花蠱惑地幫腔。

小十方聽了這一句，像哪吒附身一般跳了起來，聲音都控制不了地興奮與喜悅。「我熟悉路，我們快點，那藥量少，怕時間不多……」

三匹馬上坐著五個人，一路狂奔，馬蹄的聲音在沒有人煙的野地上此起彼伏，那噠噠聲就像五人的心情一樣，又急又激動。

福生的聲音傳來。「那個裕縣，可大呢，人可多，多得像山上的樹一樣……」

林小寧呼吸著清涼的空氣，心情熱烈無比。荷花這樣的婢女，竟然與小十方策劃一同做出這樣的驚天之事，不禁由衷地嘆道：「荷花妳真是好樣的，十方也是。」

荷花抱著林小寧的腰的手緊了，一抽一抽地哽咽起來。「小姐……」

「別說話了，吃風呢。」林小寧說道。

一路急行，風呼呼地從臉上颳過。

京城的周府已把綁匪索要的二百萬兩銀子備好了，等待著綁匪通知送贖金的地點與時間。

三天前，一封半夜丟進周府大門裡的信，讓周少爺的親娘，周家主母直接翻著白眼暈厥過去。周老爺也是一口氣沒上來，急得滿臉發白。

乳娘周媽媽急匆匆把主母扶到床上，又叫人立刻去請大夫，自己則老淚縱橫地守在床前，還有兩個一等丫鬟伺候著。

周老爺緩過勁來，一手拿著信，一手拿著兒子的玉珮發著呆。

周媽媽見老爺呆怔了，眼淚流得更凶猛，抬頭吩咐。「去把少奶奶叫來。」

「慢著。」發呆的周老爺道了一聲。

周媽媽淚眼看著，哭泣道：「老爺……」

「去，緊急封口，如有一絲洩漏，全都亂棍打死！家生子全家打死！」周老爺說完後，陷入了沈思。

他已把信中索要的金額看了無數遍。二百萬兩白銀，沒錯，就是二百萬兩，白銀，不是黃金。

二百萬兩？怎麼開得這麼準？周家能快速交出，不至於要賣分鋪調銀兩。如果開得狠了，籌備起來就不可能沒動靜。

還有，信是半夜丟進周府大門內的，對方知道周府地址，周府可是座落在一眾京城的貴人大宅堆裡，周邊全是高門大戶，能在這些宅院外行走丟信到周府院內，得避開多少巡衛之人。

所以，綁匪是相當瞭解周府的實力，並且不想鬧出動靜。這是……或者是奸細，或者有高官背景之人所為，他們只想要錢，又不想讓他人知道。

如此，他們拿到錢後就一定會放賦兒平安回來。

周老爺對著倒在床上，流著眼淚的老妻嘀嘀咕咕一通後，周家主母一下子便好了大半。

至此，周府風平浪靜，只是庫房裡堆滿了銀兩箱，為了避免太多，不好運輸，折成了黃金二十萬兩。

晚上，又有一封信丟到了周府大門內。

三日後，京郊北一百里外的娘娘廟中，交錢接人。

明晃晃的日頭高高照著，耀眼得很。

林小寧五人已足足急行了近三個時辰，眾人喉似焦火，腹如雷鳴，全身又瘦又軟，終於到了裕縣城門。

周少爺上氣不接下氣道：「林小姐，咱們跑了這麼久，那老道就是想追也不是一時半會兒的事了，一路上還那麼多岔道，他又猜不到我們是往哪個方向跑的。我們是不是找個地方，安撫一下肚子？」

「也好。」林小寧也是又累又渴。「找個飯館吧，吃吃喝喝才有勁想後面的事兒，馬也要餵一下。」

城內民眾騎馬不能急行，慢慢踱著，找到一家看著很不錯的飯館，叫全福樓。眾人依次滑下了馬，都是踉蹌跌得差點坐到地上，腳全麻了。

福生強撐著發抖的雙腿，扶住氣喘吁吁的周少爺。「少爺小心些。」

小二點頭哈腰地迎了上來。「幾位貴客，是要打尖啊，還是住店？這馬兒，也得餵餵吧，瞧這幾匹馬，油光水滑的，跟著好主子，馬的命也好啊。」

「我先去淨房。」林小寧說道，荷花會意地帶著隨身的包袱跟上去了。

等換了乾淨棉巾，一身舒坦的林小寧出來後，周少爺與福生還有十方仍在門口等著。那個點頭哈腰的小二，眉開眼笑地立在一旁，也正等著呢。

「你們怎麼不先進去叫茶點菜呢？」林小寧皺眉道。

「還是一起吧，不差這點時間。」周少爺深情道。

「林小姐，我們不能分開，一刻也不要分開，萬一走散可怎麼好？」福生也大聲嚷著。十方吸著鼻子，大眼睛亮晶晶地看著林小寧。

「也對，周少爺與福生心細如髮。」林小寧笑著拍拍十方的臉。「走，進去。」

周少爺看著林小寧，五個人全到齊了，他的心裡生出無比的安全，暖洋洋的，突然很是感動地笑了。

小二滿臉堆笑說道：「少爺，我來……」把馬韁繩全接過在手中，衝著裡面高聲喊著：「來人，來人！快給貴客牽馬。」

裡面立刻又奔出來兩個小二，殷勤牽著三匹馬去了。

周少爺很是開心地看著小二這樣，一切又回到了他呼風喚雨的少爺時代，很是土豪地吩咐道：「小子，備一桌你們這兒最上等的席面，另給馬餵些上等精料。福生，賞。」

福生看著周少爺，尷尬地說：「少爺，沒銀子了。」

銀子都在刺客身上呢，周少爺才反應過來。

「呿，沒銀子還扮得這麼闊氣，還讓我好一陣等。」小二立刻換上一副鄙夷的嘴臉，大聲衝著後面叫著：「快把馬拉回來！」

狗眼看人低的傢伙。林小寧假意掏銀子，卻是從空間裡拿出一張銀票，甩了甩。「銀子沒有，只有銀票，匯豐錢莊的，你們收不收？」林小寧得意說道。

太爽了，大難不死後還能做土豪簡直是太爽了！

「收收收，怎麼不收呢？貴客請進，快快請進。」小二看到林小寧手中甩來甩去的銀票，立刻像變臉一樣換上巴結笑容，迭聲說道。

林小寧得意地看了看周少爺，笑了笑，然後大步跨進客棧門，因為腿仍是發僵，差點被門檻給絆一跤，好容易收住身子，站穩後又昂首繼續走著。

她一邊走上樓梯一邊吩咐：「沏一壺最好的茶水，五份甜豆漿，不要告訴我沒有。另，辦一桌能在一刻鐘內上全，並且有葷有素有湯，讓我們五人吃飽吃好吃痛快的席面，到雅間伺候著……」

周少爺跟在後面一個踉蹌，差點被樓梯扶手磕掉了下巴，目光中充滿著極致的讚嘆。

坐到雅間裡，林小寧大剌剌把銀票往桌上一拍。「速度要快，我們吃完要趕路，你和剛才兩人，每人打賞五兩銀子，快滾！」

「是，小的馬上滾，馬上滾。」小二迭聲應著，欣喜不已地拿過桌上的銀票，眼珠子都要掉下來了，那竟是一張百兩銀票。

「找得開嗎？」

「找得開，找得開，不過按行情只能兌九十五兩現銀。」小二結結巴巴地說道。

「那就快去，滾！」

周少爺正坐在林小寧身邊，深情地偏過頭，凝視著林小寧。這才對，這才有了人氣！少了仙氣後的林小姐，越看心頭越是痲酥酥的。

周少爺的身子軟了，扭著腦袋眼睛直了。

經過了這番波折，同飲同行，等著她上淨房，還看到了她小日子滲出衣裙的血跡，她不嫁他能嫁哪個？

此時，雅間裡已無外人，眾人都憋了一肚子的話要說，卻又千頭萬緒，不知道從哪說起，表情各異。

「茶來嘍，豆漿來嘍……」小二唱道，把豆漿依次擺放眾人面前，茶斟好。

茶還太燙，周少爺喝了一口豆漿，終於出聲詢問：「林小姐，刺客……真的全死了？」

「全死了，那幫不頂用的傢伙，蠢得要命。荷花，我說他們會不得好死的，怎麼樣，現世報吧？那幫蠢貨，自己沒用也就算了，還害慘了我們……」林小寧一想到因為這幫蠢貨，害得自己哭訴唱戲，還下跪，就恨不得讓那六個蠢刺客復活過來，再生吞活剝了。

荷花便是到現在仍驚魂未定，也被逗得噗哧一笑。

周少爺與福生也忍不住笑了。

荷花笑道：「我們小姐曾說，周少爺你啊，這麼金貴的少爺去討好他們，刺客哪有這等福氣，會有報應的，果然就應了。」

周少爺更加感動了，心裡一股暖流，舒服得差點哼出來，狠喝了一大口豆漿。

十方眨巴著大眼睛，疑惑地看著幾人。

荷花笑著為十方解惑。「十方，我們不是回家奔喪，我們是被綁架的，那六個人不是護衛，是刺客綁匪。少爺與小姐也不是兄妹，是……」

「是朋友，不是親人，卻勝似親人。」周少爺插嘴道。

十方張著大嘴吃驚著，荷花捏了捏他的臉蛋，他便不好意思地低頭喝著豆漿。真是甜啊！

周少爺又道：「一路逃到現在，是不是大家把知道的集中一下。昨天一日的事比前七日都要複雜得多，一直沒理順，我們先理理，才好合計下一步。目前為止，我和福生只知道那是黑觀……」

「我來說。」荷花表功似的。「這次真是多虧了小姐，多虧了十方，小姐……小姐那是……」便哽咽起來。

周少爺哄著。「先不要哭，先說完事再哭。」

林小寧搖搖頭，指望荷花在這種情緒心態下能說清楚事，可能性不大。

「還是我來說吧。本以為那臭老道是要謀財害命，結果竟是那臭老道想拿我來煉丹，但又把刺客真當成我們的護衛了，便給我們所有人都下了藥。我剛好還沒來得及喝，只有我一人是醒的。合該我們命大，我向來身上都備著據說是解百毒的解毒藥，以防萬一。我試著給你們餵了藥，竟有效果。後來老道就來了，殺了刺客，把我擄去丹房。再之後，那老道怕我著涼，影響他煉丹的藥效吧，便讓十方去拿被褥。這之後的事，我就不大清楚了，不過我想，那時，我們聰明的荷花已醒了對吧？荷花。」林小寧笑道。

荷花抽著鼻子點點頭。「十方來我這兒拿被褥，我就想著，小姐妳之前說想買下十方帶走的事。十方跟著這樣的人，那得吃過多少苦啊，我就和十方說了，十方就同意了，然後就拿小姐沒喝的茶給老道下藥了。」

「原來如此，知道了知道了，林小姐餵了我們藥，後來又編的那些話，哄那老道放過我們性命。我與少爺在床底下，神志都是清醒的，卻仍不能動彈，聽得清楚分明。林小姐在那樣的時候，仍是想著我們的性命，林小姐捨命相救，大恩大德，福生無以為報啊！」福生感慨說道。

「我們的救命恩人是小十方好不好？正經的救命恩人呢。」林小寧摸了摸十方的腦袋。

小十方只顧喝著豆漿，完全沒有做恩人的意識。

「若沒有林小姐的解毒藥，我們動不了，也不能及時逃掉。林小姐當仁不讓，就是我們的救命恩人。十方也是，十方以後有福了。」福生又道。

周少爺心中翻滾著無數情懷，如果這個解毒藥是他的多好，他夢寐以求想救出林小姐，英雄救美人，多少驚險，多少曲折，多少因緣……

「那個煉丹是怎麼回事，要妳的心頭血？」周少爺一番情緒過後，便抓住了其中重點。

「那個邪門道士說小姐是靈胎，要心頭血煉什麼轉命丹增壽，聽著就邪氣。」林小寧還沒來得及阻止，荷花便說了出來。

「天啊，我的天啊！」周少爺笑得嗆著了。

「怎麼了？」荷花奇怪問道。

周少爺嗆得臉發紅，又笑又咳道：「那就是一個笑話，竟然讓我們幾個遭遇如此險境！這到底是我們之幸還是不幸呢？本來是一直受制於刺客，結果被臭老道幫我們清了個乾淨，又讓我們尋到了機會逃出來。哪來的什麼轉命丹啊……」

「到底是怎麼回事？快說快說。」荷花好奇得緊。

「那傳言始於三百多年前，當時倒是有許多道士相信，靈胎就是有天命之星的人，道士們將其喚作靈胎。可有天命之星之人基本都是皇室血脈，民間之人太稀少了，百年難出一個，就是皇室血脈，一代也只有那麼一、二人才有。傳言出來後不久，有一個不怕死的道士擄了小皇子去煉丹。你想，天家尊嚴，豈能容得這些術士作踐侮辱？當時光殺道士就殺得人心惶惶。後來小皇子被安全找回來了，那道士也判了剮刑。再後來就查清楚了，轉命之說，根本就是個陰謀，是道士之間的門派之爭，一派故意放出假丹方與傳言，讓另一派惹上天家麻煩……轉命之說就成了一個天大的笑話，也成了令道家蒙羞的禁忌。幾百年過去了，竟然還有一個信的！」

「你怎麼知道這麼多？」林小寧吃驚地問。

「我是……那個……讀書不上進，好看些奇聞軼事之類的。」周少爺臉紅了。

「真可笑，那蠢老道怎麼就信呢？」荷花撇嘴道。

周少爺又看著林小寧。「照這麼看來，林小姐是有天命之星之人……」

「嗯，我這命可不比你周少爺差。」林小寧笑道。她也不怕被人知道這事。

「那邪門老道怎麼看也就五十歲，還說自己一百二十七歲，根本就是個瘋子。」荷花對老道的年紀極不以為然，撇撇嘴說道。

周少爺大笑起來。「荷花說得沒錯，看來，那老道不是邪門而是蠢。」手指指自己的腦袋。「是這裡壞掉了。」

「不僅是瘋子，還很變態。」林小寧咬牙說道，眼前又晃過十方扭曲的臉，痛楚地蜷著身顫抖的模樣，她換了語氣，溫柔說道：「十方，以後還是叫我姊姊，叫荷花就叫荷花姊姊，知道了嗎？」

荷花欣喜地推推十方。「快叫姊姊，快叫。」

「姊姊，荷花姊姊。」小十方張口就叫。

「林小姐。」周少爺乾咳了一聲，忍耐不住又道：「那個……昨天，妳對臭老道在門外說的話，那……那番話，妳說得真好……」

她對臭老道說的那番話，他在屋裡聽了心都痛得發抖，好似那些是真的一般，好似他就是那個一直相護於她的大哥，天下只有他疼她。以後，他會一直疼著她的，等她嫁了他以後。

福生搧風點火。「林小姐，少爺聽那些話，在屋裡哭了。我從沒看少爺哭過，少爺哭得多傷心啊，少爺是被林小姐的真情打動了。林小姐，我也哭了，妳怎麼想出來的那些說辭啊，怎麼說得那麼好？」

荷花聞言，又哽咽起來。「你們知道什麼？十方說那臭老道根本沒信，還是要殺我們的，是小姐……是小姐她……」荷花哭著。「小姐為了救我們，費盡了心力，小姐後來……她只好……跪地苦求那臭老道，才為我們爭得一日性命……十方才能救下我們……小姐這樣相待於我，我，我只是個婢子……」荷花哭得說不下去了。

周少爺與福生怔住了。

提起這事就丟人！林小寧臉都紅了，沒好氣道：「大家還沒脫險哪，那臭老道不知道何時會追上來，竟然在這兒說這些有的沒的！」

五兩銀子的打賞十分有動力，小二敲門，開始上菜，眨眼間就擺滿了一大桌子。

十方看到肉菜就眼睛發直盯著，什麼也不管，大塊大塊地埋頭苦吃，吃得滿嘴流油。

林小寧看著十方吃相的狠勁，嚇了一大跳。「十方，可不能這樣吃肉，也要吃些青菜，這樣吃會壞肚子的，以後日子長著呢。天天有得吃，包你會吃膩。」

「姊姊，肉哪能吃膩呢？」十方含著飯菜，口齒不清說道。

「荷花妳看著些，不可讓他吃太多，最多八分飽，不然鬧肚子就麻煩，這一路還是有風險的。」林小寧說道：「我們也快吃，先把肚子填飽要緊，還沒完全脫險。周少爺，現在大家都明白是怎麼回事了。你看我們是吃完了馬上趕路呢，還是找個地方躲著，等我的人來找我？」

「他們真的能找著我們嗎？」周少爺不確定地問。

「廢話，我們才被劫七天。今天是第八天，安雨要回桃村報信，安風再帶人前來找我，是要耽誤時間的。況且安風、安雨是什麼人？你以為他們像你護衛那般無用。」

「功夫好不一定會找人，除非是宮裡的護衛或暗衛，這都過去這麼多天了，恐怕……」周少爺語氣有些受傷，但又被拉進現實，開始為近況擔憂。「吃完了還是繼續跑吧，大家都辛苦些。待會兒問問，看周家最近的分鋪離這兒遠不遠。」

「周少爺，安風、安雨是寧王殿下送給我們小姐的，曾是寧王的護衛。你說找得到，找不到我們？」荷花的聲音不大不小。

周少爺目光閃動，表情複雜怪異。

呼，男人有地位的感覺真好。林小寧暗爽。

「所以我建議還是大家吃飽後藏身在一處，這樣更安全。」林小寧說道。

「對對，那我們就藏起來，等林小姐的人來找。這樣逃什麼時候是個頭，我們越逃，他們找起來就越慢了。」福生馬上接嘴。

「對，是這個理。」周少爺正色問道：「林小姐，妳身上可還有銀票？」

「有。買什麼都夠，一會兒人每人分一張。萬一走散，也好防身。」

周少爺感慨道：「我們絕不要分散，一定要在一起，到了這一步，萬一最後失散，那真是……」

「是的，我們不要分開。」荷花與福生也急著說道。

周少爺開始睿智地侃侃說來。「林小姐，依我看不如把馬放跑，萬一老道找來裕縣，又認得這些馬就危險了。同時，我們再買三匹快馬以備不時之需。去找衙門不行，我們無法證明身分，況且衙門裡的人都是酒囊飯袋，又貪又無用。一會兒問問此地有沒有鏢局，若有，找幾個最好的鏢師護著我們，尋一家最高級的客棧住著，所謂大隱隱於市，然後等著安護衛來找。如果沒有鏢局，我們就編個由頭，用銀子砸到衙門的捕快暫時護著我們一陣，如何？」

到底是周家家主，血脈傳承，很是精明。

「行，依你說的辦，你這法子很是妥當。」林小寧讚道。

天玄老道醒來了，一醒就知道自己中了疏筋散，心中一沈。壞事了！

卻是全身動彈不得，硬生生氣得胸口發痛。這疏筋散不是一般的迷藥，不是運氣就能解除的，沒有解藥，只能硬生生待到藥效散去，自行緩解。

他心中百抓撓心，不知道那個靈胎怎麼樣了，一急，便吐了一口血。

藥效不強，一個多時辰，藥力也就過了。他從榻上下來，匆匆躍到丹房、客房，一個人影也沒有，十方也不見了，只有一輛卸下的馬車及四匹馬，還有六具被他丟在枯井裡的屍體仍在。

靈胎跑了！

他一陣暈眩，立刻盤地打坐平息。

當真是陰溝裡翻船啊！一把年紀了，怎麼就壞在孽徒手中？好，待他把那靈胎再追回來！哼，他們還真敢逃啊，當他這一百二十七年的功夫是白練的嗎？到時讓他們嚐盡萬蟻噬心之苦，慢慢折磨而死！

他突又轉回丹房，想看看他百年來好不容易備齊的八十八味藥石是否還存放著，可別讓那孽徒給毀了就前功盡棄！

八十八味藥石在丹鼎邊上的櫃裡放得好好的，可他又看到了什麼？裡間的門開著，那空無一人的裡間，床腳下是什麼……

竟然是那天殺的丫頭在裡屋的床腳，用帕子蓋著那……血淋淋的事物！

「啊——」他悲吼一聲，雙眼發黑，搖搖欲墜，幾近暈厥。

天殺的啊，他是做了多深的孽啊，這比掘了他的祖墳還讓人仇恨！那是丫頭的穢血啊！這是丹房，那丫頭竟然正值癸水時期！

他就算抓了那丫頭回來，也無法保證能成功煉好轉命丹了！他們幾個是誰知曉道家大忌?!

十方狗東西不可能知道，那狗東西什麼都不懂，只知道吃！是哪個出的主意？太毒了！

他悲憤地嘶吼著，嘴角流下一絲涎水，似蛇的毒液一般，眼中閃閃著寒光，如同淬過鶴頂紅的利刃。

要折磨他們，要天天折磨他們，他們活多少年就得受多少年的折磨！

他瘋了一般，拎著拂塵飛奔上馬出觀，面目猙獰，牙齒咬得咯咯直響。

天下萬事有著奇詭的連繫。

寧王與林小寧兩人從來不知道，他們兩人倒楣也是一同倒楣，還連帶著安風也陰溝翻船，六王爺與曾經的特等暗衛安風，聲名盡失。

林小寧與寧王，他們對對方的瞭解太少了，愛情發展那麼快，根本沒來得及去瞭解對方。

他們不知道對方也是有天命之星之人，不知道對方的天命之星與自己的是在同一天、同一時刻升起的，不知道他們的天命之星本就是同一顆。

但縱使寧王一生尊榮無比，也有氣運低的時候，如同林小寧遇刺並又遇到天玄老道那樣。

他們的氣運是相同的。

事情是這樣的。

安雨帶著望仔回到桃村的那天夜裡，望仔找來了安風，安雨把事情經過告訴安風。刺客不是要小姐性命，是要人！安風當下便放心，只要人活著，不管大名朝、夏國或者三王之地，都能找得回來，天下還沒有他們找不著的人。

因桃村的人都沒見過安雨，又不想讓林老爺子知道而擔心上火，安風便把安雨帶到魏老爺家中養傷。魏家留著幾個族叔伯看管著幾處酒坊，管事的也熟，下人也眾多，較方家與鄭家更為便於照顧，同時告訴魏家管事，待魏老爺從京城回來後，不要提及林小寧已回村一事。

安頓好安雨，安風便派了小南瓜帶著他的信去找在西南軍營的爹娘——千里與如風，這樣寧王就能收到信了。小南瓜雖然個頭還沒長大，不能揹人，但送個信什麼的一點問題也沒有。

他又找到張年，讓張年帶著他身分牌去出事之地的衙門。

出了那麼多命案，衙門肯定會出面，貨車與車夫肯定也被扣押著。那一車禮是沈公子送給林家的心意，可不能丟了。

安風安排好一切後，就帶著望仔上路了，一邊留下專門的記號，便於寧王帶人追來。

此時，寧王懷著愉快的心情，帶著千里與如風正在前往桃村的路上。

半道上，寧王看到天上明月銀輝，心中一片溫情，如月亮一般充滿著盈盈之意。忽地就想起舊時王妃曾對他說過：「我要天上的月亮，你摘下來送我可好？」

王妃絕色，這樣的女子說的話都不可理喻，他當時笑笑不應。現在回憶，王妃形象早已淡去，她的容貌也記不清了，連她留給他的荊刺一般的恥辱都煙消雲散。

可如若是她對他說這話……他突然生出難言的情致，對千里、如風輕聲道：「走，我們去追下月亮送給她。」

寧王追著月亮不亦樂乎，千里與如風也興奮不已。天邊月亮遙不可及，但寧王心中的情致卻是滿溢而出，要的就是這般趣味。他難得浪漫一把，不管此舉多可笑，只要為了她做過這些，便覺得快樂無比。

千里與如風興高采烈，寧王哈哈大笑。

追不上了，但我要告訴妳，我為妳追過月亮，多想摘下來送給妳。

就這樣，他便與去西南送信的小南瓜走岔了。

小南瓜送信到西南，銀影一看便大驚失色，但因不便擅離軍營，與鎮國將軍商議後，遂派十個高手去桃村追安風留下的暗記，又派了五個極擅藏匿之人，到京城密切監視周家一舉一動。

周家少爺被一起帶走了，信中說對方是想人財兩得。沒錯！綁架林小姐是為了傷藥，林小姐的藥如此神奇，疫情能止，如果夏國與三王之地有這等神仙般的人物，他們也會傾力綁來為他們效力。

而綁周家少爺目的便只能是要錢。現在綁匪蹤跡不明，盯緊了周家，便能順藤摸瓜查清綁匪在名朝的路子與底細。

等到寧王悠悠然抵達桃村時，桃村沈浸在豐秋熱鬧之中，聽說田縣令要把桃村的畝產上報朝廷，到時朝廷會派人來。

寧王找到林老爺子，林老爺子吃驚得張著嘴合不攏。

寧王笑道：「說好秋收來幫你家丫頭收租子的，沒承想那丫頭比我動作還遲。」

林老爺子看著眼前手姿卓越的六王爺。還真來了……沒承想六王爺還真的來了！林老爺子激動異常。真如寧丫頭說的，來幫收租子了！他真會成為他的孫女婿嗎？

直到第二天，深居在魏府養傷的安雨才得知寧王到了桃村，便急如星火地找到過去。

寧王與三位老頭正坐在林府院內，曬著秋日午後的太陽，暢談著西南戰事。

三個老頭就像聽戲一樣津津有味，不斷追問各種細節，聽到盡興處，哈哈大笑，口中還噴出些許唾沫星子到寧王的臉上，寧王也不嫌棄，若無其事地繼續說著。

「爺。」安雨走到寧王身邊，寧王頓住。

至此，寧王才知道他心愛的丫頭竟然被綁架了，一同的還有那個周記少東家周賦。

幸好安雨帶他避開了三個老爺子，桃村也無人知情。

寧王捏了個理由，辭別三位老爺子，跨上千里，帶著如風，追著安風留下的特殊暗記而去。

安風上馬追蹤時就明白，如果想以最快的速度找到小姐，那便得靠著身上這團銀色的小傢伙。他與寧王都知曉望仔有些神奇本事，小姐留下了望仔，真是十分聰明又安全的法子。

他不清楚望仔帶著自己跑了多少天了，越跑心中越是納悶，不管是夏國還是三王的人，這路線硬瞧不出章法，這到底是要把小姐帶去哪裡？

最後跑到一座深山裡，望仔指手劃腳半天，安風才算明白望仔的意圖，掘地五尺，終是挖出了一塊鴿子蛋大，黑乎乎的古怪石頭。

望仔高興得忘乎所以，吱吱亂叫，當寶似的。

第四十二章

寧王的千里與如風快過安風的馬不知多少，寧王一路追蹤著，也納悶不已。這是什麼路線？古怪得很，但安風的暗記一直沒斷過，說明沒有跟錯啊。

就這樣一直追到了深山，與安風和望仔會合了。

寧王與安風，以及後面將會跟上來的十大高手毫不知情，望仔這是繞了一個大圈子，讓他們都跟著暗記繞上一大圈，誤了至少兩、三天時間。

在這人跡不見的深山腹地，寧王與安風會合的心情不提，安風把事情再次說了一遍，兩人神色凝重。綁匪帶著人質，不急回目的地，走的這路線有何玄機？怎麼如此怪異？

這麼多天，安風馬不停蹄地追蹤著，也沒能追上蛛絲馬跡。什麼樣的綁匪有如此高深的本事？

寧王心疼不已。一路追來，他的速度與安風的速度不可謂不快，都沒能追上，可見她一路奔波，受盡苦楚。

望仔看到寧王，高興地跳躍，表功地朝寧王舉著黑石頭，咧著嘴吱笑著。

安風對望仔之舉不明就裡，一臉茫然。

寧王直覺望仔是在貪玩，氣得瞪了望仔一眼，說道：「快帶我們去找你家主人，路上不准再貪玩！」石頭便順手放入懷中。

望仔吱吱叫著跳到千里的脖子上，親熱地揪著千里的銀毛。千里、如風很是興奮，各自嚎叫不已，銀白尾巴拍打在地，如鞭子一般。

就這樣，寧王與安風才回歸了尋找林小寧的正途。

快到深夜時分，他們到了一座鎮上。

麻煩就是從這開始的。

合該寧王此時氣運低，又實在有些餓，還累。到了這個鎮，安風本意是找一家好客棧休息一夜，明日再上路。

可寧王覺得千里、如風太起眼，為免萬一，還是找家偏一些的客棧更安全。

於是便尋到一家偏僻客棧入住了。

那客棧很小，老闆是個女的，姓柯，是個寡婦，二十來歲，無兒無女，死了相公後便與鎮郊一個大莊子的莊頭偷偷相好上了。兩人相好後，那莊頭出了一些錢，她自己也貼了一些私房，開起了這家小客棧，莊頭在平日裡也讓人前後幫著她擋著一些事，婆家根本管不了她，過得無比逍遙滋潤。

這柯寡婦看到寧王與安風二人吃了一驚。好帥的兩位公子！

儘管寧王衣著普通輕便，安風是護衛裝扮，但兩人氣度不凡，出手闊綽，柯寡婦雖沒見過世面，但見過銀子，也見過大戶的主子與下人相處，她相好不就是大戶人家的莊頭嗎？她一眼就明白，付銀子的是隨從，年輕的小哥哥是主子。

千里、如風就占著一間房，柯寡婦暗道：天啊，這是得多富貴講究的大戶人家啊，狗都要占去一間房，比我那相好的東家還要講究吧。

柯寡婦滿眼媚笑，熱情地吩咐廚房炒菜、煮肉、清水、燒開水等事務。

她心中打著算盤，親自上陣伺候著，殷勤地又是送茶，又是送酒，又是送熱水洗臉，吵得寧王與安風不勝其煩。

當柯寡婦再次敲開寧王的門，嬌媚飛著眼神，羞答答地說道：「公子，銀兩找不開，公子身上可有碎銀？」

「多的是打賞妳的。」寧王淡聲說道。

柯寡婦心中怦怦直跳。如此多金大方的公子，若是成了她的裙下之臣……一念至此，心中有個聲音叫囂著，這樣的謫仙般的男兒，才是她的夢中所想，才是她的良人。這小公子還年輕，只要嚐過她在床上的勁，定不能離了她。她一個寡婦身分，如能做個富家妾室，也可享盡榮華富貴了。那相好的給她開這間又破又小的客棧費了她多少口舌，各種屈意奉承，小意討好才開得起來。

於是柯寡婦媚眼盈盈地看著寧王，輕扭腰肢上前來，看著桌沿邊上的劍，嬌聲道：「公子，這劍真是漂亮精緻，公子氣度不凡，功夫也不凡……」手便要摸上劍身。

寧王沈著臉，唰地抽出劍，冷冰冰道：「嗯，我這把劍可是許久沒嚐到人血了。」小小的房間，劍刃寒光閃閃，柯寡婦嚇得花容失色，尖叫著奪門而逃。

柯寡婦的尖叫驚動了隔壁的安風，便上前安撫道：「老闆娘，我家主子本就是個脾氣大的，正逢時下心情不好，路上又累了，不過是萬萬不會傷害妳。若是驚嚇到妳，我給妳道個歉。」

柯寡婦兩腿打著顫，聽到安風的話，心中才定，可大驚大駭之後，身子就往下癱。

安風一臉不耐地扶住柯寡婦。這是個什麼事啊，這寡婦真教人心煩，但也著實沒法，便道：「老闆娘失禮了，我扶妳到邊上坐著喘口氣。」便拖著那柯寡婦到一邊的凳子上去。

一行人入客棧時已是深夜，而那富戶的管事正偷著這等時分，背著家裡婆娘，來與寡婦親熱一翻，待清晨時再溜回家。他拿著鑰匙從後院小門進來，只見前堂有燈，還有肉香撲鼻，一入前堂，不偏不倚，正撞上安風抱著他的相好走著。

那莊頭怒火中燒，虧他花銀子給柯寡婦開這個客棧，如今膽大了，還敢背著他和別的男人相好，當他死了嗎？

「你們在做什麼?!」他怒吼。

柯寡婦一驚，一屁股坐到地上，發怔地看著莊頭。

安風也轉身看著莊頭。安風三十來歲，氣宇軒昂，生得實在瀟灑，又酷得很。

莊頭看到安風的臉更怒。怪不得，這等長相氣質，哪個女子不傾心？況且是這個不安分的騷娘們！胸中頓時翻起滔天醋浪，追著柯寡婦就打。「我今天打死妳這個賤人！拿著我的銀子背著我逍遙，打死妳這個不要臉的小婊子……」

柯寡婦百口莫辯，只抱頭護著臉，口中直嚷著：「你搞錯了！不是的，不是這麼回事……」

安風厭煩看著，鬧心得很，話也懶得說，就往側邊的客房走去。

那莊頭便丟下柯寡婦，操起板凳凶狠地衝向安風喊道：「姦夫，還想逃，你可知道我是誰？」

安風避開了，動作行雲流水。

莊頭大罵。「你們這對姦夫淫婦，今天給我抓了個正著，還想溜？今日不把你扒皮抽筋，我就是你孫子！」高舉板凳又衝向安風。

安風不躲不避，嗤笑看著莊頭，不言語。

那莊頭舉著板凳正衝上來，見安風此狀，有些愣神，不知道為何心裡有些發怵，但又惱羞成怒，自己好歹也是河芒鎮一霸，今天竟被這個姦夫給唬住，以後怎麼做人？便一板凳砸向安風。

安風一腳飛起，把那莊頭踢倒在地。

「滾，別讓我再看到你。」安風說完便轉身回屋。

那莊頭傻了眼。姦夫看起來很能打，行，他就找幫手去。

他爬起來一溜煙跑了，那柯寡婦在後面追也追不上。

柯寡婦追不上莊頭，氣得跳腳，又回到客棧，見到夥計交頭接耳在那猜測著，大罵道：「各幹各活去，廚房的事沒人做了是吧？客人還等著飯菜呢，這月的銀子也不要了是吧?!」

夥計們立刻散了。

飯菜做好了，柯寡婦心亂如麻，揮手讓夥計送進房去。

待到寧王與安風吃飽喝足後，柯寡婦也思前想後良久，乾脆為這事去探下那隨從的口風。感覺那隨從是個面冷心軟的，若是能將錯就錯，讓他們帶自己走，沒有名分也無所謂，這樣的男子怎不讓人為之傾倒，何況還能享榮華富貴。

便去敲安風房間的門，一進門就眼淚汪汪地哭道：「今日讓公子受了冤枉，實在是對公子不住。那人……那人是我們河芑鎮上的一霸，奴家年輕喪夫，孤苦無依，相公倒是留下些許銀兩，奴家便開這個小小客棧，卻沒想到，那人竟然對奴家……對奴家……」哽咽著說不下去的樣子，淚眼偷看著安風。

安風一臉心不在焉。早知道如此，不如在野外過夜了。

「他就對奴家起了色心，強著霸占了奴家，奴家命苦哇……」柯寡婦繼續哭訴著。

安風忍無可忍，正要把這柯寡婦轟出門去，只聽大門噹的一聲開了。

「姦夫在哪，在哪——」

「打得他滿地找——」

「打得他親娘老子都認不出來！」

「對！對著臉打！」

「看他怎麼騙女人，當姦夫——」

那莊頭帶了莊子上的幫手來了，十幾個壯漢子，個個身材高大魁梧，手中揮舞著各式農具，嘴裡叫囂著。

安風出屋，柯寡婦六神無主，慌慌張張地跟著安風後面也出了屋門，眼中淚水未乾。

莊頭氣得一個倒仰，這麼不要臉的一對，還在關門親熱，淫到這般不管不顧，真是天下人為之吐口水。

「打，照著姦夫的臉打！」他憤然大喊。眾漢聞言，舉著鋤頭、鐵鍬就圍了過來。

柯寡婦嚇呆了。這、這、這可是要把貴公子給得罪大了！

她根本來不及上前告訴莊頭事情是怎麼回事，十幾個漢子就攻上來。

安風的臉上充滿著厭惡與不耐煩，身體動了，人群中一個漢子鋤頭就脫手而飛，大家的眼睛都沒來得及看清，鋤頭的鐵頭就完全嵌入到莊頭的心口上。

安風看著莊頭道：「我說過，別讓我再看到你。」

那莊頭還保持著站立的姿勢，不敢相信地低頭看著自己的胸口，血這時才流出來，莊頭咚的一聲，直挺挺地向後倒去。

所有人都傻眼了，柯寡婦嚇得瑟瑟發抖，癱在地上，尿濕了褲子。

屋裡的寧王忍無可忍道：「再給我出一絲聲音，就全殺了。」

十幾個蠻漢立刻鳥獸散般四下哄散。

跑出老遠，才高聲大叫：「殺人啦！殺人啦！」驚恐變調的聲音，劃破了寂靜的夜空。

河芒鎮上雖無縣衙，但也有巡察的捕快，不多時，客棧被幾個捕快給守住了大門。看著捕快的官服，大夥兒就有了底氣。

左鄰右舍醒來瞧熱鬧的人把客棧圍了起來，那幫蠻漢子也在其中。

寧王與安風不願費時糾纏。這幫人雖然沒什麼功夫底子，但人多，又蠻得很，在這等可笑的圍捕之下，兩人騎著千里與如風跨過院牆絕塵而去。

於是，安風與寧王就這樣成了採花大盜。

兩個採花盜，奇淫無比，殺人如麻，不說在各地犯的數條命案，光日前河芒鎮一案便令人髮指。客棧老闆娘柯寡婦生就一副好顏色，被採花盜看中，淫心頓起，以入住為由，想於夜半採花，正巧被白家莊子的莊頭撞破並帶人阻攔，採花盜遂逞凶殺人，在眾目睽睽之下殺掉了莊頭。

府城下了通緝令，並快馬送至各地衙門，安風與寧王的頭像赫然在上。

眾人口耳相傳，三十來歲，身材魁梧，一副冷面的是主犯；二十來歲，身形修長略微白皙，玉樹臨風的是從犯，還帶有兩條大狗，最能扮成貴家公子以迷惑眾人。

這是河芒鎮這麼多年以來的驚天大案，這樣劣跡累累的採花大盜，竟然在河芒鎮出現了，各家各戶入夜後無不緊閉門戶，提心弔膽，婦人、姑娘們三月不敢出門。

這事到了這一步，那唯一的明白人柯寡婦也鬧不明白了。

她本是明白的，但當縣城派官差前來徹查時，眾口一詞都說是姦夫。她不斷解釋那是兩位貴公子，是入住的客人，是誤會，但她結結巴巴，越說就越說不清。

據各方證詞，官差斷定那兩人是採花盜。

於是她也糊塗了，難道這兩人真是採花盜？自己竟然有幸遇到這等風姿的採花盜，還給自己帶來如此好運？那莊頭一死，客棧就全部是自己的了。想到此，她就開心了，得到實惠的是她，至於採花盜嘛，只要不傷她性命，這樣的翩翩佳公子，巴不得被採呢。

寧王與安風不知道，幾日後會有鋪天蓋地的懸賞通緝令追捕他們，名朝各地有多少條無頭命案啊，全部讓他與安風揹了黑鍋，引得多少江湖人士義憤填膺，千里追凶。

當然，一千兩白銀的懸賞才是真正的推手。

通緝令雖然還在路上，沒有送達到各地，可最早貼出的第一張通緝令，千兩的懸賞已讓各路江湖豪傑紛紛尋找。

林小寧一行在全福樓吃飽後，找到一家最貴最豪華的升平客棧，包下一個院子入住了。

裕縣並無鏢局，一行人落腳後，便僱了小二的嫂嫂來專門幫忙跑腿，福生則騎馬到無人郊外再棄馬而歸。

小二嫂嫂喜笑顏開。這麼好的事，又輕省又不費力，光打賞就驚人。聽到雇主說要買三匹快馬，便興高采烈去辦了。

福生又跑了一趟衙門，找了當地捕頭，只說自己一行人是少爺、小姐回老家奔喪，路遇賊人欲謀財害命，一行人快馬加鞭好容易才脫身。小姐受了驚生了病，不得不在此地耽擱幾日，可又怕賊人盯上來，望差役大哥能帶幾人前來相護，銀兩自是不會少。至於賊人，看到差役大哥們自是不敢亂來。

那捕頭根本沒有懷疑福生的話，能入住當地最貴的客棧，還包下院子，是富貴人家的少爺、千金那是假不了的。有賊人想謀財害命？怕是沒有聽過他們裕縣三虎的名聲吧。若是賊人來了，定把賊人繩之以法。這邊立了大功，那邊還有外快可得，何樂不為，當下便爽快應了。

天下衙門的差役多半是又貪又蠢又無能，可林小寧氣運轉好，愣是給他們遇上了雖貪卻不無能又想立功升官的裕縣三虎。

三人是異姓兄弟，虎大是捕頭，長得牛高馬大，虎背熊腰，有兩下功夫，更難得的是他力大無窮。捕快虎二一手棍棒功夫相當不錯，又極擅水性，入水就如蛟龍入海一般。捕快虎三長得骨瘦如柴，可一身好輕功，追人犯是首當其衝。

這三人在裕縣衙門當差，立過一些雞鳴狗盜的小功勞，在裕縣很是威風。他們會犯所有差人都會犯的錯誤，如拿人錢財替人辦事，可裕縣到底不算多繁華，還沒機會作惡多端，幹出道德淪喪的事來。

所以三人心中仍是充滿著抱負與夢想，想要發財發財再發財，嗯，順便也為民除個害，如能因此升到府城做個其他職務就好了。聽說一些大官，有隨身的帶刀護衛，吃皇糧可事少，待遇比捕頭捕快什麼的好多了，又有各種錢可拿，做捕頭捕快的有什麼前途？

福生給了他們這個機會，他的言語當中水深得很，一直暗示著他們一行人來自於京城。他們開始盼望賊人前來，被他們全部拿下，這樣升官之夢就近了，京城富家少爺、千金定能提攜他們，他們美好的前程就在不遠。

他們三兄弟也在升平客棧入住了，讓他們夜裡輪流休息，還可隨便點吃點喝，費用全包，真是美差。他們問著賊人的情況，在哪裡蟄伏，共多少人，與其守著，不如主動出擊去抓捕。

林小寧與周少爺哪會指望這種小縣城小衙門的捕快能對付得了老道，那老道的功夫深不可測，是她親眼所見，不可輕舉妄動，如今就是死藏死守。

裕縣三虎問不出個所以然來，只好作罷。

不管賊人會不會尋來，與這等貴人結緣，又能得財也是美事。虎大摸著懷中硬邦邦、沈甸甸的銀子，再看這少爺、小姐的，都是沒出過遠門的樣子，一點經驗也沒有，連個家丁護衛都不帶，一定要好好護著他們。

林小寧與周少爺在這個裕縣最貴的客棧院子裡待到晚飯過後，沒有任何事情發生。這個裕縣三虎收了銀子倒是認真辦事，一刻也沒離人地守在院外。

只是虎大在中午時回家送銀子，傍晚時又回了一趟衙門，算是為三虎彙報一天的工作，便收工回家了。

然後三人一直盡職盡忠地守在院內。

周少爺與林小寧一直提著心，不敢放鬆。老道還不知何時會追上來呢？

天玄老道清早從道觀追出來，一路岔道眾多，他竟是越追越遠，連個人影也沒有，直到傍晚時分才突然反應過來。

他曾帶著十方去過裕縣，十方只認得這一條道。十方也跟著走了，估計肯定指路前往裕縣方向。這幫子蠢貨，裕縣才屁點大的地方，要知道往南邊走的話，那兒有官道驛站，可通府城。於是便扭頭再趕往裕縣。

寧王與安風風塵僕僕地趕到了裕縣。兩人帶著千里、如風與望仔走進了裕縣，望仔入了城內就吱呀亂叫，手舞足蹈，跳下千里的脖子就想跑。

寧王立刻抓著望仔。「別鬧。」

「爺，小姐定在此地。」安風喜道。

寧王低聲道：「有六個刺客，我們只有二人，先尋個地落腳，查探後再動手。」

「爺，這次得尋個好一些的客棧了。」安風道。

寧王的臉抽了抽，點點頭。兩人便尋到了裕縣最好的客棧。

裕縣最好的客棧是升平客棧。升平客棧的小二今天很是開心，中午時來了五人，看著就是富家出身，直接包了一個院子，出手大方驚人，還僱了他嫂嫂做跑腿，一出手就是五兩銀的打賞。他嫂嫂說，光是買三匹馬，暗中就又得了十幾兩銀的好處。

這下發財了！妹妹的嫁妝不愁了！

這又來了兩位男子，還帶著兩條大狗與一隻小狐，十分怪異，裕縣是有什麼大人的要來嗎？怎麼一個、兩個都是來頭不小的樣子，連裕縣三虎也守在客棧中。

小二暗忖，要小心伺候著，不出意外，近日肯定有大人物要過來。

安風冷著面道：「三間上房，二人份飯菜，端進房來，另煮七成熟肉塊一盆，清水一盆。」

「好勒，二位公子請上樓來。大狗是要牽去側院嗎？客人的車馬都放在那裡……」

安風冰冷冷道：「牠們一間，我們一人一間。」

小二出一身汗。好氣派，上房給狗住？又機靈拍馬屁道：「這看著可不像一般的狗，好狗啊。」

「你話太多了。」寧王皺著眉。

小二立刻緘默。

望仔自一入客棧門後，就一直扭動著，寧王頭疼地捏著牠的脖子，等一入房間，寧王不小心手一鬆，望仔就哧溜竄向後面。

「那裡不能去！」小二急了，萬一狐狸衝撞了後面小院裡的貴客可如何是好，那客人金貴得很哪！

寧王理也不理，就追向望仔。

小二急呼：「公子，後面不能去，莫要衝撞了貴人！」

安風手一拂，那小二就被一股力道甩到一邊，眼睜睜地看著兩人往後面追去，只有那兩條大狗，站在原地看著他。

這兩批人，哪批都不大好得罪的樣子，這下可怎麼是好？

後院內掛著燈籠，擺著椅子，裕縣三虎坐在椅子上，盯著一排屋門，一邊聊著天。

望仔衝過來時，虎三突然警覺了。他是輕功高手，耳聰目明，風吹草動都逃不過他的視線與聽覺。

望仔跳向院內，撲往林小寧所在的房門。

老三飛身過去，一撈就把望仔抓在了手中。

望仔吱吱亂叫，轉頭一咬，老三呼痛仍不鬆手。

同時寧王與安風也跳進院內，看到望仔被擒，寧王大怒。「放開！」

虎三邪氣笑道：「放開？你好大的口氣。你是誰？」

寧王心中一涼，突然有一絲想法。難道……

壞了！刺客竟然扮成捕快行走，院裡只有三個刺客，她肯定就在屋裡，那另三個刺客呢？

虎大卻是忍不住呵道：「大膽賊人，真盯上來了，兄弟們，捉活的！」便抽出武器，朝寧王衝去。

虎二抄起椅子邊立著的鐵棍，衝向安風。

虎三把望仔一扔，也奔了上去。

不僅寧王猜到，安風也猜到了，望仔只管衝向左邊一間屋，小姐定在左邊那間屋裡。

沒承想，竟然與刺客一行人入住同一家客棧，太是凶險。萬一那三個刺客就在屋裡……

一時，兩人都心亂如麻，

事已至此，當三人奔了上來，安風與寧王只得出手，一邊應付著，一邊想對策。

安風不敢下狠招，怕惹怒刺客，連累林小寧性命，只擋著招，伏低作小道：「三位怕是誤會了，我們只追那隻狐狸。」

「沒什麼誤會的，兄弟們，抓活的，立大功！」虎大說道。

寧王大怒，在大名朝土地上，竟然有如此猖狂的奸細，著名朝差服，抓了她與周賦不算，還想把他們也抓了！是啊，這是多大的功勞啊！

他給安風一個眼神——纏住他們幾個，便要飛身闖向屋裡。

虎三見此，馬上前去擋寧王，寧王回身就殺。

「大哥，賊人厲害得緊！」虎三招架不住叫道。

林小寧在屋裡分明聽到了望仔的叫聲，又聽到打鬥與人聲，急忙出屋來看，一開門，望仔就撲到她懷裡。

林小寧狂喜大叫。「望仔！你們終於來了！」

寧王聽到林小寧的聲音，身體頓時一滯，袖子就被虎三用劍劃破了一道口子。寧王不管不顧，隻身撲過去，把林小寧抱著退到遠處，叫著：「安風，殺！」

虎大吼著：「客棧的人聽著，快去報官，有賊人！」

周少爺從屋裡奔了出來，大叫著。「林小姐，莫怕，我來護——」聲音一頓，止住了。

福生與荷花還有十方，都出了屋來。

「是自己人，自己人，誤會，都停手！」林小寧衝著打鬥的四人道。

立刻，所有的聲音都止住了，雙方停了兵器，各自退到一邊。

院門一陣急拍。「捕頭大哥，出什麼事了，出什麼事了？」是那小二。

荷花慌忙前去開院門。「沒事了，沒事了。」

虎大也跟著道：「沒事，是誤會。」

都是一些惹不起的人，小二便退了下去。

周少爺與福生張大著嘴，看著抱在一起的寧王與林小寧。

「六、六王爺。」周少爺結結巴巴地說道。
「寧王殿下。」福生立刻行跪禮，荷花也忙拉著十方跪了下去。
裕縣三虎面面相覷。什麼？寧王？那個安國將軍?!
「都起來吧。」寧王揮手，又低聲問林小寧：「他們是什麼人？」
林小寧笑道：「是我們僱來保護我們的，裕縣的捕頭與捕快。」
「總算是找著妳了，但就他們這功夫……」寧王失笑。
這三個蠢貨也能當捕快，也配保護小姐？
看到寧王仍是抱著林小寧不放，安風便輕咳了一聲。
寧王終於鬆開抱著林小寧的手，林小寧有些不好意思地對安風笑笑。安風忍著笑，臉上憋得有些不自在。
「你們逃出來了？怎麼逃出來的？刺客呢？」寧王問道。
林小寧一聽，恨聲道：「刺客死了，全死光了，現世報！」
「全死光了？」寧王驚訝。
「對，被一個邪門的老道給殺了個乾淨。」
寧王一頭霧水。「這是怎麼回事？越發糊塗了，都進屋說話。」
「嗯，你們三人還是在院裡守著。」林小寧對裕縣三虎說道。
「他們……是少爺、小姐的家人？」虎大問向福生。

「在院裡護著就是，那麼多廢話。你，輕功還行，去找剛才那小二，把千里、如風帶過來。」安風對虎三說道。

「再順便告訴小二，馬上置辦一桌最好的席面，有酒有肉有湯，還有大盆七成熟的肉塊，速度要快，荷花，賞……」林小寧說完，得意地衝著寧王笑。

荷花便很是神氣地從荷包裡掏出賞銀。

寧王笑了。「妳跟誰學的這腔調？」

「跟周少爺學的。」林小寧笑道。脫困之後，這樣說話辦事，感覺痛快極了。

虎三看到銀子就開心，接過銀子，眉開眼笑揣到懷裡。「小姐，這就去辦得妥妥的。」

虎大吼道：「老三！」

「大哥，這可是五兩銀。」說話間，一溜煙就沒影了。

寧王看了看周少爺，笑道：「周賦啊，你可是把林小姐帶壞了，學成你那腔調。」

周少爺希望自己眼瞎了、耳聾了。六王爺與林小姐剛才抱得緊緊的，他們、他們果真是一對！他心痛得幾乎走不動路，福生偷偷地拉了拉他的衣服，便呆呆跟著福生入了屋。

這時，虎大恨不得有個地縫鑽進去。就算愛銀子，就算想升官謀個有前程的差事，沒聽到人家貴人是寧王嗎？三虎也得有個樣子，人家才好提攜不是？這個丟人的老三哪！

然而不管虎三丟不丟人，裕縣三虎都只能被人無視。

只有安風打算進屋時，扭頭打量著他們，突然問道：「你們是捕快？」

「大人，我是裕縣捕頭，外號虎大。他是我異姓兄弟，虎二，剛才那個是虎三。我們三兄弟，是為裕縣三虎。」虎大急切地表明身分。誰讓他是老大啊，老大就得撐得起場面，老二是個二愣子，不大會說話，老三又是個見錢眼開的。

安風似笑非笑。「你們這點功夫也能做捕頭與捕快？」

虎大臉一下憋得通紅，虎二粗著脖子很受侮辱的樣子。「我們功夫好著呢。」

安風哈哈大笑。

這時，虎三帶千里、如風來，驚喜叫著：「大哥，你瞧，這是兩頭銀狼，是銀狼啊！」

安風笑著。「算你們有眼光，伺候牠們吃肉喝水，有你們的好處。」

虎三樂得合不攏嘴。「謝大人提攜，我們三兄弟多謝大人提攜。」

屋裡，眾人七嘴八舌地把事情經過說了一遍，主要是荷花訴說，福生與十方補充，周少爺沒開口。

寧王與安風聽得這八日來一行人所經歷種種，面冷如冰。

寧王沈默良久才道：「這等愚蠢無知又毒辣的老道……」

「是，一定要抓住他，要千刀萬剮，不能讓他斷氣，一刀也不能少。」林小寧惡狠狠地咬著牙。

「放心，一刀都不會少，妳就在邊上看著。」寧王溫柔地輕撫林小寧的背。

「我不看，噁心。」林小寧撇嘴。「十方，你要不要剮幾刀？」

十方很認真地想了想。「不要了，血淋淋的好嚇人。」

「是啊，反正你叫人做就是，我們不看也不動手。老道說不準哪時就會找來，你們也要小心些，院外那三人不能走，人多心裡踏實。那老道直說他一百多歲呢，我看他殺人的動作，怕是功夫不低。」林小寧一想那老道就有些心中不適，想吐。

寧王笑了。「人多也不一定濟事的，那老道功夫若真高，怎麼會用迷藥後再殺人呢？多半是個不濟的。」

「不管，我就覺得人多踏實。」林小寧道。

「行。」寧王笑著。「安風，你明天去衙門把他們三人討來，以後就跟著她吧。你也教他們一些功夫，他們功夫太差了。這兩天我們不急著走，要活捉那老道。」

「是。」

十方一臉羨慕地看著寧王。「姊夫真神氣，連縣太爺都能使喚得動。」

荷花忙捂著十方的嘴。

寧王卻是笑起來。「好機靈的小子，你怎麼知道我是你姊夫？」

「是個人就知道啊，你們剛才……那樣。」十方嘻嘻笑道。

「這小子，是個有前途。」安風笑道。

周少爺的心情難以言喻。先是聽到寧王送護衛，猜到了，晚上就看到了寧王抱著他的仙人林小姐，但他仍是不願意承認。可當十方那聲姊夫叫出來後，周少爺如五雷轟頂，身體一僵，眼神直直。

福生看到忙喚：「少爺，少爺。」

「看來是受驚了。周少爺不用擔心，我明天會安排人給你家報平安。」安風安慰著。

「是啊，少爺路上受驚了，我先扶少爺去休息，小的先告退。」福生急忙接話，拉著呆傻傻的周少爺出了門。

席面送來了，寧王與安風痛快大吃，荷花在邊上伺候，小十方也跟著又吃了許多肉，林小寧只是喝了一些酒壓壓心中的情緒。

直到吃飽喝足，寧王放下碗筷，接過荷花遞來的溫熱的帕子，擦過手臉後才滿足地嘆了一口氣。「找到妳，我才吃得香多了。」

「那再多叫一席來吃？」林小寧打趣。

「再吃就成周賦那樣的胖子了。」寧王笑道。

「人家周少爺胖得很是可愛好不好？」林小寧說道。

寧王與安風的臉同時抽了抽。

林小寧丟了個白眼，大大方方說道：「別想七想八的，周少爺人很不錯，當初刺客擄我時，本是沒他的事的，是他叫自己的四個護衛來相助，結果全死在刺客劍下，沒能救回來。」

說到這兒，又有些傷感。「然後刺客把他也綁了，一路同行，因為他是男子，有些地方好與刺客溝通交涉，我們倒也沒有吃什麼苦。卻是他，一路討好，受盡了刺客的嘴臉，還要與荷花、福生兩個去伺候刺客，求得路上大家能得到好一些的待遇。處了這八日，真真覺得他是個不錯的人。」

「小姐後來在道觀，已還他人情了。」安風說道。

「錢好還，人情難還啊。先是他想救我，才連累他一同被綁，到了道觀。我救他是應該的，況且我還沒救成，是十方救了我們大家。」

「周賦的人情我會還的，妳放心便是。」寧王吃飽了，聲音也溫軟輕柔了。

「小姐一向心善，醫術更神，刺客就在邊上，是怎麼救安雨的？他都不知道呢。」安風感慨。

林小寧笑道：「安雨命大，其實不是我救的，是望仔用牠的唾沫救的。」

「望仔的唾沫是天下最好的傷藥。」林小寧驕傲說道。

「望仔可是好樣的，要不是牠，我們還不會這麼快找著妳。」寧王言不由衷地誇著，又瞪了望仔一眼。

望仔不滿地叫了幾聲。

「還說呢，你們現在才來，要是早來一天，也不會遇到臭老道了。不過，也不會遇到小十方了，對不？十方。」林小寧調皮地笑著。

十方張嘴就打了個哈欠。「姊姊，我不想叫十方，姊姊給我換個名吧。」

「好，那就叫……林家福？」

荷花有些激動眼紅。姓林？林家福？十方真是有福。

寧王氣笑了。「妳取個名也取個像樣一點的行不？這麼土氣。」

「哪裡就土了？」林小寧白了寧王一眼。「這一聽就是地主家的兒子。十方，你喜歡不？」

「喜歡，姊姊，別叫我十方了，我以後就叫林家福。」

「荷花，以後我們林家就又多了個小少爺了。家福，我帶你回桃村，你有爺爺，有大哥，有我這個大姊，還有……你多大？」

「不知道。」

荷花一臉心疼。「小姐，家福自記事起就是孤兒，不知道自己生辰，一直做乞兒，後來才被老道撿去做了徒弟。」

林小寧忍著難過笑道：「以前的都過去了，以後我們家福就是林家的四少爺了，你有爺爺，有大哥，有大姊、二姊，還有弟弟，你排行第四，知道嗎？你的生辰回頭我們回村後，請個能掐會算的人給你算個吉祥的生辰。」

家福高興著。「姊姊說話算話。」

荷花小聲提醒。「如今要叫大姊，家福少爺。」

寧王也笑了。「一個兩個都是人精，荷花也不簡單啊。」

荷花嚇得就要跪下請罪。

「荷花別跪。」林小寧笑咪咪地捶了寧王一拳道：「你別嚇唬荷花，人家可是我的人。她自然是個不簡單的，我和刺客打架，她幫我打架，在道觀遇險，又能與家福合謀把我們都救了。荷花才多大，比我還小一些吧，家福還只是個孩子，兩個這樣的小毛頭能做出這等驚天大事，簡單得了嗎？」

「打架？與刺客打架？是怎麼回事，剛才沒說。」寧王皺眉問道。

林小寧頓時有些訕訕。

荷花便解圍。「寧王殿下，當時小姐一路風塵，只想洗個澡，那知刺客不允，言語不敬，小姐辛苦顛簸，自然上火脾氣大，後來就……後來小姐就打了他一下，那刺客被小姐打了，就乖乖地帶我們去客棧休息洗澡了……」

荷花越說聲音越小，最後是連自己都越說越覺得不對了。

「刺客被妳打了一下，就乖乖地帶你們去客棧休息泡澡了？」寧王露出古怪的笑容。

荷花嚇了一跳，慌慌張張道：「是打了一頓，是一頓，我也打了。」

寧王與安風表情更古怪。

寧王沈聲道：「嗯，打了刺客一頓。刺客真聽話，讓妳們打。」

「行了，你別這樣了，我與刺客打架，荷花幫忙也打，我們兩個打一個，沒吃虧。」林小寧有些生氣了。這樣算是敲打荷花嗎？

「周賦與福生呢，不幫妳們打架？」寧王都不相信自己會問出這般可笑的話來。

「他們求刺客來著，也攔著刺客。我當時氣不過，連抓帶咬的，荷花也連抓帶咬的。沒打一會兒，刺客就應了，反正我們沒吃虧。」林小寧說道。

「沒吃虧？」寧王的臉色越發沈。

荷花小心翼翼說道：「寧王殿下，也不算吃虧，刺客是揪了小姐的頭髮，不過小姐咬掉了他一塊肉。」

寧王頓住，緊接著大笑起來，安風也忍不住笑出聲了。

林小寧沒好氣道：「一路上，我不發點飆還不給人欺負死了。」

寧王摸摸林小寧的頭髮，道：「我一路上這般擔心，妳竟這樣魯莽，知道妳是個不願吃虧的主兒，但那可是刺客。」

「當時是氣壞了，況且他們不想要我的性命。」

她性子如此剛強，甚得他心，不怕屍體，不懼險境。這樣的女子他如何不愛慕。

寧王面色溫柔說道：「妳雖魯莽了些，卻是……我以後必不會再讓妳遇到如此險境，荷花。去叫小二備上熱水，讓妳家小姐好好再泡個澡，我看哪個敢不答應……」

荷花低頭笑了。「是，寧王殿下。」

「妳是個忠心的，以後叫我六王爺便是。」寧王說道。

「是，六王爺。」荷花心中樂開了花。

「讓家福也洗個澡，他身上臭死了。」林小寧撇著嘴道。

寧王與安風聞言，著實忍俊不禁。家福身上的氣味的確不好聞，有股酸味，還有腥味。

荷花溫柔笑道：「家福少爺，走，去泡個熱水澡。」

家福興奮搓著手，眼睛亮閃閃。「大姊，有澡豆嗎？記得以前聽說有錢人洗澡都是用澡豆的，那個搓得皮不痛，身上還香香的。」

「有的有的，有好多澡豆，包你洗得舒舒服服的。」荷花笑著拉著家福走了。

寧王與林小寧在屋裡笑個不停。

「真可愛的小家福。」林小寧笑道。

「真難聽的小家福。」寧王笑道。

「明明是可愛的小家福。」

「明明是難聽的小家福。」

安風不知道什麼時候也出去了，屋門已關上。

「多好聽的名字，一聽就是地主的兒子。」

「妳這個小地主婆。」

「我本來就是地主婆，你是我的大地主。」

「嗯，我是妳的大地主。」

第四十三章

咚……咚咚……

三更了。

街上傳來幫打更的聲音。林小寧睡得正酣。

八個日夜，一路顛簸沒睡過一個好覺，她泡過澡，把火兒放出來後，就睡得暈天黑地，不省人事。

火兒已不再犯懶了，望仔拉著牠跳出去自行玩耍。

寧王在林小寧的隔壁睡著。

荷花睡得踏踏實實，福生與家福同樣睡得很香。

周少爺一夜無眠，睜著無神的雙眼，看著帳頂。

只有安風和裕縣三虎正在院裡巡著。

太陽高照時，林小寧才從床上醒了過來。這一覺睡得實在沈，好像一百年沒睡過好覺，突然睡了一個長長的大覺。

林小寧一躍而起，精神抖擻。洗漱完畢後，荷花就送來了白米粥與小籠包。

林小寧吃完小籠包，又一口氣把溫熱適中的白米粥喝淨才問：「荷花，他們呢？還睡著？」

「大家都醒了。」

「就我現在才醒？」

「小姐受累了，自然是要多睡一會兒才好，六王爺交代了，不准打擾小姐。」

林小寧笑道：「粥好喝，再盛一碗。」

荷花一邊盛粥一邊道：「周少爺病了，已請了大夫開了藥，福生在熬藥呢。」

「喔，那便讓他好生休息。」林小寧心裡知道周少爺是什麼病。

荷花也是心知肚明，但話裡滴水不漏。「許是這一路受氣受驚，六王爺與安風來了，他心裡一踏實可不就倒下了嗎？說來，周少爺真是個好人，只盼他的病早日好。」

林小寧接過粥，又是一氣喝了下去。「會好的，遲早的事。」

荷花又開心道：「小姐，家福少爺一醒就嚷嚷著要學功夫呢，說是學好功夫要保護家人，安風就讓虎大教他了。」

「這個小家福，學功夫急不了這一時的，可是長年累月不能斷的。」

「家福少爺說不準還真能學成呢。」

「學成學不成都沒事。荷花，我把家福認作我的弟弟，妳會不會難過？」

「怎麼會難過？我替家福少爺高興著呢。」

林小寧笑了。「荷花，實在是我身邊沒個人伺候著不方便，用妳用得又順手，就想多留上妳幾年。這兩年啊，妳就還是在我身邊待著，也給我調教幾個好用的丫頭，再上心尋個好男兒……」

荷花咬著嘴，眼睛濕濕的。「小姐，我不會離開小姐的，離了小姐，我去哪裡？」

「妳過兩年終要嫁人的，妳自己找個合意的好男人，到時我送妳一副風光好嫁妝。妳看，妳和家福一樣都是孤兒，在道觀合謀救人，可家福能做我的弟弟，妳卻還是丫鬟。所以，妳會不會難過？」

「怎麼會呢？小姐，我要跟著小姐做一輩子的丫鬟，哪有像我這麼好命的丫鬟啊。」荷花經過這八日磨難，說話自然坦蕩多了。

「荷花，我原本只是想買下家福的。妳知道，那天我說過，但我認家福為弟不僅是因為他救了我們，還因為……」把那天家福在丹房受折磨的事說了。

荷花聽了，嘴唇上咬著深深的牙印。

林小寧嘆氣。「家福太可憐了，為了我們受如此折磨。妳這邊，等回了桃村，我就讓人去京城府裡把妳的身契拿去衙門消了，到時妳就和梅子一樣，是自由身。」

荷花突然跪地哭道：「小姐，我不要自由身……我就一輩子跟著小姐，小姐嫁人，我就跟著過去伺候小姐，我除了小姐就沒有其他親人了，也沒人像小姐這樣對我好過，小姐不要消我身契。」

林小寧忙扶起荷花，可荷花硬是不肯起身，林小寧哭笑不得說道：「唉，妳這是……自由身不好嗎？做下人的哪個不盼著有自由身啊？」

荷花淚眼看著林小寧。「小姐，俗話說，背靠大樹好乘涼，梅子姊雖然沒有爹娘，但有叔嬸堂弟，還學了醫術傍身。我孤零零一個人，離了小姐，將來被人欺負也沒處喊冤去，跟著小姐就是天大的福報。」

林小寧看著荷花的眼神，好像下一秒就會被趕走一樣悽慘，無語道：「行行行，以後妳就一直跟著我，妳嫁了人也一直跟著我。」

那知荷花砰的磕了一個響頭。「荷花謝小姐恩典！」

林小寧氣得笑了。「一輩子做人家的下人，還恩典呢，腦子壞了吧。」

「荷花腦子才沒壞，妳這個蠢丫頭。」寧王推門進來，換了一身乾淨冰藍色帶暗紋的錦服，臉上的笑容如門外的驕陽。

「六王爺。」荷花又叩了一個頭。

「起來起來。」寧王擺擺手，坐到林小寧身邊笑道：「吃飽了？」

「飽了，一籠包子，兩大碗粥，肚子都沈甸甸的。」

寧王樂道：「那昨夜睡得可好？」

「嗯，好著呢，你來了，就睡踏實了。」林小寧說道。

寧王眼神頓時軟了，聲音也輕柔。「妳受苦了。」

「荷花還在呢。」林小寧嗔笑道。

寧王看了看荷花。「荷花是個聰明的，宰相門前還七品官呢，等我們大婚後，她也成了家。妳說，王妃院裡的管事娘子比起那普通小庶民，哪個體面滋潤？」

「喔，原來是我沾了你的光啊，我以為我醫仙小姐也是不錯的呢。」

「比起寧王妃，還是差了。」寧王笑道。

林小寧噘著嘴笑道：「那我不是攀上高枝了？你以後可不能欺負我，不然我不嫁。」

「荷花還在呢。」寧王取笑著。

荷花又羞又窘，手腳都不知道往哪兒放。

寧王笑道：「荷花要做管事娘子，還得歷練才行。但凡王府的管事娘子或婆子，都是泰山崩於前而不改色的。」

荷花更羞臊了，臉紅得不敢抬頭。

林小寧吃吃笑著。「那就從宮裡派個嬤嬤來調教下荷花吧！我只有兩個貼身丫鬟，梅子現在做了醫官，就只有荷花了。」

「嗯，等事情了結後，我就安排。這兩天妳還是不要獨自外出，想出門就得讓我帶著妳，知道嗎？老道的事還沒完呢。」

「我現在就想外出。」林小寧興高采烈地站了起來。「走，陪我逛街去。」

寧王頭一次陪人逛街，林小寧讓他覺得新奇無比。以前一直沒有機會看到她如此新奇的一面，比如，她上街牽著他的手，沒有半分忸怩。

一路買一些小零食，他與她一人一份，邊走邊吃，這種平民戀人的感覺讓寧王心裡充滿著不知名的甜蜜。

她還硬拉著他去衣鋪買了一件萬福金紋的錦袍，加上一條金光閃閃、鑲嵌著玉石的腰帶，非讓他換上，說是本來秋收時收租子就打算讓他穿這身的。雖然他沒去收租，但逛街穿著也一樣，一個布衣女配一個地主男，那是天下絕配。

他硬著頭皮換上這件可笑的衣服，她竟然一臉癡迷，嘆息搖頭，曖昧低語：「真是……一笑萬古春，一啼萬古愁。」

他快活極了，自他穿上這身可笑的衣服後，她的眼神就沒離開過自己，那樣的癡迷，那樣的愛慕……

林小寧也很快樂，她前世三十年，到現在，已不記得與曾經的戀人逛過幾次街，除了大學時的瘋狂縱情外，但那些過了太長時間的事，再回憶起來，卻是像隔著螢幕看他人的故事一般。而現在，這男人實實在在就在身邊，還是個皇家貴族，更是個帥哥。

他笑起來真是風華絕代，可換上地主服後卻有些憨傻，這樣真是真實極了，真是親密啊……

「你的樣子有點憨傻。」林小寧滿心快樂，笑著低語道。

「憨傻？」

「嗯，你這樣子憨憨笨笨傻傻的。」

「是嗎？」寧王又笑了。

「可是我喜歡你現在的樣子。」

寧王心中酥軟。她……竟然當眾調戲他。

兩人一直逛到中午，大包小包塞得滿滿鼓鼓的。寧王穿著萬福金紋的地主服，身上挎滿了大小包袱。

「吃碗餛飩墊下肚子再回去。」林小寧歡聲道。

大剌剌地拉著他到一家小食肆裡坐下了，叫了兩碗餛飩。

小二上餛飩時叫的聲音響亮無比。

熱氣騰騰的兩大陶瓷碗咚地一聲放在他們面前，湯裡彷彿游著無數透明皮的金魚，湯麵上浮著油花與蔥花，香氣撲鼻。

寧王突然發現大名朝竟然有著太多他不瞭解的事物。他過過尊榮無上的生活，又過過艱難困苦的日子。在軍營裡，吃得粗，沒有半分滋味，但為了填飽肚子硬著頭皮吃，慢慢就習慣了。更有時，米飯還是半生熟的，又或者不夠吃。對於他來說，生活是兩種，一是京城裡的錦衣玉食，二是軍營中的餐風露宿。

這是第三種，無法言喻的第三種。

「好香。」林小寧笑著。「小心吃，好燙。」

寧王突感眼眶發潤，只覺得無比感動。這樣的方式與心愛的人相處，說這樣的話，太陽如此明媚，人心如此快樂，天下間百姓生機勃勃……

庶民生活竟是這樣滋味悠長，如此簡單卻如此有樂趣。

一時竟有萬物有情之感。和順法師說過，天下萬物皆有情，就連他碗中如金魚般游動的餛飩也充滿著精緻的情懷。

這才是真正的萬物有情。這許多年來，尊榮也好，沙場也好，生也好，死也好，如今想來，當初他是那麼膚淺，萬物皆有情是從沒真正理解過的。

他頓時明白了。和順老法師曾說：你其實沒明白。

這次他真的明白了。

當寧王與林小寧行入客棧時，安風、荷花和裕縣三虎的下巴都驚得快要掉下來了。倒是家福大聲叫著：「啊，姊夫這身衣裳好氣派！」

「哈，家福就是有眼光。」林小寧開心摸了摸家福腦袋。

安風臉抽了又抽，不忍再看寧王一眼。

荷花狠狠地忍著笑，低頭接過寧王身上的包袱，道：「六王爺、小姐，午餐擺好了，就等著你們呢。」

「周少爺呢？還病著不能起身嗎？要不要送飯到他房裡去？」林小寧問道。

「還是不能起身，飯菜已送去了，是專門為他備的膳食，大夫說他要吃些清淡的。」荷花說道。

午飯後，安風與寧王關門商議著，隨後安風就把三虎叫了進去，吩咐安排一番，虎二與虎三就帶著千里、如風出去了。

然後虎老大守院，安風休息一會兒。

飯飽神虛，林小寧覺得又睏了，對寧王道：「我又想睡了，我真像一頭豬。」

「那就睡。」寧王笑著把林小寧抱上床。

「你不嫌我是豬？」林小寧笑道。

「怎麼會呢，我還怕妳嫌我呢。」

「嫌你什麼，嫌你是個鰥夫嗎。」

寧王大笑。「那妳嫁不嫁鰥夫？」

「嫁，當然嫁。」林小寧瞇著眼，癡迷地看著寧王的萬福金紋地主服。

「嗯，一年後如何？這回送妳回桃村就提親。我們的婚嫁之事是由內務府承辦，訂親到大婚最快也得足一年才夠。」寧王眼神柔和，輕聲說道。

「不急，我還小呢。」

「我還不知道妳到底多大呢。」

「今年的除夕夜，就十五週歲了。」

「我可是比妳大七歲，嫌我老不？」

「嫌。」林小寧笑了。

「那妳就嫁過來，天天嫌我。」
「好……」
林小寧一個午覺睡了半個多時辰。
她作了一個夢，夢見老道抓她去煉丹，她在火上被烤得渴極了，只覺得嗓子冒煙，又叫不出聲來，驚醒了。
驚出一身汗，急忙閃到空間裡大口大口地灌著泉水，才長長嘆了一氣。
她出了空間便叫：「荷花……」
「小姐醒啦，我去給妳打熱水洗把臉。」荷花彷彿永遠是隨叫隨到一般，立刻回應。
林小寧歉意笑笑。「這一路還得辛苦妳，到了桃村，再配幾個丫頭，妳就可以抽身了。」
「為小姐做事，是我的福氣呢。」
荷花手腳麻利地打來熱水，林小寧洗了一把臉覺得清醒多了，又搽上荷花在裕縣新置辦的面脂，感覺人精神爽利，笑容潤得很。
「荷花真是細體體貼，將來哪個男人娶了妳就有福了。」林小寧笑著。
人與人相處久了，便會相互適應。荷花聽了寧王的話，為了她的管事娘子的夢想，時刻提醒自己要處事不驚，淡定自若。

如此，便不再那般羞臊，只是微微臉紅地說道：「小姐不要打趣我了，我給小姐把頭髮梳梳。」

林小寧伸手拉住荷花。「不忙，荷花，妳坐下。」

林小寧細細地看著荷花，清麗秀美的臉，健康紅潤，模樣比自己看著差不多大。

「荷花。」林小寧溫柔說道：「我問妳，妳是不是真的想一直跟著我？」

「是的，小姐。」荷花堅定說道。

「妳素來是個心裡規矩多的，今天上午他在屋裡，我也不好多問妳的意思，怕問出來也未必是真心話。」

「小姐……」

「先聽我說，現下只有我們兩人，妳給我說真心話。可是真的想一直跟著我，只跟著我。」

「小姐，我上午說的就是真心話，我沒有親人，離了小姐太孤單。」

「好的。」林小寧笑著拍著荷花的手。「妳只要對我不生二心，以後妳就是我的心腹，我的管事，我的左膀右臂。」

「我對小姐絕沒有二心，否則遭天打雷劈，不得好死——」

「好了，別這樣。」林小寧笑道：「其實妳上午那些話也是提醒我了，我身邊總是要有個貼心人辦事，可梅子在醫術上有天分，我也不想誤了她，便由妳接了她的手，可沒想到，這位置終歸就是為妳而留的。我們相處的時日雖然短，但我對妳的情分不比對梅子差。妳將來若是嫁人，我再還妳良籍，妳的孩子將來也能讀書、考科舉，但是，妳仍會是我的左膀右臂。」

「小姐……」荷花聲音哽咽。

「我的管事娘子可是要泰山崩於前而色不改。」

荷花噗哧笑了。「我給小姐梳頭。」

裕縣縣太爺是跟虎大來客棧院子的，在衙門時，虎大給他看了寧王的身分牌。縣太爺雖然不大識得這身分牌，但虎大說是寧王殿下，把他嚇出一身冷汗，腦袋瓜子轉了千百遍，仔細回憶在任期間，有何不妥的行為……

因此一進屋就行跪禮，口中喊著：「下官不知寧王殿下大駕光臨裕縣，罪該萬死！」

豈知在座的是安風。安風淡然受了縣太爺的禮，然後說道：「起身吧，叫我風大人便是，六王爺外出了……」

虎大一生也不曾這樣神氣過，他站在安風身邊，跟著安風受了縣太爺這個跪禮。

捕頭有什麼前途？跟著寧王殿下的人比做捕頭好，就算讓他教那個小男娃功夫也比做捕頭有前途，伺候兩條銀狼也比做捕頭有前途。老三雖然愛錢，臉皮又厚，卻還真讓他給抓住了這個拍馬屁的機會。他一個縣裡的小捕頭帶著兩個捕快兄弟，有什麼所謂的姿態，人家能看你一眼，吩咐你做活就是瞧得起你。

說破天，只要人家大人一個開心就行！

當虎三能騎著如風去京城辦差時，虎大終於想明白了這些。

其實虎大想錯了，還真是因為他擺了點姿態才有了這些機會。他在虎三拿五兩賞銀時羞愧且對虎三不滿，安風才想著用用他們，否則根本不屑用他們三人。叫虎三進京，是因為他的輕功與圓滑是三人當中的佼佼者，適合偷偷送信這差事。

裕縣三虎的命運在遇到林小寧的時候就改變了。

縣太爺惶惶起了身。安風又道：「這次我們到裕縣有要事，手上人手不多，又恰巧看中他們三虎了，跟你討要了。」

縣太爺嚇出一身冷汗。「風大人，不知大人到裕縣是有何要事，下官能否為寧王殿下與大人分憂？」

安風瞥了縣太爺一眼，冷哼一聲。「用不到你來分憂。」

縣太爺不自覺地用衣袖抹著額上的汗。

安風輕笑一聲。「行了，這要事與你無關，你也不必這般惶恐。裕縣是你的任地，我要這三人，還是與你當面說一句比較妥當。」

縣太爺長舒一口氣。原來不是為了查辦他。就說呢，要辦他，也不至於讓這樣的大人物親自來啊。

要知不管哪裡為官，都不可能乾淨，上面不查辦倒好，萬一查辦，哪個屁股都不乾淨。

縣太爺立刻恭敬說道：「大人看中三虎，是他們的福氣啊！」

安風笑笑不語，端出送客的神情。

縣太爺諂媚道：「大人，可否移尊駕去我府上休息，客棧到底條件有限，人來人往更是多有不便——」

話沒說完，安風手一揮。「這裡甚好，你下去吧。」

縣太爺一肚子的千言萬語卡在喉嚨裡，只好施了一禮訕訕離去。

走到門口時，安風又道：「我們一行人到此地，不想人盡皆知……」

「是，下官懂了。」縣太爺慌忙應道。

寧王身著萬福金紋地主服在裕縣巡看。

沒想到她也是靈胎，回頭到京城讓欽天監司給看看，她是哪顆天命之星。

她是靈胎倒是情理之中，得華佗術又得舍利子，被劫持的這一路上來，雖是驚險重重，卻總是機緣巧合，逢凶化吉。這等機遇，說沒有天命之星守護都不信。

他的天命之星是帝星輔星，應該更吸引老道，既然等不到他，就引他出來。

而老道今天清晨時就入了裕縣，住進了一家小客棧。

他在等，等天黑，星星升起時，就能知道靈胎的準確位置了。

老道中午吃過一大碗麵條，想想還是跑到裕縣城門附近擺了個算卦的攤子。如果靈胎想跑路，總得從這經過，就能抓個正著了。

做哪一行都要有職業道德，上好唬人的道具什麼的不能少，角色形象更是相當重要。單從這邪門老道的面相上來看的話，實在是一個神采手姿、仙風道骨的道長。往那一坐，那身青色道袍與他的飄然長鬚，以及手上那柄漂亮的拂塵就引得無數人圍觀。

老道半瞇著眼，掃視眾人，一派高深莫測。

一切吆喝都不需要，就他坐在那兒，便足以說明一切。

很快，就有一個衣著富貴的公子上前批命。

老道心中不屑，要不是為了靈胎，怎麼要這樣絞盡腦汁給人算卦批命，這本就不是他所長。他心裡仇恨浪滔天，面上沈吟不語，半晌才道：「你近來看上的那位姑娘，不要動心思……」

富貴公子面色大變。他是看上了一位姑娘，打算把那姑娘強納進門，可那姑娘的兄長卻是個莽漢，他正謀算著讓那姑娘的兄長在幫工時出個差錯，倒不一定要其性命，只要讓那莽漢躺在床上不能動，失去一個主勞力，再加上源源不斷的湯藥費就能讓姑娘一家雪上加霜，如此，許以重聘，那姑娘便只能進門為妾。

富貴公子忙道：「道長，你太靈了，你怎麼知道我看上了一位姑娘？道長，可有法子能把那姑娘順利納進門？」

老道瞇眼不語，富貴公子忙掏出一錠銀兩恭敬放在小桌上。

老道說道：「公子今日能尋到貧道，就是公子的福運，本來公子會謀算順利，把那姑娘納進門的，但那姑娘命中帶煞，會損你富貴，折你福運，讓你家財散盡，疾病纏身，死於非命。」

老道心裡氣得吐血。他為了這個靈胎，真真是費盡心思，還得指點世俗人，做下這樁「善事」。

這個好色公子的確會謀算順利，把那姑娘納進門，但那姑娘進門不久，無意間得知兄長失腿的真相，遂生出報復，小心討好，暗地爭寵，精心算計，步步為營，更是與府中管事勾結，貪盡錢財，那公子最終也會縱慾而亡。

富貴公子急道：「道長，快幫我想兩全的法子化解，那姑娘我著實放不下啊。」又掏出一錠銀子放到桌上。

「無兩全法子，你命應如此，但得遇貧道，便是你的福分。化解之法，便是遠離那姑娘，不再動半點心思，就能一生平安富貴。」

富貴公子生氣了。「什麼！什麼化解的法子？說了等於沒說！我看不是你道行不夠，就是個騙子吧？」

老道輕蔑道：「公子若是不信貧道所言，只管去做便是，貧道言盡於此。」

「滿嘴胡言亂語，還想訛我的銀兩！」富貴公子氣哼哼地把桌上的銀兩收回囊中。「今天天氣好出來逛逛，豈知遇你這牛鼻子老道，胡說八道，真真是本公子的晦氣！」然後拂袖而去。

老道一門心思在靈胎之上，懶於和這些凡夫俗子計較，話畢便又半眯了眼，一臉高深莫測。

富貴公子走了，眾人開始七嘴八舌議論起來。

老道剛才那番話的確是真本事，甚至都可算是洩了半分天機，可眾人哪裡知道，只道那老道不過是賣相好，卻無半分本事。

於是小半時辰後，寧王便聽說城門不遠有個道行不足的道長，竟然也敢擺攤算命批字，笑掉人大牙。

寧王一聽便笑。*邪門老道你終於來了*，遂回客棧去找安風。

老道眯眼坐在攤前，不遠處的攤主私下交頭接耳，議論紛紛。

寧王大步走上前來，在老道攤前坐下。

「道長，算個命。」寧王說道。

老道在寧王靠近時突地睜開了眼，直直盯著寧王，心中頓時掀起驚濤駭浪。

靈胎？那男子身上氣息，分明是靈胎！

男子豐神朗俊，身著萬福金紋錦袍，富貴逼人，手中還有一柄精美絕倫的長劍，一看便知是個富家公子，學了些花拳繡腿的功夫圖個樂子，只是當下日頭當照，看不出男子天命之星是哪顆，那丫頭可是帝星輔星啊！

天助我也！如今發現了兩個靈胎，八十八味藥石分量足，可分成三份。就算那丹房被丫頭丟了穢物，失了成丹率，可仍是有機會，況且現在是兩次機會。

上天對他不薄，頻頻獲得天大機緣。

老道心中狂喜不已，強行按捺心中激動，坐正了身體，一派高深且慢條斯理問道：「這位公子要算什麼？福禍？姻緣？」

「都給算算吧。」寧王皺眉，一臉苦惱。

老道定定看著寧王。靈胎有天星守護，依他那只能算出世俗命理的皮毛功夫，怎麼也算不出靈胎之命數。

可惱當年為何不屑相術，只略通皮毛便作罷，轉而沈迷養生長壽之道？不然也不至於讓那靈胎丫頭到手了都逃了出去。

無妨，用話唬住他便是。

老道沈吟一陣，娓娓道來。「你生下便享盡榮華富貴，只獨姻緣之運缺缺……」

這男子顯現是富貴人家，又生得如此，必有眾女傾心，女人一多就生事端。怎可獲良好姻緣？後院裡爭寵陰損之事，哪家哪戶都乾淨不了。

「你命中倒有一女，此女則是你的良配。天定佳人，但你傾心相待，費勁心思，卻所求不得……」

女子再多，會念念不忘的只有得不到的那個。

「道長，可有法子讓此女為我所得？」寧王眼一亮。

老道心笑，唬弄對了。

「不急。還有，我觀公子眉間有陰晦之氣，想來最近氣運也不佳，應是有小人作怪……」

財帛動人心啊，這樣的大戶，子嗣眾多，財產之爭也跑不掉。

「道長你真神，可有法子化解？」寧王一臉佩服。

「這個嘛……公子生來福貴，家族龐大，有那些小人私下壞公子氣運、毀公子姻緣也是難免。化解法子不難，待老道去公子府中改改風水格局，再設壇化解小人煞氣，公子便可一生富貴平安，佳人在懷，枝繁葉茂。」老道悠悠說道。

「太好了，道長快快跟我回府去化解。」寧王急切說完，一手取劍，一手就搭向老道的手腕。

老道右手手腕一麻，心一沈，這不是花拳繡腿，是真功夫，還不淺！

老道笑道：「公子莫急，待老道收拾攤子便隨你去。」

寧王笑得意味深長。

安風從暗處走了出來，朗朗而笑。「別要這攤子了，若是能幫我家爺化解，金山銀山也出得起，到時，還送你一套純銀的桌子。」

老道的右手動不得，左手便閃電般抓向寧王的胳膊。

安風一劍抵在老道的頸間。「別動。」

「有兩下子啊，看來還真是一百多年的功夫呢。」寧王笑吟吟地說道：「你一百二十七年的功夫，不知道能不能敵得過我們兩個？」

老道聽到寧王說一百二十七年時就愣住了。

人群紛紛圍上來議論著。「看吧，就說這道長是個沒本事的，得罪了富貴公子，人家拿他是問了吧？」

「就是，看這樣子還有模有樣的，卻是個騙子。」

「你不知道，這道長之前就騙另一個富貴公子，人家不上當，收回銀子走了。」

「唉，現在江湖術士都是騙吃騙喝的，真有法子的話，豈不是人人富貴？」

「可不是嘛，正是這個理。」

「真是個騙子。」

「說是那道長一百二十七歲呢，顯見是騙人的，怎麼不說二百歲？真是個騙子。」

「你們是什麼人？」老道問道。

「道長聲名遠揚，天玄道長一百二十七歲，最是擅長養生長壽之道，對嗎？道長，去我府中為我化解吧。」

圍觀之人又議論著。「富貴公子動怒了，想以私刑懲罰道長。」

「這……哪家的公子，如此張揚毫不遮掩？」

「騙子騙了有錢有勢之人，這等下場也是活該。」

「反正是騙子，沒什麼好可憐的，走吧走吧。」

眾人一一散了。

老道此時心中焦急。靈胎啊靈胎，靈胎就在眼前，但事情怎麼就不對勁？兩個年輕的小子竟把他制住了，他一百二十七年的功夫，竟然在兩個小子面前栽了跟頭。這到底是怎麼一回事？

他突然感覺不對。兩個靈胎在他面前出現，第一個半夜逃了，還在他的丹房丟下穢物；第二個武功高深，假裝要算命主動來尋他，趁他不備制住他……這是一個陰謀，天大的陰謀！

可他的仇家基本都死光了，沒有一個能耗得過他的長命，到底是哪個設局對付他？他定要查清楚！

當下便暗中運氣，衝破箝制。

寧王手一緊，卻不敵老道上百年的功力。

老道如一條泥鰍般從他手中滑脫而出，安風的劍卻被老道的拂塵揮開。

老道的功夫著實驚人，兩人立時抽劍，纏著老道不放。

一時間，拂塵耍得漫天銀絲飛舞，兩柄長劍在其中，糾纏不休，難捨難分。

已散去的圍觀者馬上又停住了腳步，目不轉睛地觀看著。守城的衙差們聞動而來，目瞪口呆。

老道邊打邊退，寧王與安風窮追不捨。

老道說不出的憤怒，眼前這兩個男子功夫的確不普通，但縱使如此，他之前被制只是一時被靈胎狡詐所騙，才著了道，要脫身卻是輕而易舉。

脫身之後，不料這兩男子一直苦苦糾纏，一時半會兒不分高下，只得不斷應招。

一個衙差對著圍觀者大喝：「出了人命誰也負不了責，全散了！」

圍觀眾人散開，但是遠遠地瞧著，誰也不捨離去。這樣漂亮的打鬥，一生難得一見！

「住手，住手，不可在城內打鬥！」一個衙差叫道。

「你這個江湖騙子，快快束手就擒！」另一個衙差也叫著。

老道自擺了攤子起，就一直被人私下議論為騙子，之前實是懶得計較，因為靈胎才是他的目標，現下殺機已起，聽到此言，拂塵甩開，絲絲凌厲殺氣破空朝著那個衙差而去……

安風暗道不好，飛身躍上前，把那衙差一腳踢飛。

「滾，都滾開，不要命了！」安風大喝。

那衙差嚇傻了，老道對他出殺手時，他只感到渾身一個機靈，卻避閃不及。現下被這個富貴公子給救了，衙差心中滿是感激。

富貴公子是好人！走，搬救兵去，定要把那江湖騙子捉拿歸案。

那衙差立刻就跑得沒影了。

老道胸中血氣上湧，這兩天來，大喜大怒，一直不順。因此他目露凶光，每招必是殺招，寧王與安風兩人急急應招，只擋不攻。

遠外圍觀的人越來越多，打得那個激烈，拂塵千絲萬縷，如繁花落葉，兩柄寶劍如浮光掠影，在其間翻飛暢遊，真教眾人眼花撩亂，目不暇給，真真是嘆為觀止！

衙差們也看傻了。這……這是，高手對決！

這得要怎樣的高手，耍功夫才能耍得這麼好看？比縣太爺的小妾走路的姿勢都要好看。

衙差們突地清醒過來，對圍觀者說：「快去找三虎，快去報官！」

圍觀者有人去了。

老道殺招出來，一時有些收效，便又向城外退去，寧王與安風邊擋邊步步緊跟。

終於退到城外了，城外的空間廣闊，寧王與安風不用分心顧及百姓，招式舒展多了，老道也同樣舒展開來。

「不錯，到底是一百二十七年的功夫，多餵些招來給我練練手。」寧王笑道。

老道一生中沒吃過這等虧，這兩個小子竟然能與他打個平手！

安風又笑道：「爺，我們多玩會兒，這地界大，玩開心些！」

老道氣得吐血。這兩個小子到底是什麼人？

不等他問出話來，一道劍影就飛掠而來，他的拂塵便甩了過去。

如此你來我往、糾纏不放，一架打了小半時辰。

那個被救的衙差終於帶人前來。

縣太爺親自助陣，後面跟著一隊官差，雄糾糾氣昂昂地大步前來。

縣太爺是個聰明人，一聽那衙差描述，就知所謂的兩位富貴公子就是寧王殿下與風大人。除了他們兩位，哪有城衛衙差不認識的公子，且那樣外貌搶眼，又聯想起風大人說此次是為辦事而來，不想人盡皆知，沒準那道長就是個窮凶極惡的重犯，更有可能是通敵奸細，寧王殿下與風大人正是為此而來。對，八成就是了！

於是帶著眾差就過來了。他要為寧王殿下的要事分憂！

「給我上，把那老道給我生擒活捉，重重有賞！」縣太爺威嚴道。

眾差役群情激憤地奔了上去。

「賊老道住手！」眾差役大叫著。

寧王與安風大怒。這幫不知死活的傢伙……

可是，來不及了。

老道此時正逼到一棵大樹上，看了看那些差人，俯身衝下來。寧王與安風上前攔住，便是這樣，也立刻有兩個差役直挺挺地倒下了。

縣太爺根本沒看清事情是怎麼發生的。

「滾！要命就滾遠點！」寧王怒喝。

「快散開，危險！」被安風救下的那個衙差扯著喉嚨大喊。

剛才也是這般如此，只是他好命，被富貴公子給救了。

他感激自己被救，卻沒有時間真真切切體會這一刻，現在卻是眼睜睜看著同伴們死在了他的面前。

那些萬幸沒事的差役們快速散退，結結巴巴對縣太爺說道：「大人，是高手，頂級高手，我們不是對手……」

縣太爺已說不出話來，渾身抖得像打擺子。

一個差役揹起縣太爺就向遠處跑去，找到安全處才放了下來。

圍觀者終於在客棧找到了虎大與虎二，兩人急奔城外。

縣太爺一看虎大與虎二，指著城外，話也說不清。「快……快……快……」

兩人拉出刀與棍就衝進了正打鬥的三人當中。

虎大的功夫稍好些，但兩招下來也受了傷，虎二自知不敵，忙退了出來。

「一人一角，纏住他。」安風道。

「是！」虎大一聽安風大人吩咐，頓時一股豪氣與勇氣油然而生。

虎大英勇無比，又厚又闊的大刀招招帶風，招招實實在在，一招一式看得清楚分明，含著無窮氣力，只要靠近，那力量就能逼得老道不得不後退，而寧王與安風正好在兩側苦苦相逼。

城門已緊閉，不少人在城牆上圍觀，衙差們趕都趕不走。

城外，老道面對三人，凝神對付，不容閃失。

他暗暗忖道：好漢不吃眼前虧，依著眼前的陣勢，再對上幾百招也難分勝負，這幾個小子年輕力壯，和他們拚體力那是捨長取短，先脫身再說，帳回頭再算不遲。

兩刻來鐘才讓他逮著一個空檔，抽身而逃。

「追！」寧王與安風還有虎老大窮追不放。

老道心中泣血。到底是哪個仇人，如此不死不休！

林小寧與荷花還有家福也來了，混在城牆上的圍觀人群中。

老道一眼餘光看到了林小寧，還有他的孽徒十方，頓時氣血翻湧。

眼前這個，身後那個，兩個靈胎就在眼前，長生就在眼前，卻不能得手。

此時他的心情如同打撈水中月，採擷鏡中花。

不，不是鏡中花水中月，靈胎就生生在眼前，男的雖得不到，女的卻是手無縛雞之力。

他兩眼發紅，嘶吼一聲，衝著城牆飛奔，拂塵甩得像花開盛放，如顛似狂。

寧王驚駭，一劍刺去。這次他終是下了殺招。

老道已失了理智，不大清醒，只管飛奔，不管攻守。

直到劍氣近前，才將拂塵倒拿在手，以拂塵柄為武器，對著寧王的劍擋去。

寧王的劍被彈開。

拂塵柄不是普通材料！寧王與安風對視。

虎大緊接上前。老道動作快得不可思議，他如神附身，氣勢暴漲，幾乎無人能敵。

虎大的功夫相比寧王與安風，本就差了許多，只勉強守得一角，已是渾身掛彩。老道這一下讓他措手不及，眨眼間，便受了好幾招，大口大口的鮮血連番噴吐出來，老道的道袍角上沾滿了他的血跡。

圍觀的眾人高聲驚呼，林小寧也被虎大的慘烈驚住了，控制不住地與圍觀者同時驚叫起來。

荷花也驚叫出聲，牽著家福的手打著哆嗦。

「大哥……」不遠處的虎二目眥欲裂，舉著鐵棍就不管不顧衝上來。

虎大怒道：「別……」又是一口血噴出。

安風與寧王的劍如影隨行，層層疊疊飛向老道。

老道的拂塵柄卻似神器一般，每一劍都擋了下來。

當老道再次彈開寧王與安風的劍，又衝向林小寧時，虎大沖天大吼，如雷聲震耳，手裡的重刀拋向老道。

噹！重刀裂成兩段。

老道被驚天力氣震得虎口一麻，拂塵柄脫手而飛。

寧王此時一劍刺去，正中老道腹部。此處不算要害，但安風同時出手，幾下就點中了老道的幾處大穴。

老道呆怔怔立在了那兒。

靈胎就在眼前……

寧王收劍，老道仍是直直盯著城牆上的林小寧，眼中流露著無法言說的瘋狂。

虎老大擦著口角的血，痛心地看著躺在地上的斷刀。

這柄重刀是他的私人武器，是他用積攢許久的私房錢打的，很是與他相配。他平素用的是衙門給他配的劍，那個漂亮氣派，可用著不順手。他氣力大，又是陽力，輕輕薄薄的劍難以發揮他所長，只有這柄重刀才是他心頭之好，可今天就這樣斷了。

「你們到底是什麼人？給我一個明白。」老道神情木然問道。

「道長，我是靈胎，難道道長看不出來？我想……拿你去煉丹……」寧王涼涼笑著說道。

老道眼一黑，直挺挺暈了過去。

虎老大恨恨地看著倒地的老道，又吐了一口血。此番傷得太重，怕是要休養一陣了。

他踉踉蹌蹌地去撿斷刀。再回爐熔一下又能用了。

寧王看了看他。「別撿了，回頭給你換一柄好的。」

他喘著氣望向安風。

「你用重刀的確合適，這刀太次，虧了你那身力氣。」安風善意笑道。

第四十四章

老道醒來時已是晚上，只聽得人聲鼎沸，定眼一看，是一處院落，不遠處有一排廂房，廊下掛著一排燈籠，屋內也是燈盞通明。

而自己被極粗的精鐵鏈鎖在院內的一棵兩人合抱的樹下，身邊還坐著一個五短三粗的漢子正在喝酒，一個小方几上還擺著菜碟。

「大人，賊老兒醒了！」虎二喊道。

屋門開了，靈胎男子與靈胎女子並肩向他走來，後面跟著幾人，他的孽徒兒十方也在其中。

事到如今，老道再不明白是怎麼一回事，就真白活一百多年了。

林小寧笑得燦若星辰，盈盈道：「天玄道長，晚上好。」

荷花興奮地看了他一眼，就熱情地搬來了椅子、燈盞。

林小寧與寧王坐下了。

寧王拂了拂衣袍笑道：「道長，你說你有多蠢呢？你敢動我的丫頭，就得……千刀萬剮。」

老道呆呆地看著面前的人，又望向星空，閉上了眼睛。

安風笑著打量老道。「這賊老道傻了。」

寧王嗤鼻一笑。「若我沒猜錯，轉命丹之術，是你門中禁忌吧。此方一定說是上古奇方，並且八十八味藥石都是養生奇藥，只其中兩味卻相剋，這兩味藥一同入爐必會炸爐的，可靈胎心頭血卻會讓兩味藥相融。」

寧王又道：「你得到此方，怎麼沒人告訴你，此術根本是一派胡言！是三百多年前，你們道家兩派相爭時，其中一派故意放出的假方，靈胎轉命之說是三百多年以來，你們道家的天大笑話……」

老道從來看相不走眼，因為世俗之人命相好算，哪怕只是他那點皮毛功夫，費點心思算個命什麼的還不在話下，可他卻算不了自己的命，自己的命最是難算，他學藝不精，算不了。

他再一次後悔從前沒有好好習相術，若是習得精湛，就能算出自己的命數了，也能看看靈胎的命數，就可避開眼前的這一切。

一直納悶是哪個仇家對他設計，原來是他自己作下的孽。

老道木然聽著，覺得一切可笑極了。當年他無意入一禁門得此丹方，從此沈迷養生長壽之術，鬧了近一百年，卻是個笑話。

怪不得丹方上書，此方乃我派蒙羞之物，留此方意為提醒後人。道家重生卻有道，道由天道而來，想逆天而為，則已毀心道。

他對此嗤之以鼻，道家重生輕死，會推演掐算，早已洩天機，早就逆天，早毀了心道，還沽名釣譽滿口天道心道，真真是笑話！

荷花興奮不已地看著老道：「小姐，老道真傻了呢。」

老道抬眼看了看這個靈胎的婢女，還拉著他的孽徒十方的手嘻嘻笑著。「家福，看，你這惡毒的師父傻了。」

孽徒閃著亮晶晶的眼看著他，嘻嘻笑著。「大姊，荷花姊姊，真的喲，傻了呢。」

孽徒十方成了靈胎身邊的人，果真福厚！

當年撿回這個小乞兒，就是推算出他福厚，只是推算不出他如何得來厚福。原來如此，是因為靈胎，他算不出靈胎命數，自然就算不出孽徒的福從哪來。

林小寧笑得開心極了。「傻老道，你可知，你在觀裡殺的六人，是擄了我們的刺客，你幫我們處理了六個刺客，我們逃與不逃都會有人前來相救。傻子，這是天大的機緣嗎？」

「我家小姐是名朝鼎鼎有名的醫仙小姐，少爺也不是小姐的大哥，周記珠寶的少東家，被人劫持著到了道觀。傻老道，你這叫什麼？叫傻子！」荷花也開心極了，跟著小姐，說話做事怎麼如此痛快？太舒暢了！

林小寧嗔道：「荷花學壞了啊，都學會取笑傻子了。」

寧王與安風一臉笑意。

林小寧又道：「去把周少爺與福生叫來吧，看看這傻子的模樣，讓他們也好生解解氣，周少爺的病沒準能好很多。」

福生與周少爺不用叫已經來了。

「賊老道醒了？」周少爺挺著肚子，終於恢復了一絲神氣。

「是啊醒了，快來快來，周少爺，你來解解氣。」林小寧歡快說道。

「你他娘的，敢擄老子，敢動老子，敢給老子下藥，老子不扒了你的皮，抽了你的筋，就跟你姓！」周少爺一腳狠踢向老道的胸口。

「敢劫我家少爺，敢打我家少爺的主意，讓我們伏低做小來伺候你們，你以為你是誰？我呸，有那福氣有那命嗎？你就等著報應吧！」福生齜著牙說道。

林小寧笑道：「福生，這是老道，不是刺客。」

周少爺痛快笑了。「哈哈哈，都一樣，敢動林小姐與我，不得好死的傢伙，抽筋扒皮，下油鍋滾刀山。」周少爺聲音越來越洪亮。「福生，幫我踢上幾腳，我腿軟沒勁兒。」

「好！」福生應道，狠狠又踢了幾腳。

「悠著點勁，別踢死了，我還要把他千刀萬剮呢。」林小寧打趣著。

「還要抽筋扒皮。」周少爺補充。

荷花恨聲道：「是，千刀萬剮，抽筋扒皮，膽敢讓我家小姐給你下跪，你有這福氣有這命嗎？臭道士、騙子、傻子！」

「對，大人，一定要千刀萬剮，抽筋扒皮！傷我大哥，哼！」虎二忍不住也跟著罵開了。

「家福，你也來解解氣，這毒老道對你使那陰毒的招，來，踢上幾腳解氣。」林小寧笑逐顏開。

家福上前，看著老道，呵呵笑了。「你也有今日啊，你每回那般對我，我就一直盼著你有不得好死的那一天。」

「他還不止一次這樣對你?!」林小寧憤怒了，又是一腳踢去。

「噯，林小姐，妳這樣踢不對，吃不上勁。要這樣，這樣踢，來，家福，我教你……」周少爺體貼說道。

老道似是入了無人之地，對這一切充耳不聞，神色一直木然呆滯，怔怔地又望向夜空，滿天星光正燦爛無比。

「真傻了？」林小寧與寧王疑惑地說。

老道定定看著眼前二人，突然悲笑起來。這二人，一男一女，竟是同一天命之星，都是帝星輔星，兩人互為陰陽！天相有大陰陽，一星竟有小陰陽。哈哈哈，這名朝，竟有如此奇異天相！

怪不得他得不到，如此陰陽天星，縱使他活了百多年，不再是普通凡夫，也不得妄想。

老道悲笑不已，竟流出血淚，笑聲戛然而止，他的頭垂了下來。

他死了。

「臭老道竟然裝死，裝死我們就會放過你嗎？來，家福，照這兒踢，這兒踢不死人……」周少爺熱情指點著。

家福一腳踢去，老道頭軟軟垂著，身體一動也不動，周少爺與家福不解地對視著。

安風探向老道的鼻息，啞然失笑。「死了。」

所有人不明就裡地互相看著。

「就這麼踢兩下就死了？」周少爺叫道：「這老道太不禁踢了吧！」

「就這麼死了？太便宜他了。」荷花小聲嘟囔。

「嚇死的？」林小寧問道。

安風檢查了一下，說道：「小姐，估計是大怒大悲，氣死了。」

「他還氣死我了呢。」林小寧氣道：「就這麼死了，真沒用，這個臭老道，活一百多歲不是很神氣嗎？怎麼死得這麼窩囊？」

「別氣了。」寧王笑道：「那老道這般對妳，自有報應，這不是現世報了嗎？」

大家都笑了起來，尤其是荷花。

「虎二，把這死老道交給衙門，讓衙門派人去道觀清查一番。如道觀有屍體，帶回來，我們要察看。」寧王吩咐著。

「是，大人。」

「衙門那回來後，你不用守在院裡了，去看虎大吧，有事我會讓安風去找你的。」

「是，大人。」虎二是個二愣子，只知道說是。

虎大雖然傷得極重，但林小寧已給他上過藥，配了第一副藥喝了下去，並無性命之憂。

寧王讓安風又請了縣城的大夫來。他知道林小寧對外傷治療有奇術，但內傷怕是不如城中的丈夫。在西南止疫時就知道，只要是內傷，她只管灌下藥，水由軍醫或曾姑娘照看。

或許林家傷藥好，是因為摻了望仔的口水。

他忍不住發笑。

寧王府管事接到虎三的信後，叫人安頓虎三與如風，便前往周府。

周老爺高興得哭了，哭完又怒。綁匪背景且不去管，但贖金車已派出了，這是哪一路的綁匪，人質被救了還敢收贖金？當周家真的是吃素的嗎？

管事問道：「交贖金日是明日在郊北百里處的娘娘廟沒錯吧？周老爺，此事你莫要再管了，我會安排。」

周老爺感激道：「自賦兒出事以來，我已暗中又僱了些頂級高手，管事，你也安排他們一同前去吧。」

「不必。」管事善解人意地笑了笑。「我有周密安排，人多未必有用。你僱的那幾個高手，派去裕縣接周少爺吧，以後就留在周少爺身邊。周少爺人看著貪玩，卻是個暗地聰明的，到底是你周老爺的血脈。」

兩人又相互囑告交代了幾句，管事便匆匆告辭。

丞相府，王丞相指著面前跪著的人大罵。「混帳！」

牡丹精心為他燉的烏雞參湯被他拂到地上。

噹的一聲，瓷湯盅就碎裂成片，熱氣騰騰的雞湯味在書房中久久不散。

「當初說是從沒露過臉的高手！高手？」王丞相聲音陰冷。「說好昨天把人質送去，人呢？一點消息也沒了。全死了？還是帶人質跑路了？這點小事辦成如今這局面，你們倒真是有本事。我還真是小瞧了你，指不定哪天我這位置，就得讓你來坐了！」

「屬下不敢，是屬下辦事無能！沒能為大人分憂，是屬下無能！」俯地跪趴著的人全身哆嗦。

「我還要你何用！」

「屬下罪該萬死，罪該萬死……」跪地之人的頭磕得砰砰直響。

王丞相冷眼看著。「滾！」

「謝大人不殺之恩。」跪地之人連滾帶爬退下了。

「來人。」王丞相又道。

「屬下在，大人請吩咐。」一男子推門而入。

「你，去收拾殘局，銀子不能要了，事情要處理乾淨。再有，派人盯著王十，他家屬那邊也一樣盯緊了。此事怪得很，綁人的與被綁的竟都人跡全無。」

「是，大人！」男子去了。

裕縣變天了，一夜北風颳得緊，清晨時，天氣涼涼的。

「小姐，去邊上的空屋裡挑身衣裳吧。」荷花幫林小寧梳好頭，細聲說道：「早起時發現變天了，得加件套衣。正巧小二嫂嫂來問有什麼活計，就讓她叫成衣店提早開張，哪知那成衣鋪子把所有的衣裳都搬來了，我就先挑了一身穿上了，他家的衣裳面料手藝還不錯。」

「我說妳從哪變出一件比甲穿上了呢，荷花，妳行事實在細心。」林小寧讚道。

「是小姐教的，有些規矩在特定的時候，得放放。要不是變天，我也不會先給自己挑了穿，不過我這件式樣與料子是去年的，倒也不算逾越。」

「才說規矩要放放的。」林小寧笑道。

「我是小姐的丫鬟，雖說也是要講體面的，但也不能亂穿，不好在六王爺面前失禮丟人。」荷花笑道。

當林小寧進入擺放衣裳的房間時，家福正挑得眼花撩亂，不知道哪件好。

寧王也來了，他穿著萬福金紋的錦袍，指著一件深藍底金絲織錦料子的比甲對家福說：「這件好看。」

中年男子恭敬讚道：「公子極有眼光。」

「姊夫幫我挑的，肯定好看。」家福樂呵呵地抱著衣裳。
「別老是姊夫、姊夫的，把我名聲叫壞了。」林小寧笑罵道。
家福開心地笑，實在是個福厚的。
「我覺得滿好，就這麼叫，家福。」寧王笑道。
林小寧心裡笑著，不再計較，眼睛掃著一堆衣裳，拿起一件褐色萬福金紋，滾著金絲邊的比甲，道：「這件你穿好看。」
中年漢子神情古怪看看寧王身上那身，又看著林小寧手中那件，嘴中仍是恭敬說道：「小姐真是好眼光。」
寧王樂笑了，卻是點點頭，又拿起一件藕色的對林小寧溫和說道：「這件妳穿。」
周少爺與福生也挑了一件，尷尬道：「林小姐，這些日子所費銀兩，我會如數奉還。」
「周賦，你向來花錢如流水，不把銀錢放在眼裡，怎麼如今為這些小錢生分起來了？我的丫頭可是得了你一路關照。」寧王笑道。
周少爺便也笑了笑。「那我不再計較就是。」
林小寧偷把荷花拉到一邊，塞去一張千兩銀票。「去，給周少爺送去，萬一他想置辦什麼也方便，省得他想買個小東西，打賞個什麼人，還找我們，太傷面子了。」
「頭前才給了五十兩現銀的。」
「肯定花光了，送去就是。」

荷花收了銀票，偷偷塞給了福生。福生拿銀票，又偷偷找到周少爺。

周少爺看著銀票不語。

福生道：「少爺，你若是不舒服，回頭還了就是，現下我們是需要銀子。回京城多備些禮，還有銀子，一起送去桃村。」又心酸道：「這些銀兩，何時少爺看得這麼重了？」

周少爺嘆息一聲。「收下吧，不用想著還的事。禮是要備，但那是禮，不是還錢。」

周少爺的病好多了，現實終歸是要接受的。

周少爺想明白了，他如何能與六王爺相比，六王爺能給她的，自己未必能給得了。罷了罷了，如果不能娶心愛之人回家，那就讓她幸福一生，看著她這般快樂，也心滿意足，此生足矣。

他收了銀票，心中嘆息。有的人，是終其一生用來想念的。錢他不想還，這是他一生中唯一一次有女人在他身上花錢，這樣的情義，他要留著。

病好了，衣裳換上，周少爺的精氣神回來了。

無外人後，寧王說道：「周賦，我們還得在裕縣多停留兩天，一是要察看到刺客的屍體，二是安風追刺客之前報了信，後面還有人會跟來，等會合再說；三是虎三已去京城給周家報信，讓派人來接你。等事辦了，人到了，兵分兩路，一批送丫頭回桃村，一批護著你們回京。」

「六王爺如此安排甚好。」周少爺回答。

大家心情極好，刺客死了，老道死了，這是真正脫了險，乾脆去了客棧雅間，圍著大桌，一同用早膳，吃了個痛快。

安風吃過後便出去辦事。

「一會兒去逛街？」寧王吃飽了笑著問。

「你還逛上癮了呢。」

寧王「嗯」了一聲。

林小寧心裡軟軟的，卻笑道：「不過你這身比甲穿在身上，不去逛逛的確可惜了。」若不是眾人在，都忍不住想上前抱住他。她心裡難言地感受，怎麼那麼想告訴他？

「以前沒這般逛過，感覺很是不同。」

「京城的繁華似錦，裕縣及不上萬一，你生在榮華裡，怎麼會留戀這等市井風光？」林小寧溫柔說道。

「自有不同之處。」寧王笑道。

「聽你的。」林小寧溫柔看著寧王。

周少爺道：「我們去買兩個丫頭與小廝吧，荷花與福生這陣子也著實辛苦，林小姐，家福少爺也得配一個小廝吧，不然一直是荷花伺候，多有不便。」

「不錯，是這個理。」寧王道。

周少爺又道：「正好在裕縣這小地方，買的人也心眼實一些，不似京城那些貨色，心上都長滿了眼。福生，我給你配個小廝，專門為你跑腿辦事，你以後就是有小廝的人了。」

「謝少爺！」福生欣喜地大聲道謝。

寧王笑道：「周賦，那我們也有樣學樣，荷花也配個丫鬟做助手。管事大丫鬟得有個手下，不然管什麼事？規矩內的丫頭婆子數量，到了桃村再配齊。荷花，妳帶上家福，家福的小廝讓他自己挑。」

荷花抿嘴開心著。「謝謝六王爺。」

周少爺又豪氣說道：「挑人我最在行，我幫你們掌掌眼。」

「那就多謝周少爺了。」林小寧笑道。

「爺，我一會兒去衙門看看事情辦得如何了。」安風說道。

「行，你去吧。對了，望仔呢？昨天到現在一直沒看到牠。」寧王問向林小寧。

「自己去玩了，牠玩心重得很。」林小寧回答。

寧王突然想起了什麼。「這傢伙帶我們去尋妳時，竟帶到了一個杳無人跡的深山腹地，讓安風挖出了一塊小石頭，當寶貝似的，後來給我了。」

「石頭？」林小寧突然想起望仔最初在空間裡找的那塊石頭，那可是寶貝啊，看著寧王的臉泛著健康迷人的紅潤，嗯，回頭就做個玉珮送他。

便問道：「你沒丟吧？」

「沒有，在屋裡收著呢。」

林小寧笑了。「望仔一向喜歡古怪的石頭，我也喜歡，你不准丟了。」

「這個望仔，帶我們跑到那地方，怎麼看也不像是正常的路線，這可是繞了一個大圈子才到裕縣的。我們找妳費了這些時日，就是這個貪玩的傢伙害的。妳自己的狐狸，賊壞賊壞的，都是被妳縱的。」寧王笑道。

「你這是想申冤呢。」林小寧笑起來了。

「走，我們上街。」寧王說這話時，臉上神情配著地主服，林小寧只覺得好親近，眼神就恍惚起來。

「走了。」寧王笑道，又低頭扯過林小寧耳語。「妳別這樣看我。」

林小寧心突突跳著，只覺尷尬無比，丟了個白眼過去。

寧王盯著她笑而不語。

裕縣的人牙子聚焦地在北街的一條巷子裡，最有名的人牙子是一個婆子，叫筷子婆。

筷子婆顴骨很高，嘴闊，鑲著一顆金牙，嗓門也粗大，又厚實，聽著說話只覺得此人陽氣足得很。

筷子婆看到寧王與林小寧一行人，忙從院裡迎接出來，眼睛閃閃發光，彷彿是看到了銀子的光芒。

「公子、小姐是要買下人？我這兒啥樣的人都有，人也乾淨伶俐，帶出來給公子、小姐瞧瞧。」筷子婆大聲熱情招呼著。「要說裕縣，除了我筷子婆，沒哪家做得比我好，名氣比我大，為什麼？就一條，做人厚道，講良心……」

寧王與林小寧差點笑噴了，一個牙婆也敢說自己做人厚道，講良心。

筷子婆相當健談，絮絮叨叨地講述著她如何憑著良心，善待那些將要被賣的人，又從不矇騙買家，打下了全縣其他人牙子無法撼動的江山。

「城中大戶人家的下人，至少有七成都是在我手上買去的。」筷子婆斬釘截鐵說道。

周少爺對這個筷子婆手中的人很感興趣，上下打量著說道：「那叫出來看看吧。」

「是是是，公子小姐請在這兒稍等。」筷子婆笑容滿面，金牙閃閃，帶著他們到大院側邊的一個葡萄架下，那兒設有桌椅茶具，也清掃得很乾淨。

不一會兒，筷子婆出來了，身後跟著一群人，在院裡齊站成兩排，一排女的，一排男的。

周少爺驚訝道：「還果真是善待了，這些人衣裳雖舊，但很乾淨，臉色也不灰敗，沒受餓。」

的確，院裡等待未知命運的人們，都彷彿訓練有素，站得直直，衣裳有些不大合身，有的舊，有的打了補丁，但都是乾淨的。

筷子婆笑道：「我老婆子活了快半輩子，幹牙婆十來年了，在這行當那是響噹噹的名聲，怎麼會撒謊呢？公子，一瞧你就是個懂的，是做大事的人啊，瞧瞧可有你滿意的？」

「家福，挑挑。」荷花說道。

家福一眼就盯上了一個男孩。男孩比家福要高一些，手裡有一只草編的螞蚱。

家福盯著那只草螞蚱，那男孩遠遠地看著家福盯著他，立刻滿臉的討好笑容，把螞蚱放在手心，示意讓家福去拿。

家福走過去，拿起螞蚱翻來覆去地瞧了半天，突然問道：「你是……耗子？」

男孩疑惑地看著家福。

「你是耗子。」家福說道，這次是肯定句。

「你是……」男孩苦惱地想著。

「我是鼻涕蟲！」家福興奮說道。

「啊！」男孩尖叫起來，一把抱著家福。「你是鼻涕蟲？你真的是鼻涕蟲，是你，你沒死啊？啊——」

「啊——」家福也尖叫著。「耗子，你怎麼到這兒來了，你怎麼被賣了？」

竟然是舊日相識？林小寧與寧王一行人，頓時呆了。

筷子婆也發愣。這被賣的人怎麼與富家小少爺認識，還關係很好的樣子？

耗子放下家福。「鼻涕蟲，真的是你，你真的還活得好好的。天啊，你現在好氣派啊，你成少爺了嗎？」

「是啊，我現在是少爺了。」家福牽著耗子的手走過來說道：「耗子，這是我大姊，這是我姊夫，這是荷花姊姊，這是周少爺，這是福生哥。」

「大小姐好，姑爺好、荷花小姐好、周少爺好、福生少爺好……」耗子立刻挨個喚，討好地叫著，每叫一聲還鞠一個躬。

林小寧有些不知所措，寧王笑道：「物以類聚，人以群分啊，家福的朋友都機靈。」周少爺樂道：「家福，你還真是個福厚的，能給人帶福，這樣也能遇上故人。」

哪知，耗子咚的一聲跪地，磕了一個頭。「大小姐、姑爺、少爺，你們能把我們都買下來嗎？家福，裡屋還有鐵頭與雞毛呢，他們病了，在裡屋起不了身。本來說是帶我們進城幹活，能吃得飽穿得暖，還有銀子賺，結果被人拐到這兒來了。」

「那大傻與小傻呢？」家福問道。

耗子低下頭。「大傻與小傻去年鬧肚子死了，就我們三個了。我們原以為你也……」

家福兩眼期盼地看著林小寧。「大姊，我想要三個可以嗎？鐵頭與雞毛，我用頭前，妳給我私房錢買……」

「行行行，多少個都行。」林小寧應著。「你是林家少爺，要幾個人有什麼，以後他們就是你的人了。」

筷子婆笑道：「這怎麼說呢？是天大的緣分啊。小少爺與這孩子竟然是以前的玩伴，他鄉遇故知，可是好事啊，喜事啊。」

寧王臉沈沈地問道：「筷子婆，妳怎麼從人販子手中買人？」

筷子婆面不改色說道：「公子小姐，你們有所不知，我知道賣他們的是人販，可他們幾個的底我也瞭解了，是百里外一個鎮上的乞兒，並無親人。我若買下來，還能為他們幾個尋個好主子，以後好歹也兩餐有繼，風雨能擋。若是不買，他們只會落得被人販子帶去做那見不得人的勾當，或者賣去苦窯做苦力，這麼小的小子，不出半載，也就沒命了。你說，公子，我這是不是做人厚道，講良心？」

寧王被頂了這一下，沒出聲了。林小寧與荷花沈默著。周少爺與福生偷笑。

「另外兩個呢？帶我們去。」寧王說道。

「在後面屋裡，買來就是病的，我還出了銀子給他們買湯藥呢，不過沒見什麼好轉。唉，就說我這人是個菩薩心腸，換其他人牙子，根本不會出銀子買湯藥，只認個倒楣，扔到郊外讓他們自生自滅就是了，哪能到今天還被公子小姐冤枉。」筷子婆嘮叨著，帶著眾人到一間大屋子。

屋子黑漆漆的，光線很差，氣味也難聞，地上鋪著稻草，角落處躺著兩個人。

筷子婆又唸著：「我這可是安排了兩處屋子，男女分住，換別家，那都是混住一起的。我手上的人都是賣去好人家的，規矩從我這兒就得開始講。公子、小姐，你們說，我是不是做人厚道，講良心。」

耗子拉著家福急步進屋，一邊叫著：「鐵頭、雞毛，你們看誰來了？是鼻涕蟲，鼻涕蟲沒死，還成了少爺，還把我們都買下了！」

林小寧跟上前，寧王與周少爺等人也入了屋內，周少爺進屋就連打了幾個噴嚏。

角落裡躺著的兩個男孩，一個看著年長些，估計有十四、五歲的樣子，一個小些，應該比家福要小，身邊有兩個碗，碗底有殘留的黑色藥汁。

聽到耗子的聲音，年長的男孩閉著眼，低聲含混說道：「鼻涕蟲？好幾年前就不見了，不是死了嗎？」

「沒死、沒死，鐵頭哥，你睜眼看看，他來了。」耗子急切說道。

家福蹲下來。「鐵頭哥，雞毛，我是鼻涕蟲啊！我沒死，我要把你們都治好，跟我回家去，以後天天有肉吃，大塊紅燒肉，咬一口，油濺得身上到處都是……」家福流著眼淚說道。

三個男孩，打包要價二十兩銀。

「本是要不了這個價的，但到底是出了湯藥費，我老婆子也不能虧著本是吧？」筷子婆絮絮叨叨地說。

荷花又挑了一個模樣看著周正的小丫頭，十一歲，要五兩銀。福生自己選了一個很壯實的男孩，七兩銀，共計三十二兩銀。

周少爺很是認真地打量著荷花挑的人，對荷花點點頭。

沒人開口還價。

看著荷花遞來的四錠雪花白銀，筷子婆的心怦怦跳著，忐忑不安。

這幾個人可是她一狠心喊了高價的，誰讓買人的與被買的是舊識呢，可怎麼公子小姐們沒人還價，一向是喊了價，就會還價的啊？這五人，兩個病的不算，另外三人打包一起，撐死也就能賣出十兩銀。

筷子婆咧著大嘴笑道：「就說我這菩薩心腸，定不會白白給人冤枉了去。身契文書還要拿去衙門過檔，辦好後，老婆子我親自送去府上。請問公子小姐，府上何處？」

「升平客棧的林小姐與周少爺，交給小二就行。最好兩天內辦妥，多的不用找了，是賞妳的好心與厚道。」林小寧說道。

筷子婆高興得大嘴都咧到耳根處了。「小姐少爺都是好心人，好心人會有好報的，我就信這個，就是做了牙婆，我也是儘量讓他們在我手上不受苦。我這名聲是怎麼出來的？是慢慢打下來，攢下來的，不容易，十來年啊……」

筷子婆又開始喋喋不休。

福生的新小廝揹著鐵頭，福生揹著雞毛，一行人出了筷子婆的大院。

筷子婆看著眾人背影，咧嘴笑著大聲喊道：「公子小姐，慢走啊，歡迎再來光顧！」

眾人直奔客棧，林小寧處了方子，讓福生的小廝將鐵頭和雞毛那身又髒又臭又黏的衣物全脫了下來，蓋上棉被發汗，又悄悄摻了些空間水在熱開水裡給兩個小子喝，吩咐用涼帕子敷額、烈酒擦手腳心。

耗子一溜煙地打冷水去了。

福生笑道：「這兩個小子能讓醫仙小姐為他們醫治，可是修了百年的福分。」

林小寧道：「我是醫者，治病是本分，不管他們有沒有福，我也是要治他們的，但如今他們是自救。」

寧王看著林小寧的方子笑道：「確是自救，如果那耗子不編個草螞蚱，家福也認不出他來了……妳這字，是得練練了。」

福生偷笑著接過方子出去，不一會兒，就有人送來一小罈烈酒，還有幾塊乾淨帕子。耗子的冷水也打來了。

看到耗子與福生手忙腳亂地給鐵頭和雞毛敷帕子、擦腳心，林小寧指點了幾下，兩人才得了章法，動作從容起來。

「別著急，沒幾天這兩人就能上竄下跳了。」林小寧笑道。

新買的丫頭名叫小丫，瘦瘦小小卻手大腳大，非常膽怯，又舊又大的衣裳套在身上，風一吹來空蕩蕩的，人也像在瑟瑟發抖一般，但那張小臉卻看著周正。

福生把藥買來，荷花喚小丫去煎藥，小丫傻乎乎得像個無頭蒼蠅。

荷花細聲指點。「需要什麼事物，就去客棧找一個牛家的小二，就說妳是後院林小姐的新丫頭，讓他帶妳去客棧大廚房要去。膽子放壯些，臉面要撐著。」

小丫愣愣地去客棧找小二，不多時就要來小炭爐、藥罐，還有一些黑炭，便生火、點炭、浸藥……跑來跑去地忙活。

小廚房是一直沒開過伙的，等把藥煎上，小廚房便有了煙氣。

荷花又去張家成衣鋪子買幾身衣服。新買的人都要配上體面乾淨的衣裳，才不丟六王爺與小姐的面子。

荷花回來時，小院裡充斥著藥香。

鐵頭與雞毛兩人睡得很香，呼吸也平順了一些。

荷花讓了耗子換上新衣，耗子喜道：「家福，你有名字，還這麼有錢，讓我們都穿新衣裳，裡外都是新的，還有新鞋子，你真了不起。」

家福開心道：「我大姊與荷花姊對我可好，你們以後也要對她們好。鐵頭哥以前是老大，現在還是讓他做老大，我做二老大，誰讓我年紀小呢。我打算學武功，長大後好保護家人，你們要不要學？」

「要，我當然是要學的，鐵頭哥與雞毛病好了，也肯定是要學的，我們以後一起學武功，一起打架，看哪個敢欺負我們。」耗子說道。

在小廚房守著的小丫，被叫來換新衣裳、新鞋子，跪在地上給荷花磕了幾個響頭。「謝謝荷花姊姊。」小丫感激著接過新衣新鞋子。

福生的新小廝賜名福來，是福生賜的。周少爺說，既是他的小廝，只為他幹活跑腿，名字當然由他來取。

福生想了半天，脫口而出：「福來。」

「好名字。」周少爺撫掌大笑。

福來也換上了新衣裳，新鞋子，一臉喜氣洋洋。

寧王在林小寧屋裡喝著茶。

「丫頭，說好今天逛街和買人的，現在人買回來了，街還沒逛呢。下午去逛？」寧王含笑問道。

林小寧噗哧笑了。「你看這屋裡兩個病的，還有心情逛街？」

「他們不是沒幾天就能上竄下跳了嗎？」寧王又笑。

林小寧笑著。「行，聽你的。」

「我還想吃那家的餛飩。」寧王也笑。

「瞧你那點出息，一碗餛飩就心心念念的，還王爺呢。」

「我喜歡他家小二的嗓門。」寧王仍是笑著。

「那你喜歡筷子婆的嗓門不？」

「喜歡。」寧王道。

林小寧哈哈大笑。「我的男人尊貴榮華，卻是喜歡市井之氣，怪不得你穿這身衣裳這麼順眼，這麼配，你上一世肯定就是個大地主，所以你才會瞧上我這個地主婆子。」

「我們上輩子就是一對，這一世我做了王爺，但仍是要妳做王妃的。」寧王目光灼灼地說道。

林小寧托腮看著寧王，只覺得甜言蜜語就是這般如此了，怪不得戀愛中的人就喜歡說甜言蜜語，真是甜蜜啊，不用這樣的話怎麼能表達心中感受呢。

她癡癡看著，寧王湊過來低聲道：「不准這樣看我。」

林小寧罵道：「不看你還能看誰？是哪個成天在我面前晃悠，除了你，也沒別人給我看了。」

直到吃中飯時，寧王面上還帶著笑。

他有時覺得她真不像個小姑娘，她那種生動、大方、嬉笑怒罵，還有泰然自若，分明不是宅院裡養出來的，是天成的一般。

從來就知道女子都會臉紅，天下女子都是動不動就會臉紅的，也習慣了，卻發現她從來不知道臉紅，有時會有羞惱，卻就是不會臉紅。

再回頭想那些動輒臉紅的女子，真真覺得怪異，為什麼無事非要臉紅呢？

午餐擺好了一大桌。

荷花與福生在一邊伺候著。六王爺在，總得講些規矩。

小丫與福來在廚房吃，耗子與家福上了桌，一起坐在最下方。

桌子上擺著一大盤紅燒肉，一大盤紅燒雞塊，還有一盤綠油油的青菜，散著誘人的香味，飄在家福與耗子的鼻尖。

「這幾盤菜我們不吃，是你們的，不過青菜也得吃，知道嗎？」林小寧笑咪咪說道。

耗子盯著肉塊目露凶光，家福對他使了個眼色，他便嚥著口水等著寧王與林小寧等人拿起筷子，挾了一口菜吃了，就飛快拿起碗筷狼吞虎嚥起來。

寧王一看到耗子吃相，吃驚地停了舉箸的手，忍不住笑了。

周少爺哈哈笑著。「六王爺，看著他們吃相，覺得飯菜都香些是不是？」

林小寧與荷花笑著勸道：「慢些吃，要吃壞肚子了。」

耗子口中嚼著肉，含混不清說道：「知道的，我會少吃些，留著給鐵頭與雞毛吃。」

「好小子，不錯。」寧王笑道。

「鐵頭與雞毛一會兒有肉糜青菜粥喝，他們不能吃這些。」林小寧說道。

「耗子，真得少吃些，慢些吃，上回我就鬧了肚子了。」家福說道。

一頓飯吃得香得很，有家福與耗子吃相做榜樣，大家都多吃了半碗飯。

飯後，林小寧去看了看鐵頭與雞毛。他們兩個正在吃著肉糜粥，熱呼呼的粥下肚，額頭上就出了一層細汗。小丫擰了把溫熱的濕帕子給他們擦了汗。

鐵頭年紀最大，已懂些事理了，看到林小寧與荷花進屋有些害羞，彆扭地叫了聲。「小姐、荷花姊。」

雞毛咧著黃牙大叫：「小姐好！」然後就要從被子裡跳下來磕頭，被林小寧攔住。

「你們喝過藥了？」

「喝過了，煎好吹溫了就給他們餵下去了，第二道藥晚些再煎。」荷花說道。

「喝過藥後就覺得舒服多了。」雞毛說道。

「那便好，明日的藥吃過後，我再換個方子。」林小寧說道。

「不用藥，小姐。」雞毛說道：「再給一碗肉粥喝，我們病就好了。」

鐵頭瞪了雞毛一眼。

林小寧笑了笑。「一個半時辰後再喝一碗粥，晚上就可以吃一些乾飯，配上青菜與炒肉片。聽話，之前你們病著沒吃什麼，餓得久了，一下不可吃太多。」

家福道：「雞毛，聽我大姊的沒錯，我大姊是醫仙，可有名呢。」

林小寧與荷花笑著出了屋，一出屋，就聽到裡面的嬉笑聲傳出來。

「鐵頭、雞毛，我們剛才吃肉了，好大塊的紅燒肉，一咬那個香啊，滿嘴的油，一大盤子喔！還有雞塊，我本來想帶來給你們吃的，但是大小姐說你們不能吃那些。」是耗子興奮的聲音。

「我們以後天天有肉吃的，我說過的。」是家福自豪的聲音。

林小寧笑著搖頭。

耗子他們三個說是買來的，但不可能做下人，只當是家福的玩伴便是，反正桃村裡小寶、大牛、二牛玩得好的，都是這般跑來林家，坐在一起吃喝。

沒有哪個想過林家是四品官家，還是他們的大東家。

說到底，桃村像個大集團，有磚窯、瓷窯、作坊，那些村民就是工人，有的是技工，有的是工程師，有的是廠長，有的是採購與銷售，各種職務各種人。上班、下班遇上了，都是愉快地招呼著，與現代的大企業毫無二致。

家福與這三個孩子的性子，放在桃村真是合適不過。

半個時辰的午覺過後，林小寧精神抖擻地起床洗漱。虎三回來了，到了寧王屋裡待了一會兒，就去衙門叫回了安風。

逛街的事只能作罷。

荷花忙給如風伺候了一頓肉塊，千里看到如風回來，親暱地上前。牠們一對狼夫妻，一直沒有分開過，分開不到兩日便甚是想念的樣子。

林小寧偷偷放牠們到空間去喝了頓泉水。

晚上的時候，道觀的刺客屍體被衙門的人運回來了，前來報信。

寧王與安風一直忙碌不休。

第二天清早，望仔與火兒終於回來了，吱吱討好地衝林小寧叫著，林小寧把兩個小傢伙放到空間喝了水，就讓牠們出來陪自己玩耍。

寧王聽到望仔的叫聲，又想起他收起的那塊石頭，便拿著石頭過來。

望仔一看黑石頭，就吱叫一聲抱著，然後把石頭像獻寶似的捧到林小寧面前。

林小寧高興地拿著石頭看著。「真是個好玩意。」說完還親了望仔一口。

寧王笑道：「一對活寶。」

林小寧笑道：「是說望仔與火兒，不是說我吧？」

「妳說呢？」

「我覺得你不是在說我。」

「那便不是說妳。」寧王大笑起來。

林小寧也忍不住笑道：「你還真不知道，這的確是個好玩意。」

「喔，到底是什麼奇石，能讓妳這麼希罕？」寧王納悶了。

「什麼奇石？」林小寧腦子剛閃過這句話，望仔就興奮地叫著。

林小寧聽完，面色大喜。

「什麼奇石啊，有什麼講究沒？」寧王又問。

「就是一塊石頭，我與望仔就是喜歡。」林小寧笑呵呵地回答。

「活寶。」寧王氣笑了。

「望仔，他說你活寶喔。我家望仔可不就是活寶嘛。」林小寧哈哈笑著。

寧王大笑。

當銀影從西南派出的十大高手尋到升平客棧時，是兩天以後了，從京城來接周少爺的人馬當天也到了。

這便是分別在即了。

周少爺臉上有著不捨的神情，終是千言萬語難開口。

福生眼眶有些發紅，說道：「林小姐一路順風，荷花姑娘一路順風，到了桃村，給我們來個平安信……」

荷花聲音有些哽咽。「會的會的，你們到了京城也給我們來個平安信，你們也要一路保重……」

寧王與安風做了一番安排，周少爺那邊被指派了四個黑衣人，加上周家的來人，一同護送周少爺回京。

自己這邊帶著四個黑衣人，還有三虎兄弟，一起和林小寧一行回桃村。剩下兩個黑衣人被安排去辦要事。

兩批人馬，就此在裕縣分別。

——未完，待續，請看文創風206《醫仙地主婆》4

穿越做地主　努力向錢看

小確幸也能有大精彩，品嚐種田新滋味／月色如華

醫仙地主婆

全套五冊

她的命格據說貴不可言，
但現代女穿越來到大名朝，現代技能難施展，
只好立志坐擁良田向錢看，究竟會怎麼貴起來？

文創風 203 **1**

車禍穿越來到完全沒聽過的大名朝，中醫林小寧成了農村小姑娘！
上有老獵戶爺爺和大哥，下有年幼的妹妹小香和傻弟弟小寶，
一家人窮得快揭不開鍋，還好上天給她一個寶物——隨身空間！
既然已成定局，她乾脆「轉行」靠土地吃飯，
要是能坐擁百千良田，也不枉穿來這一遭了……

文創風 204 **2**

林小寧卻突發奇想，又是買地又是建設，
這廂她忙得不亦樂乎，那廂縣令卻換了個年輕的蘇大人，
林小寧好奇萬分，成天跟著她到處轉，莫非是對她有意思？
而她之前救了個陌生男子，如今對方現身桃村，自稱是「王大人」；
大人物同時出現，到底是關心地方，還是對她的「能力」起疑？

文創風 205 **3**

桃村漸漸開發，生氣盎然，林小寧更是賺得笑呵呵；
不過人怕出名豬怕肥，有了名之後，麻煩也就滾滾而來——
前有個太傅之女曾嫣嫣要跟她「切磋」醫術，卻是來了不走，
後有身分成謎的王大人，一副對她勢在必得的態度，又是在演哪一齣？
待她多方觀察，才知王大人並非姓「王」，而是本身就是個王！

文創風 206 **4**

林小寧被封為天下「醫仙」，在京城還有了自己的「醫仙府」，
好姊妹也一同創業，將華陀術發揚光大，但厲害如她也有解不開的難題！
寧王之母貴為太后，雖然心喜小兒子要娶親，
可嫌她只是平民，還曾經議過親，根本配不上皇子！
婆媳問題成了擋路石，縱然林小寧是醫仙也束手無策啊……

文創風 207 **5** 完

欽天監卜出一卦，寧王死劫只有林小寧能解，代價卻是以命相抵，
預言一出，教他怎麼敢娶？自己的深情將置她於死地，
捨棄令人痛，卻也必須捨，為保住心愛的女子，
他只得請皇上下旨退婚，又將醫仙府護衛得滴水不漏，便離京赴戰場；
但他的舉動卻讓林小寧誤會，有情人為此分隔兩地……

現代剩女穿越到古代農村，反而意外拾得好丈夫！

妙語輕巧，活潑悠然／于隱

在稼從夫

全套三冊

既然是半路出家、不善農活的莊稼人，乾脆就另謀出路經營買賣，
這頭喬好內宅婆媳妯娌關係，那頭應對地痞惡吏、朝廷徵兵，
看她如何巧施機智處理得順順當當，
不僅將農村小日子過得有滋有味，且能帶著全家奔小康⋯⋯

文創風 196 1

已屆現代剩女標準的蘇瑾，在雷雨天被逼著出門相親已夠無奈，
沒想到還意外穿越到古代農村裡成為十五歲的何小茹，
且醒來隔日直接被人抬上大紅花轎作了新嫁娘，
幸好這素未謀面的相公方澤生原是一介讀書人，並非大老粗一枚。
在這男尊女卑的社會裡，女子遇人不淑的苦楚往往只能往肚裡吞，
上天卻讓她撿到這麼個好丈夫，不僅會下庖廚、知冷知熱地呵護她，
而且經過她一番調教之後，儼然是古代新好男人的典範！
美中不足的是，兩人皆為半路出家、投筆從「農」的半吊子莊稼人，
且說早起不外乎先解決開門七件事「柴米油鹽醬醋茶」，
平日還要喬好婆媳妯娌關係，甚至得應對地痞惡吏、朝廷徵兵等事，
不過，來自現代的她也非省油的燈，遇上難事總能轉危為安，
而一次市集遷址的契機，使她萌生在自家村裡經營雜貨鋪子的打算，
決心要讓往後的農村小日子過得更紅紅火火⋯⋯

文創風 197 2

她協助丈夫將鋪子的營運上軌道，本想多過幾年小倆口的甜蜜生活，
然而「鴻孕」當頭，繼長嫂有孕，她也跟著懷上，且還是雙生兒。
本是雙喜臨門，可嫂子產後總為小事鬧騰，婆媳妯娌關係也日益緊張，
所幸在她的機智下終於化解每日一鬧的難題，讓日子回歸和睦了，
誰知，今年又遭逢蝗蟲天災，一下子將原先計劃給徹底翻盤⋯⋯
她轉念一想，危機就是轉機，於是擴展鋪子生意至外地收購米糧，
既解救村內糧荒的燃眉之急，也因為洞察機先而發家致富⋯⋯
也不知上天是否刻意捉弄人，或是忌妒人享福過了頭，
鄰縣忽然傳出會引人致死的傳染病——天花，
不僅從外縣返家的丈夫疑似出現病徵，連孩子們也無一倖免，
難不成她現今所擁有的幸福美滿，老天爺將要盡數收回？

文創風 198 3 完

如今盼來好光景，一躍成為村裡首富，原以為日子會過得更恩愛甚篤，
未料，於衣服上發現老公出軌痕跡一事，竟如實在古代上演！
無瑕的愛情在現代已不復存，更遑論將三妻四妾視為常態的古代？
當她把心一橫挑起冷戰，丈夫卻使出渾身解數，依然如故地待她好，
若非一場惡賊擄人風波所引發的誤會，
讓她見著丈夫的本心與深情，兩人才終於前嫌盡釋。
沒想到她一個不小心，言行露了餡，令丈夫當場疑心大起，
眼看著這形勢想要圓謊似乎是難如登天了⋯⋯
可一思及自己來自現代時空的秘密一旦揭穿，
丈夫究竟會待她一如既往，情比堅貞地白頭相守下去；
還是原本不離不棄的夫妻情義會就此起變化，甚而轉瞬消逝⋯⋯

文創風 205

醫仙地主婆 3

國家圖書館出版品預行編目資料

醫仙地主婆 / 月色如華著. --
初版. -- 臺北市 : 狗屋, 民103.07
冊 ; 公分. --（文創風）
ISBN 978-986-328-324-9（第3冊：平裝）. --

857.7　　103011247

著作者　月色如華
編輯　張蕙芸
校對　林俐君　李文宜
發行所　狗屋出版社有限公司
地址　台北市104中山區龍江路71巷15號1樓
電話　02-2776-5889～0
發行字號　局版台業字845號
法律顧問　蕭雄淋律師
總經銷　知遠文化事業有限公司
電話　02-2664-8800
初版　103年7月
國際書碼　ISBN-13　978-986-328-324-9
原著書名　**《贵女种田记》**，由起點女生網（www.qdmm.com）授權出版

定價250元
狗屋劃撥帳號：19001626
網址：love.doghouse.com.tw　E-mail：love@doghouse.com.tw